U0137690

八閩文庫

要籍選刊
106

雲左山房詩鈔

［清］林則徐 著
陳旭東 林翠霞 點校

海峽出版發行集團
THE STRAITS PUBLISHING & DISTRIBUTING GROUP
海峽書局

圖書在版編目(CIP)數據

雲左山房詩鈔 /（清）林則徐 著；陳旭東，林翠霞點校. —福州：海峽書局，2022.11
（八閩文庫．要籍選刊）
ISBN 978-7-5567-0882-6

Ⅰ. ①雲… Ⅱ. ①林… ②陳… ③林… Ⅲ. ①詩集—中國—清代 Ⅳ. ①I 222.749

中國版本圖書館CIP數據核字（2021）第241996號

雲左山房詩鈔

作　　者：［清］林則徐 著　陳旭東 林翠霞　點校
責任編輯：曾令疆
特邀編輯：任　捷
裝幀設計：張志偉
出版發行：海峽書局
電　　話：0591-87557277（發行部）
網　　址：http：//www.zpxsxk.com
電子郵箱：zhongxuankan@sohu.com
地　　址：福建省福州市東水路76號
郵政編碼：350001
經　　銷：中篇小説選刊雜志社發行部
印刷裝訂：雅昌文化（集團）有限公司
地　　址：深圳市南山區深雲路十九號
開　　本：787毫米×1092毫米　1/32
印　　張：15.625
版　　次：2022年11月第1版第1次印刷
書　　號：ISBN 978-7-5567-0882-6
定　　價：70.00元

二〇一九年八閩文庫出版工程領導小組

組　長　梁建勇

副組長　楊賢金

成　員　施宇輝　馮潮華　賴碧濤　陳熙滿
王建南　黄　誌　卓兆水　葉飛文
陳　强　林守欽　王秀麗　蔣達德

二〇二〇年八閩文庫出版工程領導小組

組　長　邢善萍

副組長　郭寧寧

成　員　施宇輝　馮潮華　賴碧濤　陳熙滿
肖貴新　王建南　黄　誌　卓兆水
葉飛文　陳　强　林守欽　王秀麗
林義良

二〇二一年八閩文庫出版工程領導小組

組　長　張　彦

副組長　鄭建閩

成　員　林端宇　鄭家紅　顔志煌　黄國劍
許守堯　肖貴新　林　生　黄　誌
卓兆水　吴宏武　陳　强　張立峰
鄭東育　林義良　林　彬

八閩文庫總序

葛兆光　張　帆

一

在傳統中國的文化史上，福建算是後來居上的區域。經歷了東晉、中唐、南宋幾次大移民潮，浙、閩之間的仙霞嶺，早已不是分隔内外的屏障，而成了溝通南北的通道。歷史使得福建越來越融入華夏文明之中，唐宋兩代，特别是在「背海立國」的宋代，東南的經濟發達，海洋的地位凸顯，福建逐漸從被文明中心影響的邊緣地帶，成爲反向影響全國文明的重要區域。在七世紀的初唐，詩人駱賓王曾説「龍章徒表越，閩俗本殊華」（《駱臨海集箋注》卷二《晚憩田家》，陳熙晉箋注，上海古籍出版社一九八五年，第三六頁），前一句説的是華夏的衣冠對斷髮文身的越人没有用，後一句説的是閩地的風俗本來就與華夏不同，意思都是瞧不起東南。但是，到了十五世紀的明代中期，黃仲昭在弘治《八閩通志序》裏卻説，八閩雖爲東南僻壤，但自唐以來文化漸盛，「至宋，大儒君子接踵而出」，實際上它的文明程度，已經「可以不愧於鄒魯」（《四庫全書存目叢書》史部一七七册，齊魯書社一九九六年，第三六四頁）。

的確，自從福建在唐代出了第一個進士薛令之，而且晉江有歐陽詹，福清有王棨，莆田有徐寅、黃滔這些傑出人物之後，到了更加倚重南方的宋代，福建出現了蔡襄（一〇一二—一〇六七）、陳襄（一〇一七—一〇八〇）、游酢（一〇五三—一一二三）、楊時（一〇五三—一一三五）、鄭樵（一一〇四—一一六二）、林光朝（一一一四—一一七八）、朱熹（一一三〇—一二〇〇）、蔡元定（一一三五—一一九八）、陳淳（一一五九—一二二三）、真德秀（一一七八—一二三五）等一大批著名文人士大夫。這些出身福建或流寓福建的士人學者，大大繁榮和提升了這裏的文化，甚至使得整個中國的文化重心逐漸南移，也許，就像程頤説的那樣「吾道南矣」（《宋史》卷四二八《道學楊時傳》，中華書局一九七七年，第一二七三八頁）。也就是説宋代之後，原本偏在東南的福建，逐漸成了中國重要的文化區域。

不過，習慣於中原中心的學者，當時也許還有偏見。以來自中心的偏見視東南一隅的福建，那時福建似乎還是「邊緣」。雖然人們早已承認福建「歷宋逮今，風氣日開」

（黃虞稷《閩小紀序》，撰於康熙五年，《續修四庫全書》史部七三四册，上海古籍出版社二〇〇二年，第一二七頁），但有的中原士人還覺得福建「僻在邊地」。像北宋樂史的《太平寰宇記，》一面承認「此州（福州）之才子登科者甚衆」，一面仍沿襲秦漢舊説，稱閩地之人「皆蛇種」，並引《十道志》説福建「嗜欲、衣服，别是一方」（樂史《太平寰宇記》卷一〇〇《江南東道》一二，中華書局二〇〇七年，第一九九一頁）。所以，歷史上某些關於福建歷史、文化和風俗的著作，似乎還在以中原或者江南的眼光，特别留心福建地區與核心區域不同的特異之處，筆下一面凸顯異域風情，一面鄙夷南蠻鴃舌。但是從大的方面説，我們看到宋代以降，實際上福建與中原的精英文化越來越趨向同一，正如宋人祝穆《方輿勝覽》所説，「海濱幾及洙泗，百里三狀元」，前一句裏所謂「洙泗」即孔子故鄉，這是説福建沿海文風鼎盛，幾乎趕得上孔子故里；後一句裏「三狀元」是指南宋乾道年間福建登第的三個狀元，即乾道二年（一一六六）的蕭國梁、乾道五年的鄭僑和乾道八年的黄定，他們都是福建永福（今永泰）這個地方的人（祝穆新編方輿勝覽卷一〇，施和金點校，中華書局二〇〇三年，第一六三頁）。

文化漸漸發達，書籍或者文獻也就越來越多，福建文獻的撰寫者中不僅有本地人，也有流寓或任職於閩中的外地人。日積月累，這些文獻記録了這個多山臨海區域千年的文化變遷史，而《八閩文庫》的編纂，正是把這些文獻精選並彙集起來，爲現代人留下唐宋以來有關福建的歷史記憶。

二

福建鄉邦文獻數量龐大，用一個常見的成語説，就是「汗牛充棟」。那麼多的文獻，任何歸類或叙述都不免挂一漏萬。不過，我們這裏試圖從區域文化史的角度，談一談福建文獻或書籍史的某些特徵。

毫無疑問，中國各個區域都有文獻與書籍，秦漢之後也都大體上呈現出華夏同一思想文化的底色，但各區域畢竟有其地方特色。如果我們回溯思想文化的歷史，那麼，唐宋之後福建似乎也有一些特點。恰恰因爲是後來居上的文化區域，所以福建積累的傳統包袱不重，常常會出現一些越出常軌的新思想、新精神和新知識。這使得不少代表新思想、新精神和新知識的人物與文獻，往往先誕生在福建。衆所周知的方面之一，就是宋代儒家思想的變遷。應當説，宋代的理學或者道學，最初乃是一種批判性的新思潮，一些儒家士大夫試圖以屬於文化的「道理」鉗制屬於政治的「權力」，所以，極力强調

「天理」的絶對崇高，人們往往稱之爲道學或理學，也根據學者的出身地叫作「濂洛關閩之學」。其中，「閩」雖然排在最後，卻應當説是宋代新儒學的高峰所在，以至於後人乾脆省去濂溪和關中，直接以「洛閩」稱之（如清代張夏《雒閩源流録》），以凸顯道學正宗，恰在洛陽的二程與福建的朱熹，而道學最終水到渠成，也正是在福建。因爲宋代道學集大成的代表人物朱熹，雖然祖籍婺源，卻出生在福建，而且相當長時間在福建生活。他的學術前輩或精神源頭，號稱「南劍三先生」的楊時、羅從彦（一〇七二—一一三五）、李侗（一〇九三—一一六三），也都是南劍州即今福建南平一帶人，他的提攜者之一陳俊卿（一一一三—一一八六），則是興化軍即今莆田人，而他的最重要的弟子黄榦（一一五二—一二二一）是閩縣（今福州）人、陳淳是龍溪（今龍海）人。

正是在這批大學者推動下，福建逐漸成爲圖書文獻之邦。慶元元年（一一九五），朱熹在《福州州學經史閣記》中曾經説，一個叫常濬孫的儒家學者，在福州地方軍政長官詹體仁、趙像之、許知新等資助下，修建了福州府學用來藏書的經史閣，即「開之以古人斅學之意，而後爲之儲書，以博其問辨之趣」（《朱文公文集》卷八〇，《朱子全書》第二四册，上海古籍出版社、安徽教育出版社二〇一〇年，第三八一四頁）。宋代之後，經由近千年的日積月累，我們看到福建歷史上出現了相當多的儒家論著，也陸續出現了有關儒家思想的普及讀物。大家可以從《八閩文庫》中看到，這裏收録的不僅有朱熹、真德秀、陳淳的著述，也有明清學者詮釋理學思想之作，像明人李廷機《性理要選》、清人雷鋐《雷翠庭先生自恥録》等等，應當説，這些論著構成了一個歷經宋元明清近千年的福建儒家文化史。

三

説到福建地區率先出現的新思想、新精神和新知識，當然不應僅限於儒家或理學一系。更應當記住的是，從宋代以來，中國政治、經濟和文化的重心，逐漸從西北轉向東南，一方面由於中原文化南下，被本地文化激蕩出此地異端的思想，另一方面海洋文明東來，同樣刺激出東南濱海的一些更新的知識。

我們注意到，在福建文獻或書籍史上，呈現了不少過去未曾有的新思想、新精神和新知識。比如唐宋之間，福建不僅出現過譚峭（生卒年不詳）《化書》這樣的道教著作，也出現過像百丈懷海（約七二〇—八一四）、潙山靈佑（七七一—八五三）、雪峰義存（八二二—九〇八）那樣充滿批判性的禪僧，還出現過禪宗史上撰於泉州的最重要禪史著作《祖堂集》。又如明代中後期，那個驚世駭俗而特立獨行的李贄（一五二七—一六〇二），有人説他的獨特思想，就是因爲他生在各種宗教交匯融合的泉州，傳説他曾受到伊斯蘭教之影響，當然更因爲有佛教與心學的刺激，使他成了晚明傳統思想世界的反叛者。而另一個莆田人林兆恩（一五一七—一五九八），則是乾脆開創了三一教，提倡「三教合一」，也同樣成爲正統的政治意識形態的挑戰者。再如明清時期，歐洲天主教傳教士「梯航九萬里」，也把天主教傳入福建，特别是明末著名傳教士艾儒略（一五八二—一六四九）應葉向高（一五五九—一六二七）之邀來閩傳教二十五年，從而福建才會有「三山論學」這樣的思想史事件，也產生了《三山論學記》這樣的文獻，無論是葉向高，還是謝肇淛，這些思想開明的福建士大夫，多多少少都受到外來思想的刺激。最後需要特别提及的是，由於宋元以來，福建成爲向東海與南海交通的起點，所以，各種有關海外的新知識，似乎都與福建相關，宋代趙汝適撰寫《諸蕃志》的機緣，是他在泉州市舶司任職；元代汪大淵撰寫《島夷志略》的原因，也是他從泉州兩度出海。由於此後福州成爲面向琉球的接待之地，泉州成爲南下西洋的航線起點，因而福建更出現了像張燮《東西洋考》、吴樸《渡海方程》、葉向高《四夷考》、王大海《海島逸志》等有關海外新知的文獻，這一有關海外新知的知識史，一直延續到著名的林則徐《四洲志》。老話説「草蛇灰線，伏脈千里」，歷史總有其連續處，由於近世福建成爲中國的海外貿易和海上交通的中心，所以，這裏會成爲有關海外新知識最重要的生産地，這才能讓我們深切理解，何以到了晚清，福建會率先出現沈葆楨開辦面向現代的船政學堂，出現嚴復通過翻譯引入的西方新思潮。

甚至還可以一提的是，近年來福建霞浦發現了轟動一時的摩尼教文書，這些深藏在道教科儀抄本中的摩尼教資料，説明唐宋元明清以來，福建思想、文化和宗教在構成與傳播方面的複雜性和多元性。所以，在《八閩文庫》中，不僅收録了譚峭《化書》，李贄《焚書》、《續焚書》、《藏書》、《續藏書》，林兆恩《林子會編》等富有挑戰性的文獻，也收録了張燮《東西洋考》、趙新《續琉球國志略》等關係海外知識的著作，讓我們看到唐宋以來，福建歷史上新思想、新精神和新知識的潮起潮落。

四

在《八閩文庫》收録的大量文獻中，除了福建的思想文化與宗教之外，也留存了有關福建政治、文學和藝術的歷史。如果我們看明人鄧原岳編《閩中正聲》、清人鄭杰編

《全閩詩録》收録的福建歷代詩歌，看清人馮登府編《閩中金石志》、葉大莊編《閩中石刻記》、陳棨仁編《閩中金石略》中收録的福建各地石刻，看清人黄錫蕃編閩中書畫録中收録的唐宋以來福建書畫，那麽，我們完全可以同意歷史上福建的後來居上。這正如陳衍（一八五六—一九三七）在《閩詩録》的序文中所説「余維文教之開，吾閩最晚，至唐始有詩人，至唐末五代中土詩人時有流寓入閩者，詩教乃漸昌，至宋而日益盛」（《續修四庫全書》集部一六八七册，第四一一頁）。可見，《宋史·地理志》五所説福建人「多向學，喜講誦，好爲文辭，登科第者尤多」，「今雖閭閻賤品處力役之際，吟詠不輟」（杜佑《通典·州郡十二》），真是一點兒不假。

清代學者朱彝尊（一六二九—一七〇九）曾説「閩中多藏書家」（《曝書亭集》卷四四《淳熙三山志跋》，《四部叢刊初編》集部二七九册，上海書店一九八九年，第六〇一頁）。千年以來的人文日盛，使得現存的福建傳統鄉邦文獻，經史子集四部之書都很豐富，翻檢《八閩文庫》，就可以感覺到這一點，這裏不必一一叙説。需要特别指出的是，福建歷史上不僅有衆多的文獻留存，也是各種書籍刊刻與發售的中心之一。福建多山，林木葱蘢，具備造紙與刻書的有利條件，從宋元時代起，福建就成爲中國書籍出版的中心之一。宋元時代福建的所謂「建本」或「麻沙本」曾經「幾遍天下」（葉夢得

《石林燕語》卷八，侯忠義點校，中華書局一九八四年，第一一六頁），更有所謂「麻沙、崇安兩坊産書，號稱『圖書之府』」的説法（《新編方輿勝覽》卷一一，第一八一頁）。版本學家也許將它與蜀本、浙本對比，覺得它並不精緻，但是，從書籍流通與文化貿易的角度看，正是這些廉價圖書，使得很多文化知識迅速傳向中國四方，也深入了社會下層。淳熙六年（一一七九），朱熹在《建寧府建陽縣學藏書記》中曾説到，「建陽版本書籍行四方，無遠不至」，可當時嘉禾縣學居然藏書很少，「學於縣之學者，乃以無書可讀爲恨」，於是一個叫姚耆寅的知縣，就「鬻書於市，上自《六經》，下及訓傳、史記、子、集，凡若干卷以充入之」。當地刊刻的書籍，豐富了當地學者的知識，也增加了當地文獻的積累，甚至扭轉了當地僅僅重視「世儒所誦科舉之業」的風氣（《朱文公文集》卷七八，《朱子全書》第二四册，第三七四五頁），這就是一例。到了清代，汀州府成爲又一個書籍刊刻基地，近年特别受到中外學者注意的四堡，就是一個圖書出版和發行中心，文獻記載這裏「以書版爲産業，刷就發販，幾半天下」（咸豐《長汀縣志》卷三一《物産》）。所以，美國學者包筠雅（Cynthia J. Brokaw）《文化貿易：清代至民國時期四堡的書籍交易》（劉永華、饒佳榮等譯，北京大學出版社二〇一五年）就深入研究了這個位於汀州府長汀、清流、寧化、連城四縣交界地區的客家聚集區的書籍事業，繼承宋元時代建陽地區（如麻沙）刻書業，這裏再一次出現中國書籍出版史上佔據重要位置的福建書商群體。

可以順便提及的是，福建刻書業也傳至海外。福建莆田人俞良甫，元末到日本，由九州的博多上岸，寓居在京都附近的嵯峨，由他刻印的書籍被稱爲「博多版」。據説，俞氏一面協助京都五山之天龍寺雕印典籍，一面自己刻印各種圖書，由於所刊雕書籍在日本多爲精品，所以被日本學者稱爲「俞良甫版」。

從建陽到汀州，福建不僅刊刻了精英文化中的儒家《九經》、《三傳》、諸子百家以及《文選》、文獻通考、賈誼新書、唐律疏議之類的典籍，也刊刻了很多大衆文化讀本，諸如西廂記、花鳥争奇和話本小説。特别在明清兩代書籍流行的趨勢和作爲商品的書籍市場的影響下，蒙學、文範、詩選等教育讀物，風水、星相、類書等實用讀物，小説、戲曲等文藝讀物，在福建大量刊刻。如果我們不是從版本學家的角度，而是從區域文化史的角度去看，這種「易成而速售」（《石林燕語》卷八，第一一六頁）的書籍生産方式，使得各種文獻從福建走向全國甚至海外，特别是這些既有精英的、經典的，也有普及的、實用的各種知識的傳播，是否正是使得華夏文明逐漸趨向各地同一，同時也日益滲透到上下日常生活世界的一個重要因素呢？

《八閩文庫》的編纂，當然是爲福建保存鄉邦文獻，前面我們説到，保存鄉邦文獻，就是爲了留住歷史記憶。

五

這次編纂的《八閩文庫》，擬分爲三個部分。第一部分是「文獻集成」，計劃選擇與收録唐宋以來直到晚清民初的閩人各種著述，以及有關福建的文獻，共一千餘種，這部分採取影印方式，以保存文獻原貌。這是《八閩文庫》的基礎部分，按傳統的經史子集四部分類，這是爲了便於呈現傳統時代福建書籍面貌，因而數量最多；第二部分是「要籍選刊」，精選一百三十餘種最具代表性的閩人著述及相關文獻，以深度整理的方式點校出版，不僅爲了呈現歷代福建文獻中的精華，也爲了便於一般讀者閲讀；第三部分則爲「專題彙編」，初步擬定若干類，除了文獻總目之外，還將包括書目提要、碑傳集、宗教碑銘、官員奏折、契約文書、科舉文獻、名人尺牘、古地圖等，我們認爲，這是以現代觀念重新彙集與整理歷史資料的一個新方式，它將無法納入傳統的四部分類，卻是對理解福建文化與歷史至關重要的文獻，進行整理彙集，必將爲研究與理解福建，提供更多更系統的資料。

經歷幾年討論與幾年籌備，《八閩文庫》即將從二〇二〇年起陸續出版，力争用十年時間，經過一番努力，打下一個比較完備的福建文獻的基礎。

當然，不能説《八閩文庫》編纂過後，對於福建文獻的發掘與整理就已完成。《八閩文庫》僅僅是我們這一兩代人的工作，還有更多或更深入的工作，在等待著未來的幾代人去努力。無論從舊材料中發現新問題，還是以新眼光發現新材料，都是建立在前人的基礎上，而又對前人的工作不斷修正完善的過程。還是朱熹寫給陸九齡的那句廣爲流傳的老話：「舊學商量加邃密，新知培養轉深沉。」用舊的傳統融會新的觀念，整理這些縱貫千年的歷史文獻，也就無論「人間有古今」了。

八閩文庫要籍選刊出版説明

福建自唐代以降，名家輩出，著述繁興，流傳千載，聲光燦然。遺存之文獻，多可彰顯福建歷史發展脈絡，展示前賢思想學術及文學藝術成就，爲研究福建區域文化之基本典籍。八閩文庫「要籍選刊」擇取重要之閩人著作及相關福建文獻百數十種，予以點校。其中具備條件者，將採用編年、箋注、校證等方式整理。諸書略依經史子集分部編次，陸續出版。

二〇二一年八月

整理説明

『苟利國家生死以，豈因禍福避趨之。』這兩句詩出自林則徐《赴戍登程口占示家人》七律其二，乃道光二十二年（一八四二）貶斥伊犁途中所作，爲其一生得意之筆，晚年吟咏不輟。『迹其生平，無愧斯語』〔一〕。

一

林則徐（一七八五—一八五〇），字元撫，一字少穆、石麟，晚號竢邨老人、竢邨退叟。福建侯官（今福州市）人。嘉慶九年（一八〇四）舉人。嘉慶十六年（一八一一）成進士，選庶吉士，授翰林院編修。嘉慶二十五年（一八二〇）始放外官，歷任江南道監察御史、浙江杭嘉湖道、江蘇按察使、陝西按察使、湖北布政使、河南布政使、江寧布政使、河東河道總督、江蘇巡撫、湖廣總督、署理陝甘總督、陝西巡撫、雲貴總督等職，兩次出任欽差大臣。道光三十年（一八五〇）十月十九日，林則徐奉命欽差，趕赴廣西途中，卒於潮州普寧行館。謚『文忠』。

縱觀林則徐一生主要仕履，歷經嘉慶、道光、咸豐三朝，長達三十年，歷官十四省，特別是出任欽差大臣及任職兩廣期間，領導了禁煙運動和抗英鬥爭，爲反抗外國侵略做出巨大的歷史貢獻，又因其對中國近代維新思想的啓蒙作用，被譽爲民族英雄、近代中國開眼看世界第一人。

林則徐作爲近代中國大變革時期的一代偉人，追求的是忠君愛民下的經世致用，詩歌創作不過是『餘事』。但身處波譎雲詭的時代潮流中，林則徐偶以特殊的人生際遇，豐富的宦海閱歷，飽滿的真摯情感，深刻的生命感悟，行諸筆墨，遂成不朽篇章。有初登仕途時的意氣風發，有禁煙運動時的壯懷激烈，有戍守邊疆時的深沉勃鬱，無不是林則徐偉大人格及生命歷程的藝術體現。謝章鋌將林則徐勳業、文章並舉，説『侯官林文忠公勳業文章，彪炳海内』〔二〕，繆焕章謂林則徐『勳業冠天下，詩亦卓犖』〔三〕，均是中肯的評論。

林則徐詩作，前人稱賞甚多。徐世昌説：『文忠經世之才，餘事爲詩，緣情賦物，靡不裁量精到，中邊俱澈，卓識閎論，亦時流露其間，非尋常詩人所及。』〔四〕總評林則徐詩歌創作『緣情賦物』『裁量精到』，内容表裏通澈，議論卓犖，爲常人不可企及。

林則徐學養深厚，即使是早期代表作品，也是筆力雄健。道、咸時人莫友棠評《防河》四首，謂其『既以精理爲文，亦復秀氣成采，是必有其識學筆力，乃能斟酌裁補，合度如律。其各首縱横開合，宛是奏議，蓋以詩當紀傳時事，非復尋常登陟遊覽之作。初尋其源不得，細味之乃神游其際，曰此少陵《諸將》也。而以爲明七子氣魄者，猶皮相耳』。〔五〕强調識學筆力，直是上溯盛唐，與杜甫相提並論。無獨有偶，林詩現存稿本《使滇小草》眉批中，往往也見此等類比。其評《光武井》『波瀾壯闊，筆力雄健，於唐爲工部，於宋爲大蘇』；評《病馬行》曰『神似少陵，讀之令人聲淚俱下』。《滎澤渡河》『詩筆如帆隨風轉』，『識力筆力，具臻絶頂，夫何間然』。其他如《驛馬行》《輿縴》諸作，莫有棠評説『皆因題抒寫胸臆』〔六〕。以上各詩及《裕州水發邨民舁輿以濟感而作歌》《江陵兩烈伎行》等早期作品，論家也多以爲具有『史筆』。

林則徐在鴉片戰爭時期特别是赴戍伊犁途中和在戍所創作的詩篇，相較早期的直抒胸臆，轉而『性量和平』。夏敬觀《學山詩話》提及：『侯官林文忠公則徐，以禁鴉片入中國，焚燒英人所運鴉片，致被謫遣戍伊犁。有《感懷詩》二首，其胸次灑落，性量和平，於詩中可見之，誠不可及也。』實則當是隨著閲歷日增，雖仍藏不住一腔熱血，表達則更趨成熟。林昌彝即説：『侯官家文忠公少穆宫傅遣戍伊犁，《出嘉峪關》詩，風格高壯，音調淒清，讀之令人唾壺擊碎。然怨而不怒，得詩人温柔敦厚之旨。』〔七〕詩人感情激越，發諸爲詩則『風格高壯，音調淒清，讀之令人唾壺擊碎』，然内容上則恪守儒家詩教『温柔敦厚』之旨，二者和諧統一。引而不發的節制，相較一吐爲快的恣意，飽含的是詩人對祖國山河濃得化不開的由衷熱愛：『我來別有征途感，不爲衰齡盼賜環。』（《出嘉峪關感賦》其四）甚至粉身碎骨而在所不惜，乃於《赴戍登程口占示家人》發出千古名句：『苟利國家生死以，豈因禍福避趨之。』林昌彝感喟言曰：『二詩婉而多風，怨而不怒，可稱風雅。』〔八〕其實不獨以上二篇，這一時期林則徐的詩歌創作，大體正如徐世昌所説：『謫戍後諸作，尤悱惻深厚，有憂國之心，而無怨誹之跡。』〔九〕

林詩不僅前後期創作風格有異，即使是同一時期，也是有變體，有別調，其題畫詩體現得尤爲明顯。林昌彝曾説『家文忠公絶句，神韻獨秀』〔一〇〕，即是指《題山水絶句爲布子謙將軍》絶句四首。時人評《題屠琴隖倬耶溪漁隱圖》四絶，曰『淡遠清澈，在集中又是一格』；評《題馮笏軿紅杏枝頭春意鬧圖》，謂其『薰香摘豔，唐人中近温、李一派』『此種在集中爲別調』。〔一一〕但終歸不出『中正和平』的範圍，如《題新安曹相國師花洲餞別圖和蘇齋先生韻》『秀擷章江艤棹遲，還朝俄聽履聲移。承恩未作三年客，述德兼推兩世師」云云。

林詩用典雅切，如《塞外雜詠》「黄花真笑逐臣來」，乃用李白《九日龍山飲》「黄花笑逐臣」句。《梁芷鄰觀察章鉅五十初度寫報閏圖寄祝並系以詩》「秋是八千還遇閏，詩成五十未稱翁」，乃化用陸游《醉中到白崖而歸》「行路八千常是客，丈夫五十未稱翁」。陳石遺謂林詩「使事穩切，對仗工整」。「穩切」者如《和馮雲伯登府志局即事原韻》其二、《舟過吴門與芷林話舊，出倪雲林湖山書屋畫卷索題，即和卷中雲林原韻》其二、《題楊雪茱慶琛金陵策蹇圖》其二。「對仗工整」，著名者除了「苟利國家生死以，豈因禍福避趨之」外，其他如「肝腸賴爾出芒角，俯仰笑人隨桔槔」（《秋夜不寐起而獨酌》）；「郎君東閣驕行馬，後輩西崑學祭魚」（《河内弔玉谿生》）；「遊到玉華曾作記，聚來石笥自成亭」（《題朱笥河先生筠谷梨精舍詩翰爲張又川人壽》）；「拋得蛾眉安將士，人間從此重生男」（《詠馬嵬坡》），均是此中佳構。「公少工駢儷，饒有才華」，即使是少作，也見老成。時藝《仁親以爲寶》篇中警句「表裏山河，天下有失而復得之國；墓門拱木，自古無死而復生之親」，「一時誦之」〔一二〕。

林則徐的詩學成就，向爲其勳業所掩，即使曾有如謝章鋌、繆焕章等人將其勳業、文章相提並論者，但今人近代文學史的書寫，往往還是着筆不多。結合諸家評論，謹略述如上。

二

林則徐詩作，生前未刊行，僅以抄本在師友朋儕中傳閲。筆者知見者有以下幾種：

一、《拜石山房詩草》一卷，佚。莫友棠《屏麓草堂詩話》卷二著録：『尚書侯官林少穆先生有手抄《拜石山房詩草》一卷。』莫氏評騭所引各詩，有《防河四首》《滎澤渡河》《驛馬行》《輿縴》《老鷹崖》《酬葉小庚司馬》《嘲僕》《河内弔玉谿生》，凡八篇，今均存。以上諸作，多作於嘉慶年間，當是林則徐早年詩作的結集。

二、《黑頭公集》，卷數不詳，佚。莫友棠《屏麓草堂詩話》卷三著録：『閩縣陳望坡尚書，由甲科官至極品，壽躋古稀，揚歷中外數十年，備承天眷。福統《洪範》之五，人備達尊之三，當代靈光，吾鄉耆瑞也。嘗論前先生者有浦城祖舫齋尚書，後先生者有侯官林少穆制府，後先輝映，皆爲風雅之宗。而舫齋尚書詩已録，少穆制府《黑頭公集》尚未出。兹録先生恭和御製七言律一首。』詩見《雲左山房佚詩》卷下。此詩外，《黑頭公集》或許還收録《鄭少谷先生詩册爲陳望坡中丞題》。惜不可考矣。

三、詩一卷，題名不詳，佚。姚椿《樗寮詩話》卷下載：『少穆尚書自雲、貴謝事後，以病暫寓西江百花洲，寄詩一卷，屬爲加墨。』所舉有《哭故相王文恪公》《己酉九月自滇歸閩同人贈言惜别途中賦此答之》（《詩話》作《乞疾歸留别滇南吏民》）《答姚春木寄懷原韻》三篇，分别作於道光二十二年（一八四二）冬、道光二十九年（一八四九）九月、道光三十年（一八五〇）二月。是卷所録，或是鴉片戰爭後詩作。

四、《出戍詩》一卷，佚。林昌彝《射鷹樓詩話》卷二提到：『文忠公臨行時，嘗持《出戍詩》一卷付余。』按，『臨行』，指林則徐赴廣西欽差大臣任。林昌彝録《赴戍登程口占示家人》二首，其餘篇什不詳。

五、《使滇小草》不分卷，存。首題『使滇小草』，旁書『己卯至丁亥之作』，爲嘉慶二十四年（一八一九）至道光七年（一八二七）間的詩集。據鄭麗生《林則徐詩集編例》說，『封面有公親筆題簽，署曰「己卯以後詩稿」』。集中有許多篇什不是在滇所作，今人遂稱《己卯以後詩稿》，不復稱《使滇小草》。該册曾經鄧廷楨審閲，鄧氏精選六十四首，於題下鈐『妙吉祥室』白文方印。天頭另有眉批，不知出自誰手，《壬午四月起疾入都引見得旨仍發浙省補用紀恩述懷》有『公開藩吾楚』之語，當是兩湖人士所作。是書原爲林氏家藏，現存林則徐紀念館。《林則徐翰墨》彩色影印，爲今易得之本，惜偶有缺帙，共存詩百二十餘篇。

到了光緒十二年（一八八六），林詩始有刻本行世，題曰《雲左山房詩鈔》（以下簡稱《詩鈔》）。此次整理，即以此爲底本，並據《使滇小草》（以下簡稱《小草》）等相關史料校補。尚有以下幾點説明：

一、《詩鈔》凡八卷，收録各體詩二百九十四篇、四百九十六首。另附《詩鈔附卷》一卷，共十一篇、五十四首；《雲左山房詩餘》一卷，共十二闋，又附鄧廷楨詞三闋；《雲左山房試帖》一卷，共二十四首。書前原有道光三十年（一八五〇）十一月十二日《上諭》、咸豐元年（一八五一）四月丁巳朔《諭祭文》及《御碑文》，今位次不變。林則徐詩，今人有整理本多種，選本不論，常見者有鄭麗生箋校《林則徐詩集》、林則徐全集編纂委員會編《林則徐全集》第六册詩詞分册，均重新編次，已非《詩鈔》舊觀。此次整理，分卷、篇次一仍其舊。同題有所增益，則附於相關篇目後，不予闌入。集後另編佚詩二卷。全集共收録林則徐各體詩三百四十三篇、六百八十二首。集中相關篇目後，另附師友朋僚往來詩作若干，以便參考。

二、佚詩題曰《雲左山房佚詩》，乃尊襲鄭麗生舊題。鄭輯《雲左山房佚詩》，筆者見有二種，一繁體字録存，一簡體字抄寫，書前序均署『庚子七月二日』，係一九六〇年所作。簡體字本較繁體字本多《五虎門觀海》一首。此外，除了輯自《屏麓草堂詩話》卷三之《恭和御製》七律一首，其餘均録自《小草》。此次整理，以鄭麗生《雲左山房佚詩》輯《小草》各詩爲次，重加校核，並補録其所遺漏之《老鷹巖》一首於後，爲上卷。《林則徐全集》（以下簡稱《全集》）曾輯有佚詩多篇，然其所據原件，未能一一核驗，殊是遺憾。爲省讀者翻檢之勞，暫彙於此，與鄭麗生輯《恭和御製》《五虎門觀海》及新輯《疏影樓遺草題詞》四首，爲下卷。

三、《詩鈔》雖偶見訛脱衍倒，然而似乎不必以『頗有選節，原非完帙』而詬病之。陳衍曾説：『子孫者刊其祖、父之著作，不擇精粗美惡，惟求多多益善者，自謂孝子，實罪人也。』想必《詩鈔》編選，並非『多多益善』，而是『寧缺毋濫』。《小草》一集，《雲左山房詩鈔》未收録者有二十四篇，約佔五分之一，删汰未太過。反而是《詩鈔》不誤，今人反增訛奪者比比皆是。僅舉數例爲證：《小草》第一篇《光武井》，詩題原作《光武遺井》，後删去『遺』字，當係林則徐親自點定。《詩鈔》題《光武井》，今整理本多作《光武遺井》，似不符合作者原意。《詩鈔》卷六《又題暨陽書院輩學齋譚藝圖》『弗尚談天雕龍炙轂輠，豈驚槌碎黃鶴踏翻鸚鵡洲』句，今人讀破句，『弗尚談天雕龍炙，轂輠豈驚槌碎。黃鶴踏翻鸚鵡洲』云云，遂以爲原有脱字，《詩鈔》實不誤。《詩鈔》卷四收録《夜濟》，爲五絶，《小草》所録乃五律，原稿上頷聯、頸聯加諸括號，後有眉批『改五絶尤妙』，或因此《詩鈔》遂以絶句收録。此種不妨兩存之。

四、另輯時人悼挽詩若干首，爲附録。書中避諱字逕改爲正體字，異體字、俗體字則一仍其舊。其他校改詳情，一一於校記中説明。

本書的點校整理，由小友林翠霞與我合作完成。林君傾心向學，不畏勞苦，承擔了大部分的校核工作。又承茅林立兄、連天雄兄、劉繁師弟、黄曦師弟不吝指正，教我良多。謹向各位師友致以由衷的謝意。然限於見聞，囿於學識，疏漏、謬舛在所難免，敬請方家惠賜教言，時加匡補。

陳旭東

二〇二一年十月一日

〔一〕郭則澐《十朝詩乘》卷一五。

〔二〕謝章鋌《賭棋山莊詞話續編》卷二。

〔三〕繆焕章《雲樵外史詩話》卷二。
〔四〕徐世昌《晚晴簃詩彙》卷六三。
〔五〕莫友棠《屏麓草堂詩話》卷二。
〔六〕莫友棠《屏麓草堂詩話》卷二。
〔七〕林昌彝《射鷹樓詩話》卷一。
〔八〕林昌彝《射鷹樓詩話》卷二。
〔九〕徐世昌《晚晴簃詩匯》卷六三。
〔一〇〕林昌彝《射鷹樓詩話》卷二。
〔一一〕俱見《使滇小草》各詩眉批。
〔一二〕詳參陳衍《石遺室詩話》卷二二。

上諭

道光三十年十一月十二日，内閣奉上諭：

前任雲貴總督林則徐，由翰林洊歷外任，疊蒙皇考簡膺疆寄，宣力有年。上年剿辦雲南保山匪徒，調度有方，渥荷恩施，賞加太子太保銜，並賞戴花翎。旋因病請假回籍。

朕御極之初，知林則徐平素辦事認真，不避嫌怨，疊經降旨宣召來京。嗣以廣西匪徒滋事，特授爲欽差大臣，頒給關防，令其速赴軍營剿辦。前據馳奏，已由本籍起程。方冀迅埽邊氛，以綏南服。

茲據徐繼畬馳奏，該大臣沿途勞頓，舊疾復發，於廣東潮州途次遽爾溘逝。念其力疾從戎，殁於王事，覽奏殊深悼惜。

林則徐著加恩晉加太子太傅銜，照總督例賜恤。歷任一切處分，悉予開復。應得恤典，該衙門察例具奏。伊子編修林汝舟、文生林聰彝、文童林拱樞，均著俟服闋後由吏部帶領引見，候朕施恩。

欽此。

諭祭文

維咸豐元年四月丁巳朔，越祭日乙丑，皇帝遣福建鹽法道戴嘉穀，諭祭於晉贈太子太傅、原任雲貴總督林則徐之靈，曰：

朕維文武兼資，徧寄八州之重任；忠清共見，洵爲一代之良臣。勤施已著於先朝，倚畀方殷於統帥。郵章告逝，奠斝增悽。

爾晉贈太子太傅、原任雲貴總督林則徐，蕓署起家，蘭臺擢秩。握文枋而疊收楨幹，膺察典而出領湖山。當皇考之初基，擇賢臣而特簡。觀河淮右，陳臬蘇垣。適值居憂，令要工之監理；許其終制，輟權事於鹾綱。洎乎秉憲關中，建藩白下，載更楚豫，重莅秣陵，重念金隄，命持玉節。旋寄撫循於吳會，晉膺總制於鄂城。入覲陳謨，荷中禁鳴騶之寵；銜恩奉使，宣巖疆遠馭之威。雖控制偶疏，難辭薄罰；而宣防永固，用贊成功。爰即沙漠之行，俾任屯田之事。成勞甫著，拜京卿而暫領西陲；舊秩彌光，由關隴而總司南服。時值蟻羣久鬭，鯨孽未除。速運兵機，彌渡快先聲之奪；進綏蠻徼，捷書奏永靖之功。懋錫宮銜，榮頒吉羽。方壯猷之是賴，倏貞疾以引歸。

朕嗣統之初，在廷交薦，側席望來朝之旆；屢降温綸，頒符倚蕩寇之勳。欣聞行騎，方冀旄頭迅落，像寫麟圖；何期箕尾遽歸，讖成馬革。念致身於王事，稽恤典於春官。宫傅崇加，後昆儲選。綜生平之不避嫌怨，宜恩施之備極哀榮。

嗚呼！瑤尊式奠之時，眷深一德；丹旐還鄉之日，氣壯三山。惟爾有靈，定應來格。

御碑文

朕惟經文緯武，端資柱石之良；崇德報功，式煥旂常之色。既歆香於雕俎，宜紀實於貞珉。

爾晉贈太子太傅、原任雲貴總督林則徐，勷歷有年，靖共匪懈。初升芸館，文枋頻持。旋晉柏臺，監司洊擢。陝分左右，用覘時臬之陳；賦重東南，歷試旬宣之任。資保障則流安清濟，莅封圻則政洽蘇臺。迨揚三楚之旌麾，彌荷九重之簡畀。丹毫錫詔，俾修入覲之儀；紫禁馳銜，命代趨公之步。爰臨朝而授節，遂乘傳而視師。雖圖夷務於粵洋，機宜未協；而靜妖氛於滇海，調度有方。太保班崇，階晉青宮之選；元戎績懋，冠加翠羽之華。蓋懷受寵而如驚，病體積勞而遽退。兹以邊陲小醜，敢肆跳梁，因思社稷老臣，用資奮鉞。迺踰閩嶠而風趨長路，竟抵潮陽而星落前軍。堪憐力疾以從征，深歎膚功之未奏。進銜宫傅，示恤典之優隆；賜謚文忠，象生平之節概。悉予蠲除夫往咎，仍將延賞於後昆。

於戲！宣力兩朝，牙纛重干城之望；銘勳百禩，鼎鐘增泉壤之光。樹此豐碑，欽兹巽命。

目録

雲左山房詩鈔　卷一

雲左山房詩鈔 卷二

雲左山房詩鈔　卷三

雲左山房詩鈔 卷四

雲左山房詩鈔 卷五

雲左山房詩鈔　卷六

雲左山房詩鈔　卷七

雲左山房詩鈔　卷八

雲左山房詩鈔 附卷

雲左山房詩餘　附卷

雲左山房試帖　附卷

雲左山房佚詩　卷上

雲左山房佚詩　卷下

附師友詩

雲左山房詩鈔 卷一

光武井〔一〕

南陽真人麟鳳姿，天戈奮起天所資。軍行抉石得甘井，前史不載異代疑。翳余詣宛訪遺蹟，請以辨口恢張之。余聞聖泉動坤絡，井汲受福占明時。德及萬靈地出醴，厥土衍沃兼五施。流謙潤下挹不竭，古稱符瑞恒臻兹。又聞拜井耿都護，亦有刺泉李貳師。齊井味爲房豹美，蜀井焰□□曷窺。藎臣所感尚如響，况有九著恢洪基。沛公□匿管智井，有鳥覆翼寇不□。桓王點軍駐甄井，喬雲□蓋垂金枝。偏安混一雖異略，要以佑順開英奇〔二〕。矧帝降靈本白水，水爲火配赤伏推。景七世孫祖高祖，入紹正統非旁支。何物莽賊竊漢鼎，鼃聲紫色天人欺。樊崇秦豐子都輩，但與草寇爭雄雌。帝申天誅復炎祚，日月舒燿乾坤彝。滹沱渡軍冰忽合，順水走險駒能馳。是皆鬼神所默相，有天命者任自爲。豈有昆陽待鏖戰，坐令渴死千熊羆。想見坤靈湧泉出，驅使龍馬浮神黿。九仞不勞厚地鑿，一勺早荷皇天慈。遂貽甘澤溉來許，不改井養無窮期。逮今千有六百載，廟食斯土華旒垂。旁有四七之圖像，下則二八之清漪。瀉爲方池澈若鏡，烹以活火甘如飴。古人千里尚不唾，翼亭其上宜護持。詩成聊復逞臆說，吾智誠如居井眉。

直起老氣無前。

波瀾壯闊，筆力雄健，於唐為工部，於宋為大蘇。

卓識名論，得未曾有。

筆所未到氣已吞。

迴映篇首，陣似常山。

校記：

〔一〕詩題，《小草》原作《光武遺井》，注云：『在裕州北三十里，俗名扳倒井。』後删去『遺』字，當是林則徐親自點定。

〔二〕『又聞拜井耿都護』至『要以佑順開英奇』，原缺，據《小草》補。此十二句書眉，《小草》有批評云：『波瀾壯闊，筆力雄健，於唐爲工部，於宋爲大蘇。』又云：『卓識名論，得未曾有。』揄揚備至。或因眉批者加諸括號，《詩鈔》謄録者誤以爲擬删，遂置不録。此詩最後二句亦因此被删，今並據《小草》回補。

驛馬行

有馬有馬官所司，絆之欲動不忍騎。骨立皮乾死灰色，那得控縱施鞭箠。生初豈乏颯爽姿，可憐郵傳長奔馳。昨日甫從異縣至，至今不得辭韁轡。曾被朝廷豢養恩，筋力雖憊奚敢言。所嗟饑腸轆轤轉，祇有血淚相和吞。側聞駕曹重考牧，帑給芻錢廩供菽。可憐虛耗大官糧，盡飽閑人圉人腹。况復馬草民所輸，徵草不已草價俱。廐間槽空食有幾？徒以微畜勤縣符。吁嗟乎！官道天寒嚣霜雪，昔日蘭筋今日裂。臨風也擬一悲嘶，生命不齊向誰説？君不見，太行神驥鹽車驅，立仗無聲三品芻。

真宰上訴天應泣。

再接再厲。

寄慨無限。

病馬行

生駒不合烙官印，服皁乘黃氣先盡。千金一骨死乃知，生前誰解憐神駿？不令鏖戰臨沙場，長年驛路疲風霜。早知局促顛連有一死，恨不突陣衝鋒裹血創。夜寒廄空月色黑，彊起哀鳴苦無力。昔飢求芻恐不得，今縱得芻那能食。圉人怒睨目猶側，欲賣死皮償酒直。馬今垂死告圉人，爾之今日吾前身。

神似少陵，讀之令人聲淚俱下。

接筆入古。

『一聲河滿子，雙淚落君前』。如是如是。

滎澤渡河〔一〕

亢邨館前月暈紅，平明客路逢罡風。河滑津吏走相告，問渡不得移艨艟。道旁寓公止我宿，立錐地許分半弓。僮僕貪眠立欲仆，嚮午倦眼先朦朧。顧余銜命那敢息，離席輾轉循五中。卻憶家居郊海上，駛舟快若驅神驄。潮兒踏浪本習慣，天吳游戲紛溟濛。朅來行勝歷兩戒，蘧廬託迹皆飄蓬。臨流不嗟公竟渡，有船先唱吾欲東。况荷主恩飭乘傳，縱有地險無天窮。七十二淵九折坂，此際裹足非人雄。有謀能絶河伯婦，有書能達龍王宫。刑牲投璧亦徒爾，涉川所恃信與忠。命輿遄行歷河滸，但見巨浸摇長空。焚香再拜心默籲，頗迴狂颶征帆通。豈真阻返石尤渡，聊復驅役黄頭童。嗚鉦疊鼓促解纜，正襟危坐看推篷。霎時頓覺風力軟，柏烏已轉檣頭銅。中流折䑦護去鷁，南下輕迅隨飛鴻。餘霞薄霧罨將夕，隱隱遥見山之嵩。榜人艤舟嘩且喜，毋乃神力非人功？汝曹豈是御風客，吾意但作信天翁。同舟幸共仙侣濟，涉險實叨帝祉洪。前路尚遥勿侈説，惟有如水盟臣衷。

名臣風度。於此詩已見一斑。

詩筆如帆隨風轉。

識力筆力，具臻絶頂，夫何間然。

校記：

〔一〕詩題，《小草》作《滎澤渡河二十四韻》。《詩鈔》僅録前十三韻，至『涉川所恃信與忠』，餘據《小草》補。

裕州水發郵民舁輿以濟感而作歌

皇天一雨三日强，積潦已没官道傍。衆山奔泉趨野塘，平地頃刻成汪洋。高屋建瓴勢莫當，龍門激箭飛有芒。巨靈奮臂山精狂，裂破巖壑如沸湯。靈夔老蛟目怒張，扤土擲作黄河黄。對岸咫尺徒相望，翻身難傅雙翼翔。思鞭黿鼉駕虹梁，神斤鬼斧不得將。就其深矣舟與方，無船誰假一葦杭。仰睇雲物紛莽蒼，會見陰雨來其雱。輿人縮足僮僕恇，我亦四顧心旁皇。郵夫欻來燦成行，踴躍爲我褰衣裳。舁我籃輿水中央，如鳧雁泛相頡頏。水没肩背身盡藏，但見羣首波間昂。我恐委棄難周防，幸以衆擎成堵牆。我輿但如箕簸揚，已奪坎險登平康。噫嘻斯民真天良，解錢沽酒不足償。我心深感懷轉傷，爲語司牧慎勿忘：孜孜與民敷肺腸，毋施箠楚加桁楊，教以禮讓勤耕桑。天下輿情皆此鄉，世堯舜世無懷襄。

詩亦有風波馳驟之勢。

太史公叙垓下之戰，為千古妙筆，此詩亦何多讓。

江陵兩烈伎行

張獻忠陷荆州，召歌伎楚雲、瓊枝侑酒。雲懷刃欲刺賊，賊覺殺之。瓊進鴆卮，賊令自飲，立斃。皆臠其屍。

滔天狂寇無人制，美人乃爲辦賊計。賊燄方張計不成，美人死節留其名。荆州城頭血流杵，章華臺下徵歌舞。妾貌如花鐵作肝，一雙俠骨同心女。杯中美酖袖中刀，誓爲朝廷盡此妖。宛轉靚妝佯買笑，曹騰殺氣已干霄。斯時意中無兩可，死不在賊即在我。事成天下同快心，謀洩二人並奇禍。夜半飛星大有芒，賊情狡獪能周防？忽窺匕首爭先發，盡反鴆醪立使嘗。鏡下肉飛鉛粉化，樽前骨醉血花香。可憐妾命如螻蟻，不解天心縱虎狼。吁嗟乎！前者刺梁後刺虎，彼何成功此何苦！誰知國運换滄桑〔一〕，要使蛾眉獲死所。生是青樓兩婦人，死憑彤管寫千春。愧他下馬投弓仗，也算當時一將臣。

筆下勃勃有生氣。

往讀藏園詩，愛其寫貞烈事有史筆，今觀此作，覺更過之。奇事必得奇詩，方能寫得淋灕盡致。

的是詩史。

校記：

〔一〕『國』《小草》作『劫』。

次韻答吴巢松前輩慈鶴〔一〕

世業推君地望殊，先型猶在好追摹。尊甫雲繡先生，癸卯典滇試，丙午復視學其地。遺篇細檢驂鸞集，尊甫著《榮性堂集》，滇黔詩較多，君攜之行篋。佳話曾描對鯉圖。君九齡即隨侍於滇。絶徼重經游更壯，同舟能濟氣非麤。七年已較微之長，見《元白集》中。君恰長余七歲。果許周行示我無。

補

佩聲憶接鳳凰池，聯硯簪毫傍玉墀。□日舊傳才子筆，甲戌散館，君與余以清漢書同試，各列第一。宣風今附使臣詩。雙清心跡平生共，萬里行滕取次移。遥指昆明秋水白，要看冰鑑照漣漪。

校記：

〔一〕《己卯日記》載：嘉慶二十四年五月十二日，『午刻至望都縣城内行館。巢松前輩昨日見贈二律，今依韻答之。』吳慈鶴原作未見。林則徐和作二首，《詩鈔》僅録其第二首，今據《小草》補録其第一首於後。

又，是年秋，林則徐、吳慈鶴有歸田之約。林則徐作《與巢松前輩爲歸田之約，詩以堅之》，吳慈鶴答以《少穆有明春省侍南歸之志，余亦擬丐疾東還，相約同行，堅之以詩》，詳見下文。次年五月，林則徐離京赴任浙江杭嘉湖道，吳慈鶴作《惜别一篇送少穆觀察浙西》，林則徐答詩則未見存。謹將《惜别一篇送少穆觀察浙西》附此，以供參考。

附

惜别一篇送少穆觀察浙西〔一〕　吳慈鶴

君爲閩海彦，我乃吳下蒙。相隔二千里，聞聲不相通。天風吹春雲，浩蕩若可從。後先入京邑，珥筆明光宫。分曹鬬文字，各有氣若虹。彤墀拜新恩，珂佩鏘瓏璁。人事不可測，余歸感蒿蓬。芒鞵藹千山，紅篋手親封。君養木天望，聲華日隆隆。鶡雀與鴻鵠，焉能並長風。昨者歲攝提，我起憂棘中。應官百無能，病骨如凍蛬。君時問我疾，軟語回春茸。爰以代蘐蘇，感之已忡忡。漳濱正高臥，使命殊悤悤。共剖滇海竹，衝炎薄星穹。從此與夫子，相依猶駏蛩。夜濟十里黄，驚聞浩呼洶。楚塞三伏熱，蘊隆鬱爞爞。江陵百丈隄，猝有蟄螘攻。使程忽遮遏，小艇摇空濛。火雲爍瘦骨，喘與吳牛同。黔山早涼冷，初秋已寒容。行行上青天，瘴雨淒夢夢。州官傲使者，一飽艱韭菘。隱忍安敢道，羹藜腐腸充。仲秋入鎖院，列炬明釭紅。朱墨爛千卷，金沙費陶鎔。予猶抱美疢，眢井呼鞠藭。仗君扶持力，得以使事終。團團菜海月，冉冉華山鐘。不意萬里餘，羈愁洗還空。歸途戒寒律，四牡聞龐龐。清沅清見底，波濤且掀舂。斷厓嵌明月，仙閣浮玲瓏。既愜眺聽歡，新詩鬭笙鏞。中州感魚鼈，城郭爲沙蟲。里胥困鞭笞，薪荄課嚴冬。苦無救時策，相對愁卬烘。鋒車驟衝飇，疲薾成衰翁。趨朝謁天子，清問勞宸衷。幸免隕越羞，飲冰勵微躬。余還憂採薪，君已一馬驄。刳肝出偉語，兩疏抒孤忠。豺虎氣爲奪，宣防儲改供。吾君實堯舜，闢門還達聰。嘉汝直臣直，湛恩賁龐洪。付以浙西民，西湖鏡沖瀜。慰彼耕織俗，三春阜蠶麷。此邦夙繁會，天下倚畜豐。秀髦蒸雲霞，灼然海之東。善養藉邦伯，滋培有深功。勉爲李鄴侯，次亦蘇長公。況與八閩接，板輿超嶺楓。金魚侍二老，此樂誠融融。湖山亦許到，問俗停驂𩦎。秋蓴滑於手，玉膾行芳葱。辛酷鷲嶺桂，碧寒僧院松。餘閒弄札翰，到處留紗籠。因思對影日，信誓銘膺胸。各願歸碧山，江湖抽短篷。富貴忽相逼，雙旌一何雄。余仍守貆特，倦翮難飛翀。宣南積暑雨，葭亂森鷺潨。悵悵國門別，能無百憂叢。王貢抵膠漆，韓孟希雲龍。獨爲離杯舉，腸回詞更喁。丈夫勉令德，好爵天所崇。還期切劘力，數寄南飛鴻。

校記：

〔一〕此詩録自《鳳巢山樵求是録》卷六。

題清化驛雙松山館柬安玉青刺史佩蓮〔一〕

我來未共長官親，已喜清詩入眼新。時刺史赴省垣，余於壁間見題句。芳草曾紉君子佩，昨憩州城，見叢蘭甚盛。停雲合仰大夫身。近連桂樹前頭影，前途驛館有雙桂軒。遥識甘棠著手春。有約歸程恣吟嘯，冬心話與歲寒人。

補

山亭深處聳雙虬，客館濃陰拓室幽。神物十圍長護惜，佛緣三宿爲勾留。凌霄對影延初月，倚枕聽濤借早秋。多謝主人善封殖，政成隨地賞風流。

得鍊字之法。

校記：

〔一〕此詩原有二首，《詩鈔》僅録其第二首。今據《小草》補録其第一首於後。

七夕〔一〕

一穗孤檠對酒消，旅懷偏是可憐宵。人間多少銀河隔，烏鵲能填第幾橋？

詠七夕詩甚多，妙能生面獨開，而情韻不遺。

補

天孫織錦爛如雲，玉翦聲中一霎分。夢見七襄機上字，行行應是寄迴文。

校記：

〔一〕此詩原有二首，《詩鈔》僅録其第一首。今據《小草》補録其第二首於後。

沅兩君歌

沅州官長多宿儒，就中雙絶天下無。巋然藍翁賢大夫，起家禁近官中書。二十六科誰與俱，省郎今盡前輩呼。乾隆之間大郡除，卌年仍羈銅虎符。抱九仙骨何清臞，耳聰眸瞭行且趨。凡石太守乾隆乙酉舉於鄉，己丑登中書科。典史之職誠區區，誰其任者蔣賓隅〔二〕。蚤登乙科文譽都，手編縣譜墨綬紆。偶蹶不樂人持扶，一命亦濟奚卑污。樹蘭千叢梅百株，以吏爲隱詩爲娱。蔣典史戊申登賢書〔二〕。我來楚南停軺車，一時投契苔岑如。兩賢官守崇庳殊，要以同志道不孤。藍翁於我爲枌榆，漳江之湄翁故廬。詩人山澗今云徂，明初閩中詩人藍山、藍澗各有集，實開十子宗派〔三〕。鹿洲鼎元一集體用儲。黄籍雖遷業不渝，翁能繼之恢遠謨。我有同舟延陵吴，亦與蔣侯同閈閭。時作吴語聆吴歈，鄉心儻亦思蒪鱸。此間歡會平生逾，卻憶所歷增欷歔。豈無傾蓋臨交衢，致身往往非一途。轉喉時防笑我迂，頗聞同官亦齟齬。道不相謀冰炭居，才人蛺蝶名士鸜。祇合學隱隨蜘蛛，聚星在此吾不圖。協恭相勵皆廉隅，山城磽确非膏腴。厚培民氣須吾徒，昔日瘡痍今袴襦。苗蠻讋慄閭閻蘇，獨惜難留大令盧。清聲萬口徒嗟吁，盧明府爾秋宰芷江有聲，以憂去職，部民共攀留之。安得公等連茅茹。盡致尊顯經綸敷，勿使人嗤儒術疏。

其人品誼、性情、神致，一一傳出，寫生妙手，如添頰上三毫。

感慨兼寓勗勉，深情古誼，自是温柔敦厚之道。

校記：

〔一〕『隅』，《小草》作『嵎』。

〔二〕『登』，《小草》脱。

〔三〕『子』，《小草》作『字』，誤。

鎮遠道中

兩山夾谿谿水惡，一徑秋煙鑿山腳〔一〕。行人在山影在谿，此身未墜膽已落。盤陊崩石來無端，山前突兀復有山。肩輿十步九扶掖，不爾傾蹶膚難完。傳聞雨後尤險絶，時有奔泉掣山裂。此行幸值晴明來，峻坂馳驅已九折。不敢俯睨千丈淵，昂頭但見山插天。健兒撒手忽鳴礮，驚起羣山向天叫。

戛戛獨造。

雄峭。

校記：

〔一〕『煙』，《小草》作『豪』，誤。

與巢松前輩爲歸田之約詩以堅之

爲聽春暉寸草吟，南陔我正切歸心。入林敢道招嵇阮，游嶽何期得向禽。夢引蓴鱸吳下舫，情移山水海東琴。被他袞袞諸公笑，兩箇閒雲懶作霖。

同荷新綸雨露偏，壯心肯換五湖煙〔一〕。公歸增著名山業，我去原無負郭田。暫許烏私謀菽水，敢耽蛛隱愛林泉。微官縱未關人望，出處相期似昔賢。

姿致橫生。

名臣期許，於詩中已見一斑。

校記：

〔一〕『烓』，《小草》作『舡』。

附

少穆有明春省侍南歸之志余亦擬丐疾東還相約同行堅之以詩〔一〕　吴慈鶴

富貴原無極，何如守故山。循陔君至樂，出岫我思還。恩許持雙節，文經喻百蠻。不妨聯舸去，揮手謝清班。

歸路吾先到，吴山導子游。伎船魚尾接，僧院鼠姑稠。臘酒甜於蜜，春蒓滑似油。還須鬬奇茗，第一白雲秋。天平山白雲泉甲於吴下。

冉冉穿杭睦，迢迢盡水程。到門丹荔熟，歸舍綵衣輕。接葉看桃李，少穆已三司文枋。連枝和瑟笙。令弟方豫秋賦。最能娱二老，孫已籛龍成。賢郎極慧。

校記：

〔一〕此詩録自《鳳巢山樵求是録》卷六。

安平

豁開原野少崔巍，暫脱重山若脱圍。歷險始知平地好，驟寒翻訝早秋非。紅泥似赭生禾黑，白石當檐覆瓦稀。乍雨乍晴渾不定，賺人終日换征衣。

閲歷之言。

人人意中所有，人人筆下所無。

下坡

俯睨忽無地，致身何太高。雲低疑澗水，樹遠類豁毛。欲下先心悸，淩空試口號。萬山答清響，咳唾落煙皋。

辰龍岡

重重入翠微，六月已棉衣。曲磴遠垂綫，連岡深掩扉。路穿石罅出，雲繞馬蹏飛。棲鳥不敢下，豈徒行客稀。

不減唐人『山從人面起』一聯。

輿人行

輿夫習險百不驚，登山仍如平地行。淩危反試騰踔力，連步不聞喘息聲。眼前羣峯矗如削，徑窄林深石頭惡。拍肩竟作雲中游，失足真防天外落。心欲止之不可留，曲於旋蟻輕於猴。但看偃仰若無事，已是崔巍最上頭。前者歌呼後者應，歌聲啁哳難爲聽。我恐須臾繫死生，彼方談笑輕身命。嗟爾生涯劇可憐，勞勞竟日償百錢。答言不覺登頓苦，生來慣戲巉巖巔。卸輿與汝息腰腳，殘杯冷炙付汝樂。誰知酣戲夜無眠，野店昏燈縱摴博。

畫所不到。

情事逼真，牛渚然犀，無不畢照。

飛雲巖

老雲出山躡山魄，飛入九天化爲石。天驚石破雲倒垂，欻起懸巖一千尺。巖頭古柏森青青，巖底清溜鳴泠泠。行天日月不到此，重陰欲雨無時晴。雲耶石耶誰得名？但見萬竅開瓏玲。夜半仙風黛吹散，仍恐變幻歸青冥。中有古佛立亭亭，苾芻合十朝諷經。催落山泉作鐘磬，秋色滿巖雲有聲。

飛騰而入，用筆如神龍夭矯。

造語恢詭。

起筆𡶶峭，收筆淡逸，魄力直追老坡。

即目

萬笏尖中路漸成，遠看如削近還平。不知身與諸天接，卻訝雲從下界生。飛瀑正拖千嶂雨，斜陽先放一峯晴。眼前直覺羣山小，羅列兒孫未得名〔一〕。

彈丸脱手。

校記：

〔一〕『得』，《小草》作『識』。

魚梁江

奔泉出峽譜琴絃，磴道斜攀百仞巔。很石多於灘下水，亂山圍就甕中天。荒亭臥雨頻移榻，瘦骨驚秋早著棉。自笑微軀誰傅翼，浪隨羣鳥觸蠻煙。

語必驚人。

牟珠洞

土囊蹴破混沌開，重昏一炬萬怪來。元黃肇造竟復覩，化工摶捖何奇哉！天窗微明露户牖，石柱矗立沖斗台。浮屠八萬四千塔，環階列級光昭回。扣魚撞鐘儼梵課，參禪禮佛紛嬰孩。夜叉撐胸鬼揭鉢，巨象礪齒羊捋髯。三倉寫篆挺玉箸，兩瑜縱飲揚金罍。亭亭出泥削蓮朵，瓣瓣落地尋殘梅。天然妙具一切相，谽谺庨豁誠恢恢。

三才萬象併入冶，豈有神力施斧鎚。想當彭亨腹未剖，含精蓄靈何弗該。噓納元關襲氣母，日月出入誰能猜。忽遭毒手剞破碎，似孕不育留胚胎。轉使世人見肺腑，此中容物如埏垓。女媧就之學摶土，工倕仿此思庀材。能令仙人悟委蛻，奚假鬼伯驅輪迴。乃知茲山特超異，直與天地爭雄才。不然陵谷幾變易，此獨何爲辭劫灰。

奇情壯采。

奇境須得此奇筆寫之。

奇想天開，直欲鑿破混沌。

題秦琴山同年鳳梁滇華五芝圖（一）

劉寄菴先生選《五華五子詩鈔》，曰：太和李即園於陽，雲州楊丹山國翰，呈貢戴古邨淳，昆明戴雲帆恩詔，楚雄池藥庭生春。古邨絶意仕進矣。己卯秋賦，余司文柄，四子皆獲雋。又先後皆出琴山門，琴山繪圖誌盛，屬余賦之。

使君導我滇山麓，珍翠文犀看不足。五芝聞在五華巔，足繭隨君躡幽谷。一芝蹇臥雲外峯，四芝采采歸筠籠。靈根未許落凡手，合種君門爲君有。人間豔説桃李花，君能識拔超煙霞。人間豈少芙蓉怨，君爲披尋出塵溷。與君臭味真苔岑，搴芳擷秀同一心。願芝日共琅玕長，祝芝永作金石音。憶昔仙人種瑶草，十年恐委荒山道。呼龍耕煙鶴守雲，苦心調護天爲老。憑君拾取貢瑶京，應使仙人笑絶倒。彼隱士兮如可招，我詩欲寄商山皓。古郵、藥庭爲長梅坪先生所賞識。古郵息影林泉，未知可招出山否也〔二〕。

分風劈流。

句奇語重，長吉錦囊中佳作也。

校記：

〔一〕詩題，《小草》作《題秦琴山同年滇華五芝圖（有引）》。引言較此爲詳，並迻録以供參考：『滇南近多風雅之士，劉寄菴先生選《五華五子詩鈔》，曰：太和李即園於陽，雲州楊丹山國翰，呈貢戴古郵淳，昆明戴雲帆恩詔，楚雄池藥庭生春。五子中惟古郵絶意榮進。今己卯秋賦，四子皆獲雋。又先後皆出琴山同年之門，琴山繪此圖以誌其盛。以余謬司是科文柎，屬爲賦之。』又，五子中，今僅見戴淳《送制府林少穆先生得告歸里》、池生春題《飼鶴圖》往來詩作，並附後以供參考。

〔二〕此注，《小草》作：『梅祥相公宏奬人才，滇士皆受其陶育。沈、戴二生，尤所賞識，茲秋榜同登，想聞之亦爲稱快。惟古村息影泉林，未知可招之出山否耶。』

附

送制府林少穆先生得告歸里〔一〕　戴淳

三十年前玉鑑明，重來竹馬此歡迎。纔親虎節銷鼙鼓，忍嚮烏亭送旆旌。入塞君恩千古重，還家臣願一身輕。將歸有操焦琴撫，曾是相憐爨下聲。己卯典試即辱知名，昨復索余刻稾。

校記：

〔一〕此詩録自《晚翠軒詩五鈔》卷六。

題暘谷太老夫子大人飼鶴圖遺照〔一〕　池生春

得食非關二頃田，玉山禾熟幾千年。雖然不作乘軒客，贏得青霄月滿天。

朝餐露蕊夕霞英，肯與階除鳥雀爭？座上若逢龐太守，此心更比水盂清。

一粒香秔一粒珠，生來原不受饑軀。何年養就雲仲翰，來與先生作畫圖。
循陔昔日眷庭闈，舞罷萊衣接羽衣。自有羣仙齊介壽，不知誰奏鶴南飛。
青城一去杳無蹤，霓旆雲車第幾峯？今日江郎山上望，天風謖謖湧寒松。
賀宴無緣拜鯉庭，天邊徒仰少微星。定知昌後緣清德，不比浮邱相鶴經。

校記：

〔一〕此詩録自《林公則徐家傳飼鶴圖暨題詠集》。詩後署：『恭題暘谷太老夫子大人《飼鶴圖》遺照，時庚寅秋七月，池生春拜稿。』

酬葉小庚司馬中鄰〔一〕

何止蠻荒頌政聲，籌戎曾駐亞夫營。韜鈐指畫邊防策，岸獄料量小醜情。君從軍臨安，讞獄以萬計。薦剡頻邀天語獎，綵衣還爲老親榮。莫辭官況清於水，不是沽名是愛名。

誰料沈沈鎖院深，四人同作故鄉音。此次闈中，予與君及江心葵、劉右湖皆同里。枌榆遠結三山夢，桃李新添六詔陰。鴻爲霜餘留往迹〔二〕，燕隨秋去感歸心。遲君五馬東華道，舊雨金臺一再尋。

俊逸清新，盛唐遺響。

補

不負行滕萬里天，故人衣襆此重聯。邊城忽聚風雲氣，初地仍論翰墨緣。檢點舊圖題《二樂》，小庚有《二樂圖》，謂讀書、飲酒也。崢嶸新秩報三遷。平生別緒從頭話，贈句洪橋又幾年。壬申春，君自閩來滇，僕有詩贈行，君尚藏之。

高唱入雲。

西清小謫豈蹉跎，上界文昌管領多。家世三傳皆玉署，君家三世已四翰林矣。門墻雙彦又鑾坡。兩科房首皆館選。高秋月府延前席，再與分校，一監試内簾。舊曲霓裳譜大羅。四科主司，皆君同籍。難使文人忘結習，等身書卷重摩挲。

如此佳話，又得名作以傳之，自當垂諸不朽。

校記：

〔一〕詩題，《小草》作《酬葉小庚申鄉》。凡四首。《詩鈔》僅録其第二首、第四首。其第一首、第三首依次補録於後。

〔二〕『往迹』，《小草》後改作『舊爪』。

附

己卯監試内簾呈主試林少穆則徐吴巢松慈鶴兩同年〔一〕　葉申薌

久作天涯吏，常欣使節臨。量才雙玉尺，勵操一冰心。望并今時重，交聯舊雨深。承顔愜晨夕，渾欲忘升沈。憶昔趨芸館，同時出帝鄉。相逢萬里暫，叙别十年强。仙骨癯偏健，詩懷老益狂。新陰桃李盛，嘉話繼前楊。巢松

廿載論交久，推君早擅名。槐廳新奏績，簜節舊持衡。共話辭鄉歲，偏增薄宦情。佳章叨見貺，守口句難賡。少穆

濩落嗟余拙，頻年嘆滯留。每陪蓬島彦，高話鎖廳秋。鴻雪添新迹，雲泥感昔愁。木天仙路迥，翹首悵悠悠。

校記：

〔一〕此詩録自《小庚詩存》。

防河〔一〕

漢家瓠子歲防秋，河濟千年欲合流〔二〕。昨日龍門馳曉箭，早時蛙竈亂更籌。瀾狂不覺重隄固，沙走能兼大地浮。百萬驚鴻何日定，奏書頻動至尊憂。

四律一片婆心，直是禹稷之己溺己饑，不得視為尋常吟詠。

楗竹搴茭未許遲，千牛力挽萬夫馳。水衡可費須求當，壤奠雖饒已告疲。沈璧誰如王子贛，引渠真憶鄭當時。請看張樂仙園地，猶爲籌防閣壽卮〔三〕。

治河經濟，於此已見一斑。

補

不仁詎合號河公，欲擊冰夷訴上穹。豈有青蛇開水厄，翻將白馬賽神功。封山倘議支祈鎖，導海應令蝄象窮。恨甚波臣助淫虐，靈威早晚靖龍宮。

昌黎驅鱷魚文，當與並傳不朽。

使星博望正還槎，無計隨刊祇自嗟。猶喜冬暄舒愛日，可能水軟護奔沙。天心已覺憐巢窟，民志咸思衛室家。爲祝春風三月好，金隄安穩看桃花。

名臣之識，仁人之心。

校記：

〔一〕詩題，《小草》作《防河四首（經武陟作）》。《詩鈔》僅録其第一首、第三首。其第二首、第四首依次補録於後。

〔二〕『欲』，莫友棠《屏麓草堂詩話》作『更』。

〔三〕此句下，《小草》有注云：『時在孟冬之初。』

孟縣拜韓文公墓

嗚呼！公去孔孟千有四百年，手引一髮千鈞懸。公没距今一千載，我讀公書若公在。公之廟食遍九州，真形况此藏山邱。幾緣《唐史》誤鄉貫，紫陽《考異》加推求。《新唐書》誤公爲鄧州之南陽人〔一〕。公家河陽三城側，祖塋迆邐盟津北。見張籍傳〔二〕。省墳瘞女文兩稱，見公集。首禾何日忘鄉國。要以致身誓死生，殊方坎壈平生歷。一疏潮州作逐臣，已拼收骨瘴江濱。一詔鎮州諭反賊，此身自分豺狼得。卒能驅除妖蠭平强藩，功成節立無攀援。易簀京師窆鄉土，飾終定謚叨朝恩。可知天心衛吾道，謂公能挽狂瀾倒。兩廡長應奉瓣香，一邱豈合隨荒草。惜哉！趙宋金元乏表章，石麟埋没蒼煙涼。皇甫之碑野火燎，居人空記呼韓莊。有明僅聞耿吏部裕，識以詩碣立饗堂。我朝聖人振儒術，曩哲精靈奪幽出。乾隆初元尺一頒，奉祀新增博士秩。巡方旋覩翠華來，詔護松楸賜芬苾。國家恩禮輝九原，公德誠宜長子孫。一傳襄州之別駕，再傳咸通之狀元。矧今奕禩賞延世，帝旁足慰騎龍魂。嗚呼！黄河嵩嶽皆地靈，賴公鬱鬱留佳城。君不見南有南陽北脩武，彼尚爭公一抔土。

東坡作昌黎廟碑，起二語如有神助。此詩首二聯真氣拂拂而出，那得令人不俯首至地。

敘事之中，間以議論，是太史公别傳體，不謂於詩中見之。

低回欲絶。

濡染大筆何淋灕。

古節古音。

餘音繞梁。

校記：

〔一〕注文，《小草》作：『《新唐書》，指公爲鄧州之南陽人，朱子嘗辨其訛。』

〔二〕『傳』，《小草》作『詩』。

河内弔玉谿生

江湖天地兩淪虚，黨事鉤連有謗書。偶被乘鸞秦贅誤，詎因羅雀翟門疏。郎君東閣驕行馬，後輩西崑學祭魚。畢竟浣花真髓在，論詩休道八叉如。

論古獨具隻眼。

湯陰謁岳忠武祠

不爲君王忌兩宫，權臣敢撓將臣功。黄龍未飲心徒赤，白馬難遮血已紅。尺土臨安高枕計，大軍河朔撼山空。靈旗故土歸來後，祠廟猶嚴草木風。

不加論斷，而忠武一腔熱血，已自滿於紙上。

題奚鐵生岡雪泉圖手迹〔一〕

先生胸含大古雪，灑作清泉甘且冽。一片冬心徹底明，出山洗盡人間熱。忽從畫幢悟前因，神物來歸信有神。曹氏倉藏鐵生筆，十年代寫先生真。竭來篋衍收奇珍，冰綃拂拭舊題新〔二〕。萬巖捲瀑作飛雨，六月生寒無點塵。相伴行縢萬餘里，對此盟心心似水。蒼山涷化昆池流，并入卷中論畫髓。坐我官齋眼最青，快如晴雪易忘形。斷崖他日躡游屐〔三〕，鴻爪餘痕思幾經。

一語抵人千百。

橫空盤硬語。

疏宕。

校記：

〔一〕詩題，《小草》作《題景福泉觀察謙雪泉圖》，並注云：『奚鐵生爲曹思馬畫，福泉得之。』

〔二〕以上四句，據《小草》補。原置括號内，即眉批『橫空盤硬語』所係者。《詩鈔》誤刪。

〔三〕『斷崖他日躡游屐』，《小草》作『斷橋他日追游屐』。

宿邯鄲〔一〕

沽酒邯鄲夜數錢，鑪頭一枕小游仙。自知例作公卿夢〔二〕，飽喫黄粱放膽眠。

起手一切，不著天花。

補

敢信《參同》道力深，人間天上兩無心。成仙也畏千年劫，果否盧生醒至今？

喚醒夢夢。

校記：

〔一〕此詩原有二首，《詩鈔》僅録其第一首。今據《小草》補録其第二首於後。

〔二〕『例』，《小草》作『不』。

題陶雲汀給諫澍禱冰圖〔一〕

藍田祝冰合，事著唐闕史。濟南酹冰開，載徵酉陽紀。彼雖應如響，所繫區區耳。

豈如江淮間，轉粟萬億秭。欻然澤堅腹，奚翅行折趾。偉哉陶使君，誠意達真宰〔二〕。朝往在乙亥冬，襜帷駐河涘。空艘趣南下，新糧計日始。其時朔風厲，徹夕凍雲委。朝來水生骨，一白亘千里。大舟滯中流，小者依岸檥。篙師眠縮頸，榜人凍裂指。公曰是予責，焉能束手俟！上仗天子威〔三〕，百神可役使。側聞露筋女，萬劫靈不毀。禱生爲蚊蚋嘬，甘以貞烈死。此節堅於冰，能使冰爲水。有祠大隄側，再拜前致祀。詞終云某官某，銜命漕事視。冰開漕艘行，冰合漕艘止。行止民食關，轉移神力恃。劃然明若有見，須臾巽風起。金瓃光陸離，翠葆垂旖旎。盤空飛神鵶，摧堅出江兕。劃然明鏡破，清徹寒漪底。不獻凌人羔，驟躍孝子鯉。連檣千萬舳，鉦鼓喧以喜。昨同守株待，今獲揚帆駛。僉言至誠感，頌公公讓美。謂兹膺神貺，實乃荷帝祉。在德神所憑，還以報天子。會當畺吏請，有詔神號擬。匾曰貞應祠，重楹煥雕綺。神昭効順休，公亦渥恩被。乃知藎臣悃，能作衆流砥。涉川賴忠信，感召本至理。公名記御屏，左右股肱倚。行將出監郡，繡衣叨冠豸。永懷絛冰清，兼惕薄冰履。豈惟籌漕然，治民盡如此。

用古事陪起，得尊題之法，而詩中亦不落平衍。

二語通篇關鍵。按，當指『此節堅於冰，能使冰爲水』。

寫冰開有聲有色。工部詩：『即從巴峽穿巫峽，直下襄陽向洛陽。』同一氣勢。論斷精確。（按，當指『乃知盡臣悃，能作衆流砥』。）深得古人頌不忘規之遺意。（按，當指『永懷條冰清，兼惕薄冰履。豈惟籌漕然，治民盡如此』。）

校記：

〔一〕詩題，《小草》注云：『五古四十韻。』

〔二〕『意』，《小草》原作『詞』，後改今字。葉眉書『詞字擬改意字』一行，當是林公筆。

〔三〕『杖』，《小草》原作『荷』，後改今字。葉眉書『荷字擬改仗字，或恃字』，後删『或恃字』，並注『下有恃韻』。

重陽後二日集劉眉生斯嵋同年齋中入夜得雪同人拈秋雪分體得七律〔一〕

一夕西風玉萬家，肅霜時節驟寒加。清威盡迫魚龍夜，冷豔先欺蘆荻花。瘦蝶夢迷衣上粉，征鴻泥印爪中沙。郢歌欲和增蕭瑟，白帝城頭有暮笳。

有刻畫而不失之纖，有寄託而不失之腐

河漢雲羅凍不流，明珠仙掌露華收。騎驢踏去無黃葉〔二〕，吹帽歸來忽白頭。別浦蒹葭森玉樹，隔邨砧杵擣銀樓。授衣正聽催刀尺，誰蓋長城萬丈裘。

似與高空破泬寥，故憑天女散瓊瑤。輕猶帶雨淩晨灑，弱不禁風墜地銷。山寺遠鐘沈細細，江邨落木雜蕭蕭。新詞莫爲悲秋賦，留取詩情過灞橋。

體物之工，一至於此。

畫屏銀燭敞書帷，淨我聰明此最宜。衰柳也教飄絮起，早梅猶恨著花遲。騎來白鳳驚先下，説與寒蟬恐不知。畢竟東籬存晚節，留香何止傲霜枝。

有唐人詠物之妙，宋以後尚未能如此藴藉風流也。

校記：

〔一〕詩題，《小草》作《秋雪七律四首》，並注云：『時重陽後二日，集劉眉生同年斯嵋齋中，入夜得雪，同人拈此題分體得七律。』

〔二〕此句，《小草》有旁注云：『「無」擬改「仍」，似於秋雪更切。』

寄和家梅甫明府靖光原韻〔一〕

鱅辰連䆉氣如雲，懷餠簪毫記軼羣。僕十三歲與君應童試〔二〕，曾共冠曹。彈指廿年成過客，致身三輔羡神君。行車撫字熙春樂，官閣論詩靜夜分。政績才名兩清絶，風塵原不損斯文。

分符難得近清都〔三〕，燕市頻招舊酒徒。綺陌香泥晨挈榼，紙窗殘雪夜圍鑪。客中情味鄉音密，醉裏歌呼禮數疏。人海狂名容我輩，襟懷未與少時殊。

歡場不及别離多，此去相思奈遠何。萬里輶軒通僰爨，一天風雨過牂牁。交情已感綈袍贈，詩律還聆玉珮和。最是星郵愁暑暍，借君佳句一長哦。

回首觚棱夢尚迷，春明歲月付輪蹏。豬肝已分羞名士，鹿脯何當慰病妻。來詩存問甚至〔四〕，深以爲感。舊雨情隨滇水闊，停雲思入薊門低。栽花更盼移東道，準備歸來醉似泥。

校記：

〔一〕詩題，《全集》作《寄酬梅甫二兄大人贈行之作》。《全集》乃據凌青提供手跡影印件録文。

〔二〕此注，《全集》作『君與僕十三歲應童試』。

〔三〕『清』，《全集》作『神』。

〔四〕『來』，《全集》作『君』。

題秋林逸趣圖

爲斸雲根採藥行，澗泉長是在山清。不逢橘叟圍棋坐〔一〕，時聽楸枰落子聲。

本來無地著塵心，何事山居悔未深。此趣定教閒裏得，一天秋思趁孤吟〔二〕。

詩亦不愧一逸字。

校記：

〔一〕『不』，《小草》作『偶』。

〔二〕『一天秋思趁孤吟』，《小草》作『一天秋思滿疎林』。

李鵠臣孝廉綸元春闈卷爲余所黜榜發後執贄請業而媵以詩次韻答之

當時真自笑冬烘，祇少金鎞爲刮矇。上界擬登華藏海，中流忽作引迴風。反脣幸未騰羣議，拙目奚堪詡至公。翻使矦芭訊奇字，不才先愧草元雄。擬報來書慕退之，李生足下勖脩詞。能融卷軸醰醰味，要運心機乙乙思。蘄至立言陳務去，浩然行氣盛斯宜。不明未必皆如我，會見知音遇有司。

次韻和曹儷笙相國師贈行時之官浙右〔一〕

觚棱回首望台雲，撰杖曾陪鵷鷺羣。慣聽寒花吟晚節，恍從祇樹證聲聞。杜房管領承明職，燕許評量應奉文。憶侍縫帷叨講畫，集披一品瓣香薰。每隨珂繖上彤墀，親見夔龍集鳳池。百辟風承元老肅，九天恩重小臣知。蓮燈驄轡皆逾分，簜節駪原敢有私。漫説封章論治譜，國僑無策不能欺。

端莊雜流麗。

捧檄剛於梓社鄰，繡衣驚荷澤如春。塵中夢未離三殿，堂上顔猶隔七閩。循分已難稱幹濟，不才何術答君親〔二〕。丹青霖雨皆師訓，恐負薪傳學治人。

藹然忠孝之心，溢於言表。

蠲緩恩綸徧越吴，一隅嗷雁可全蘇。關心簿領舒風葉，到眼煙波渺畫圖。調鼎神功資邴相，當官名論愧灊夫。遥知卿月中天朗，定許流光到聖湖。

校記：

〔一〕詩題，《小草》作《次韻曹相國師贈行四律，時之官浙右》，並注云：『庚辰六月。』今曹振鏞原作未見。曹氏另有贈林則徐詩題《送少穆之楚藩任，時庚寅七月》，係道光十年庚寅（一八三〇）林則徐出任湖北布政使時作。附此以供參考。

〔二〕『答』，《小草》原作『補』，後改如今字。地腳有批注云：『「補」字，擬改「答」字。』

附

送少穆之楚藩任時庚寅七月〔一〕　　曹振鏞

今春屈指計行期，喜自東來覲玉墀。封奏曾邀先帝獎，才名早荷聖人知。九科翰苑尊前輩，辛未至己丑九科兩省鄉闈重主司。雲南、江西主試。畢竟讀書歸有用，好將抱負答清時。

惠政初宣傳浙水，釀膏載沛頌吳都。潼關昔聽仁聲播，鄂渚今看德化敷。幾處詠歌皆勝蹟，一生管領盡名區。試登黃鶴樓頭望，恍展君家《飼鶴圖》。

古槐禪院洽嘉賓，同歲生誇卅四人。夏間會辛未同年三十四人於龍樹院，繪《雅集圖》。

北海讌游飛盞斝，西園圖畫集簪紳。寵膺外擢連三子，感沐殊榮僅兩旬。君與周芸皋、

龔蓮舫先後蒙恩外簡。笑說門牆馳譽盛，封疆總仗股肱臣。

追溯辛年瞬廿年，蒼顔白髮我皤然。桑榆景暮當風裏，葵藿心傾向日邊。翻爲贈

行尋舊夢，余曾與試湖北。怕教話別置離筵。莫忘握手殷勤語，記取荷香雨過天。

校記：

〔一〕此詩録自《林文忠朋僚詩文集》。

題嚴小農觀察烺皋亭餞別圖即送入都

鄉園偏似客中過，昨日新牽補屋蘿。難許桃花留去舫，爲防瓠子待論河。孤山韻

事餘元鶴，時葺和靖先生放鶴亭，觀察留鶴於此。春水離情動綠波。正是蒼生望霖雨，羣公莫惜唱驪歌〔一〕。

清言一何綺。

校記：

〔一〕《小草》眉欄批注云：『末句應再商。』

答程春海同年恩澤贈行〔一〕

游雲多活態，流水無定姿。人生譬弦括，脱手成分歧。之子木天冠，班揚得所師。珠璣落賦手，璚玉摛英詞。戢戢富束筍，觥觥出繅絲。名花韻姚冶，古錦文陸離。有美不自炫，鹽嫫當嬙施。譬我文藝工，兼以才識推。我慚益顔甲，子語增芳蕤。昨忝恩寵被，外臺爲監司。薊門折楊柳，贈言心銘之。時平用深意，元贈句。恐負知交期。

工於發端。

知交期我深，自待敢不厚。同調二三子，素心話杯酒。讀書希致身，黽勉勤職守。首祈吏民安，餘澤逮親友。酌水矢冰檗，羅材喜薪櫄。暇乘總宜船，一玩蘇隄柳。明燈照離筵，昔語猶在口。詎謂當官來，前意失八九。筍輿織長衢，塵牘塞虛牖。才拙奈務叢，支左還詘右。譙訶恐不免，報稱復何有。絶想禽魚嬉，瘁形牛馬走。雲霄有故人，下視真埃垢。舊侶聯驂騑，今途判箕斗。三歎作吏難，因風報瓊玖。

銜接一片。

李又湖中丞詩云：『書生終日苦求官，及做官時步步難。』讀先生此詩，更覺發揮明透。

校記：

〔一〕詩題，《小草》作《答程春海同年恩澤贈行五古二首》。程恩澤贈詩未見。又，《程侍郎遺集》卷三有《寄別林方伯少穆》詩，《林文忠朋僚詩文集》亦收録，題《刊溝舟次寄別林少穆方伯》，係道光十一年（一八三一）秋，林則徐調任江寧布政使時，程恩澤作於舟次。附録於後，以供參考。

附

寄别林方伯少穆〔一〕　程恩澤

方伯救荒富奇策，至今吳下稱仁賢。嘉聲隆隆徹天聽，凡有艱鉅君其先。斗維四郡水湧潰，江寧、鎮江、揚州、淮安。百餘年來無此愆。帝咨寶臣汝速往，君乃猛駕金河船。君自河南方伯調江寧方伯，乘黃河船駕麥豆並瀛眷同下。連檣麥豆載俱下，秋汛方彀强弓弦。彦道倘佯咏米編，梅妻慷慨輕濤淵。雲鴻有信萬民喜，窮鳥待哺千吭延。入境遑遑不暖席，料民審户籌金錢。手書疏草達當寧，絲言獎詡臚句傳。江南粗定撫江北，江北謂揚、淮兩郡。直蹻東海尋桑田。一夫失所聖懷歉，千里如見臣心遄。詩書愈飽才愈壯，千辟萬灌成龍泉。涖官行法用剛斷，徇知恤舊仍纏綿。每當案牘堆筍束，輒展書畫羅青氊。謂以古香散壅滯，神明濯後亭亭蓮。況復腕藏右軍鬼，定招判乞張公顛。我渴憶君君憶我，十年不見殊欣然。鏡中鬚鬢各蒼艾，酒畔談議猶清圓。十年隔面會不十，我其慢懶君胝胼。即從京口赴末口，備聞竹馬迎旬宣。君來弭節慰窮餓，全活奚止恆沙千。我別君後，君不日亦赴揚、淮一帶辦災。盛名遷地定一轍，好事入手求萬全。我材瓠落不適用，三食奇字何能仙。況今乍失慈母教，瞿瞿以後茫茫前。生逢堯舜不敢退，欲以孤介行其顚。箴砭吾過賴良友，自顧不見伊可憐。贈行已貸監河粟，結意復授明珠篇。山水清遠難爲别，且未暢開文酒筵。它時神馬儻相值，一笑先拍洪厓肩。記取石城兩槳去，小春踈雨芙蓉天。

校記：

〔一〕此詩録自《程侍郎遺集》卷三。

爲楊子堅鑄題張船山問陶畫册即次册中韻

山塘載酒空陳迹，京口談詩老此才。岷頂雲隨江入海，可教殘夢逐潮來。

偕陳荔峯閣學嵩慶同游孤山觀新種梅花荔峯詩先成次韻答之〔一〕

我從塵海感升沈，何日林泉遂此心。墓表大書前處士，時脩和靖先生祠墓，同人囑余題額。家風遥愧古長林。湖山管領誰無負，梅鶴因緣已漸深。便擬攜鋤種明月，結廬隄上伴靈襟。

校記：

〔一〕陳嵩慶詩未見。吴慈鶴、董國華均有和作，附録於後。

附

和少穆觀察孤山補梅原韻〔一〕　吴慈鶴

幽仙亦自有升沈，爲補寒花異代心。巧使雲仍主香火，更紆車騎訪山林。詩添孤嶼忙閒各，春繞西湖宛轉深。我欲一船横笛去，喚歸霜鶴共題襟。

校記：

〔一〕此詩録自《林文忠朋僚詩文集》，原署『吴縣吴慈鶴』。《鳳巢山樵求是二録》亦收録，題《杭之孤山舊有和靖先生祠堂，久圮。許玉年孝廉乃豐倡脩之，且補植梅花千樹，而少穆觀察、荔峯閣學共庀其役，唱和有詩，余亦和之》。

又〔一〕　董國華

處士叢祠跡久沈，蒼茫憑弔感吟心。寒山一角留初地，香雪千株補舊林。放鶴亭空招月守，班春部暇駐花深。畫圖想像横斜影，東閣何時款素襟？

校記：

〔一〕此詩録自《林文忠朋僚詩文集》。原置吴慈鶴《和少穆觀察孤山補梅原韻》後，題『又，吴縣董國華』。

題林少穆觀察孤山補梅圖〔一〕　馬履泰

和靖先生德不孤，宗賢來展拜邱廬。山中易補横斜影，身後難求封禪書。自昔蘋蘩留俎豆，至今冰玉照鄉閭。耳塵何用湖邊洗，鶴唳一聲來碧虛。

校記：

〔一〕此詩録自《林文忠朋僚詩文集》，原署『錢塘馬履泰』。

題林少穆廉訪孤山補梅圖扇〔一〕　潘奕雋

暗香疏影寺門前，一别孤山二十年。今日風前看畫本〔二〕，徑思重放裏湖船。隼旟想像駐山前，幽夢新詩記往年〔三〕。分得幽香懷袖裏，恍如同上泛湖船。

校記：

〔一〕此詩録自《三松堂續集》。《林文忠朋僚詩文集》亦收録，置馬履泰《題林少穆觀察〈孤山補梅圖〉》後，題『又，吳縣潘奕雋』。

〔二〕『今日風前看畫本』，《林文忠朋僚詩文集》作『今日松堂有畫本』。

〔三〕『幽夢新詩記往年』，《林文忠朋僚詩文集》作『嘉話流傳記往年』。

又〔一〕　錢儀吉

廣平身抱梅花骨，朗朗瓊枝照金闕。前身應是處士逋，清香畫戟臨西湖。湖上手栽三百樹，佳實已供羹鼎具。旌幢移駐江之南，披襟欲共梅花談。銅坑鄧尉忘游屐，活我烝黎盎阡陌。人知有脚偏陽春，誰道此心同鐵石。嶺枝初動來朝天，繡衣重惹御爐烟。祝君早試調羹手，旌節還聖□水邊。

校記：

〔一〕此詩録自《林文忠朋僚詩文集》，原置潘奕雋詩後。

題家鑑塘前輩春溥愛日圖

榑桑東去戀春暉，早脱宫袍著綵衣。葵藿有心承色笑，崦嵫留景轉熹微。每驚駒隙流光駛，肯使烏私素志違。我爲簡書慚負米，白雲迴望正依依。

雲左山房詩鈔　卷二

題閩藍樵超尊甫柏悦圖遺照

長憶觿辰繞膝嬉，庭柯曾對歲寒姿。不堪風雨嘑烏怨，卻喜文章宿鳳知。直節仍留千尺勁，清芬無負一經遺。甘棠也是承餘蔭，報與重泉合展眉。

吴渭泉觀察篪觴摇背指菊花開圖小照

愛花人似陶公癖，寫照詩傳杜老神。身到錦江尋昨夢，官來彭澤悟前因。扁舟下水遥相憶，老圃淩霜晚更親。聞道天心重清節，秋英移作海山春。

春暮偕許玉年乃穀張仲甫應昌諸君游理安寺煙霞洞虎跑泉六和塔諸勝每處各系一詩

萬竹陰中著小亭，衆峯轉盡見禪扃。澗谿汩汩鳴清溜，樓閣重重對畫屏。佛戒偏宜寬酒户，詩情都爲檢茶經。山僧爲道同龕約，惆悵彭宣地下靈。甘亭欲以今夏居此未果，思之慨然。

鑿開混沌了無痕，終古煙霞共吐吞。巖隙過泉晴亦雨，穴中吹炬晝疑昏。足音何必遺空谷，心地從教悟慧根。試證前身羅漢果，三生石上與重論。

谿聲引我過橋東，環佩空階細細風。獨倚井眉尋虎迹，直窺泉眼逼龍宮。銀缾乍瀉秋濤白，石銚新煎活火紅。茶夢圓時參梵課，幾聲鐘磬翠微中。

浮屠矗立俯江流，暮色蒼茫四望收。落日背人沈野樹，晚潮催月上沙洲。千家燈閃城南市，數點帆歸海外舟。莫訝山僧苦留客，有情江水也回頭。

附

同林少穆觀察遊南山諸勝奉和四律〔一〕　許乃穀

理安寺

谿流屈曲路彎環，指點諸天積翠間。雲裏魚龍飛傑閣，空中螺髻簇仙山。新茶烹露緑如許，脩竹入簾青不删。藤杖芒鞵吾輩事，繡衣難得一朝閒。

煙霞洞

何年石骨破玲瓏，鬼斧神斤費琢礱。祇許白雲扃洞口，不教紅日落巖中。依稀姓氏千官塔，隱約帆檣萬里風。空谷本來無一物，此中我亦笑空空。

虎跑泉

如此名山公管領，如此清水絶纖塵。我來亦覺禪心定，事往空餘虎迹陳。靈府滌時生智慧，茂林缺處補嶙峋。合爲玉局詩仙幸，七百年來有替人。

六和塔

脚底犇濤似雪堆，月輪山頂即蓬萊。層層塔影江心矗，莽莽春潮海角來。落日檣桅收急溜，中流砥柱仗雄才。從公竟立千尋上，拂袖天風亦快哉。

校記：

〔一〕此詩録自《瑞芍軒詩鈔》卷一。《林文忠朋僚詩文集》亦收録，題《辛巳三月，陪少穆觀察遊理安寺、烟霞洞、虎跑泉、六和塔諸勝。觀察詩先成，奉和四首》。張應昌和詩未見。

題天女散花圖

獨向祇園證淨因，諸天香雨隔紅塵。多生結習難消盡，認取風花未著身。

答陳恭甫前輩壽祺

少年壓金綫，學殖苦不早。莊歲竊微禄，具官未聞道。夙尚惟親仁，見善即傾倒。束髮讀公文，珍如覯鴻寶。顧維蹏涔水，奚由測汗浩。驅車向京華，仙人在蓬島。勸我長安居，琅函足搜討。吁嗟饑驅人，所謀亟粱稻。悠悠負公言，思之恧如擣。洎忝承明廬，公歸掇陔草。南鴻傳音來，令名勖善保。感拜書諸紳，盟衷矢皦皜。去年棲衡門，晨夕傾懷抱。游目窺墨林，敷衽榷前藻。迹如雲龍隨，談亦糠粃埽。我公德性堅，長此澗槃考。蹁躚萊子衣，金萱爲難老。下走仍風塵，苞栩嗟集鴇。雖云爲貧仕，匪戀官爵好。其如白雲遥，出門望蒼昊。録别愧我公，行矣勞心慅。

昨枉雙鯉魚，發緘得贈言。獎借逮末學，譽揚及家尊。更慨吏道媮，期以古處敦。樹立尚宏毅，一語誠探原。嗚呼利禄徒，字呡何少恩。所習乃脂韋，所志在飽温。色厲實内荏，驕晝而乞昏。豈其尟才智，適以資攀援。模棱計滋巧，刀筆文滋繁。峻或過申商，滑乃踰衍髡。牧羊既使虎，嚇鼠徒驚鵷。有慾剛則無，此際伏病根。於傳戒焚象，於詩勵懸貆。要在持守固，庶幾惻隱存。知人仰聖哲，弊吏扶元元。舉錯愜輿論，激濁澄其源。側聞官方敘，馴致民物蕃。不才乏報稱，循省慙素飧。但當保涓潔，弗逐流波奔。三復吉人詞，清夜心自捫。

不朽推立言，吾道章於闇。脩辭義繫《乾》，習教象占《坎》。著述儒者事，豈曰名譽噉。公欲屏文字，此論徇未敢。良賈深若虚，毋乃自視欿。抑豈鑒文錮，語激意有感。公秉天人資，琅嬛遍循覽。四部肉貫弗，百家手延攬。筆力揮觥觥，書味釀醰醰。微言析經心，壯氣破鬼膽。敷條發詩葩，初日照菡萏。中有真宰存，天地爲舒

慘。方賴式靡頽，墜障拯重窅。豈如悔少作，矯語示恬澹。公心重世教，行已謝黯

黮。大樹惟自堅，蚍蜉詎能撼。由來君子過，不學小人揜。言者況無罪，底用中心

憯。公集非浪傳，行當付鐫鏨。吾將佐校讐，公其首爲頷。

附

贈林少穆兵備入都補官三首則徐〔一〕　陳壽祺

少穆兵備前歲仕越中，太夫人已就養。嚴尊資政公，達者也，與鄉鄙老友爲真率會，有以樂其樂，未往也。適小疾，兵備聞之，遽請急歸，然在途而公已霍然起，蓋誠孝之感耳。兵備才望蔚爲時棟，值明聖求賢，公卿多推轂者，莅官僅一歲而歸，東山雖高，如蒼生何！親戚友朋，多勸捧檄。居數月，乃詣闕。壽祺與兵備，世有荀陳之交，比數過從，通悃悰，討文字，懽甚。瀕行，兵備命贈言。兵備方得時以達其道，功業日新。祺山中人也，其言惡足裨百一！姑以疇昔所談，述詩三章，且答兵備題余遂初樓末篇之旨。至於游讌之樂，離别之感，則未暇以陳也。

重華闢四門，八紘張天網。俊乂如雲興，九遷懋官賞。夫君掞天才，玉清躡霞上。星傳佐文明，蘭臺資直讜。武林佳湖山，天教秉英簜。清若江流滔，惠如海波泱。越人誦使君，士美禾善養。朝廷知弱翁，指顧華衮獎。未曾滿灌謁，請急何太慷。高堂有採薪，遥動心儆怳。朝聞夕投組，如飛鼓蘭槳。至誠感上天，未至已起杖。入門色笑親，深慰明發想。父曰嗟予子，天禄吾坐享。四牡戒懷歸，於義宜勇往。慈母縫征衣，親朋勸行鞅。鶯花三月初，買棹春水瀁。江湖魏闕思，忠孝道兼兩。偉哉柱石姿，濟時望吾黨。

貪泉見夷齊，敝屣視韓魏。人爵安足榮，仁義乃富貴。君子行道心，誦古思髣髴。九罭歌鮮魴，甘棠愛蔽芾。由來社稷臣，一誠通萬彙。民俗凋敝餘，若旱需灌溉。奸宄陰蘖芽，若農芟薉蔇。吏道患因循，人情多忌畏。蒼生繫安危，所尚在宏毅。吾鄉兩襄惠，明惠安張淨峯總督岳、連江吴子彬尚書文華皆謚襄惠。文武有經濟。安溪本通儒，擁旄功澤暨。落落踰百年，後賢每歔欷。如君復幾人，淵岳納腸胃。公卿交口薦，雅故洽蘭味。我獨勗千秋，匪爭時譽誹。至尊資股肱，上殿吐奇氣。許身稷卨倫，志士何所諱。

君家資政翁，毣毣韞貞抱。疇曩庠序中，素交善先考。兩家寒畯興，隱約艱締造。愷悌天所祐，朱紫侍耋老。勳業霄漢間，上貽令名蚤。嗟余誓墓還，北堂已華皓。况乏丁公籐，起疾徒請禱。鮮葩雖潔白，散木漸枯槁。才命判風花，遂初差自保。何由北山移，得傍南澗道。君嘗戲余以徵召之言，故云。尚將尋蓬萊，春風拾瑶草。或奉君房書，平生永爲好。

校記：

〔一〕此詩録自《林文忠朋僚詩文集》。陳壽祺《絳跗草堂詩集》亦收録，題《送林少穆兵備北行三章》，詩前小序未收，字句亦偶有改易。

題陳恭甫前輩遂初樓

一臥滄江歲月寬，瓊樓猶似上清寒。鑿坏名豈逃顔闔，掩卷心曾感顧歡。先生丁外艱歸，遂不復出。天與閒身護蘐草，聖教經義補陔蘭。清時莫訝歸休早，崔帽由來抵貢冠。

一起便自雅切。

醖釀深醇，詞與人稱。

中朝人盡訊行藏，十稔升沈漫較量。有命未妨安驥伏，無心爭肯羨鴻翔。賦拈孫綽聊中隱，居是元龍合上牀。夜靜憑闌望霄漢，插檐星斗自文章。

入室崔儦五萬編，琅嬛福地此行仙。名山書異窮愁著，左海才兼志節傳。夙世經神鄭公里，餘情墨妙米家船。依然潤色承平業，不比膏肓石與泉。

惆悵衡門心事違，饑驅猶未荅春暉。買山無計仍從仕，負米難言愧暫歸。每侍高堂戀明鏡，苦將慈綫勸征衣。登樓倍觸臨歧淚，慚對詩人東廣微。時予將北行。

錢舜舉伏生授經圖爲陳恭甫太史題

祖龍燔羣書，偏置博士官。姬孔道未喪，庶以收缺殘。嗟彼阬谷儒，結舌摧心肝。天乃遺一老，俾其通七觀。須臾嬴祚灰〔一〕，九國紛揭竿。生也抱籍竄，藏庋精力殫。殺聲入咸陽，經壁久未墁。事定求遺編，所得已不完。猶堪應列宿，古義供研鑽。渾灝合謨典，詰屈傳誥盤。學在齊魯授，策匪朝廷干。惜未徵安車，命載如鈞磻。就學遺家令，彼術徒申韓。生也示坦率，一任嘲儒酸。弗隸漢官儀，復恥秦衣冠。衹宜科跣坐，野處餘古懽。圖中作科跣狀。侍側弱女子，舌本瀾同翻。孰云方音譌，辭險義則安。後儒謬獻疑，掩卷索垢瘢。謂奚遺所易，而獨記所難。豈知恉奥博，上下該際蟠。不見先秦書，徵引辭弗刊。暢訓啓歐陽，樸學資兒寬。杖先太乙青，書後尚父丹。向微此老授，斯文徒永歎。異代爲寫真，王李俱染翰。右丞、龍眠皆有此圖。玉潭接畫髓，刻畫秋豪端。恰歸經師家，倍當揩眼看。《大傳》正箋釋，靜對書同攤。千秋有功臣，筆舌俱未乾。先生著《尚書大傳箋》。

從燔書起議，見授經所係匪輕。是詩家力爭上游之法。

寫伏生，如見其人。

推波助瀾，一噴一醒。

校記：

〔一〕『灰』，《小草》作『頹』。

陶舫詩二十韻爲馮笏軿孝廉縉賦

吾宗耆舊不可作，百二十年此邱壑。陶峴虛舟主者誰，馮驩代舍兹焉託。馮君招我文字飲，遺迹流連話疇昨。長林風雅雄晉安，伯歌季舞聯華蕚。來齋好古匹歐趙，樂石吉金恣採索。甘泉宫瓦昭陵碑，匹馬關山手親拓。鹿原簪筆翔五雲，掖垣爭乞鍾王格。平生風義重淵源，精寫三詩付剞削。漁洋、午亭、堯峯三家集，皆其手書。誅茆歸傍光禄臺，自署巢居號棲鶴。樸學齋連蘭話新，忽在樓中醉星落。題襟一輩盡名宿，往復詩筒徧臺閣。幾時門巷换烏衣，斜日房櫳照寂寞。勝地還須替人好，蘭成宋宅君奚怍。不遣公墩易舊名，此心便異荆公薄。鹿原遺墨況藏庋，來齋譔著加鐫鑿。九泉詞客宜有靈，高義雲天感奚若。義方償樹誠多情，李崧歸券非示弱。昔聞後人笑前拙，此宅屬君乃不惡。我詩逋負經十年，今日亦難爽前諾。何時長遂歸田謀，剥啄到門覓君酌。

直起雄健。

由後溯前，由盛溯衰，寄慨無限。

珠簾倒捲，迴映多姿。

頻伽禮佛圖爲海寧朱貞女作

青青女貞樹，皎皎冰雪姿。方爲含蕤花，已作梧桐枝。古井水不波，春風渡無辭。不羨比翼禽，不作精衛思。獨愛妙音鳥，西方自脩持。承顔老病母，稽首人天師。天人有淪謫，淨土無分離。佛香出闉闍，白雲滿罘罳。勖哉年及格，綽楔未足奇。要當歸安養，福報償艱危。重重欄楯下，萬樹皆瑶琪。遥看青蓮花，已茁七寶池。

題屠琴隖倬耶溪漁隱圖

一臥滄江歲月寬，鶴書雖到未彈冠。苧蘿山下佳風雪，留與詩人理釣竿。
濃嵐疊翠鑑湖春，難得鱸鄉待隱淪。便署頭銜作狂客，四明賀監儻前身。
平牽舴艋倩漁童〔一〕，坐試朝南暮北風。山水方滋歌詠出，緑蓑斜挂月明中。
一幅丹青自寫懷，此中招隱與誰偕？使君且爲蒼生起，琴鶴歸來亦自佳。
淡遠清澈，在集中又是一格。

校記：

〔一〕『艋』，原作『艦』，據《小草》改。

壬午四月起疾入都引見得旨仍發浙省補用紀恩述懷（二）

起痾常格比停年，况是輇庸合棄捐。病痊起用，例應坐補原缺。不謂煙霞頽放後，轉霑雨露寵恩偏。便分符竹仍初地，大好湖山有夙緣。最是驚聞天語獎，虛聲曾忝越中傳。召對時，獎及官聲，不勝愧悚。

棲遲雖愛舊衡茅，畢竟杭州未忍抛。魚鳥有情渾識面，士民於我若投膠。騶童再見紛成隊，燕子重來豫定巢。此次北上過杭，士人相顧懽甚，且以湖莊爲余眷屬居停之所。還欠西湖詩一卷，等閒吟付小胥鈔。公開藩吾楚及大粱，盼其來，思其去，足見人心之古，尤徵德政之深。

補

未謀三徑便休官，歸去方知退計難。親在不辭重捧檄，名微非敢詡彈冠。投林烏鳥紆銜哺，失水鮎魚促上竿。獨喜瞻天今有分，二年車蓋又長安。則徐以庚辰五月出都，今上御極以來尚未瞻仰。

落筆便真。

回首閩南躡屩時，行藏曾費幾籌思。不才多病知無補，從仕居閒兩未宜。循例竟隨東府謁，引見前須謁吏部。論文難禁北山移。高堂笑語翻相慰，有淚臨歧未敢垂。先生之才，可出可處，何不自滿假若是耶？

吳山南望節樓高，羊杜頻年此擁旄。煮海近聞饒斥鹵，鹾政近甚整肅。歸墟長與捍洪濤。海鹽塘工歷三百年，近始重建。迎秋麥氣雙歧報，足夜絲人八輩繅。今歲麥收、蠶事俱極豐稔。永使閭閻歌樂土，不嫌素食濫重叨。事事念切民瘼，卓然古大臣風度。

卻憶瀛堧一載中，巡防隄障媿無功。即今聽鼓應官去，猶喜書銜散吏同。金印未妨遲繫肘，玉壺長此要盟衷。鄧侯謝令吾誰似？笑任輿評總至公。武侯伯仲伊吕，而自比僅管樂。鄧侯謝令，恐尚未足以擬公也。

校記：

〔一〕此詩原有六首，《詩鈔》僅録其第三首、第四首。其餘四首，據《小草》依次補録。

題王竹嶼通守鳳生江聲帆影閣圖

清川帶長薄，回洲隱沙堰。幽人昔此居，一閣俯遥甸。小眠謝人事，讀破千萬卷。江聲入枕喧，帆影當窗見。吹火識歸魚，操桐送飛雁。清夜海月生，流光著寒面。了了江上山，煙中青可辨。牽絲一朝出，鄉夢幾回變。猶餘息壤盟，高吟謝公練。

我昔與君遇，湖渚生秋風。西泠好山色，雲水吹空濛。驥足幸稍展，鴻姿誰見同。自言舊廬在，坐恐蒼苔封。君才豈邱壑，况復家聲隆。良時重佐郡，黽勉蘇瘝恫。昨出秣陵道，微聞京口鐘。帆渡雨餘樹，鳥還霞際峯。何時遲公來〔一〕，攜手圖畫中。

二詩風格，在右丞、太祝之間。『鴻姿』五字澀。『隆』字韻亦近木。

校記：

〔一〕『公』，《小草》作『君』。

輓黎襄勤公世序（二）

道光四年春，孟月辰在乙。神光騰天庭，白氣貫紅日。維公邦之幹，康濟本經術。弱冠來田間，雍容對宣室。三清窘高步，百里膺外秩。鵬翼搏回風，飛翔詎遑息。峩峩二千石，治行數第一。豫章十三郡，所至政聲溢。江南古大邦，財賦計所急。轉輸達通潞，黃流患飃颶。前朝疏運河，引淮計周密。沙走隄不堅，時時潰狂潏。下流苦昏墊，材官籌稭秸。屢塞復屢決，帑金歲萬鎰。昔公官監司，馬港正奔汩。議築海口隄，道謀久始集。先皇慎心簡，倚任專且壹。弭節宣房宮，一紀河患釋。剛土制剛水，五行悟生剋。用石如用兵，堅瑕理深測。奇功創始難，衆議互沮尼。時維任城相，莅事矢精白。商榷掃羣翳，水衡戒剥蝕。費減工倍蓰，金隄鞏無失。往年豫州境，波濤灌城邑。豈真水逆行，泥沙或淤塞。淮徐悉安堵，成效差可識。今皇御宇初，嘉謀獻宸極。側席咨防河，指畫皆上策。滔滔崑崙波，萬里順軌則。奚獨轉漕便，澤國民乃粒。賜詩嘉勞臣，裔皇仰丹筆。景曜縣中天，斜光忽西昃。哀歌溢塗市，洪波助悲咽。遺章達九重，輟食重軫惜。宮階晉六太，尚書命載錫。兼廣任子恩，温問及素韠。咨爾秩宗官，典禮議殊卹。同朝盡感嘆，佳傳偉可述。余也蓬牖儒，《水經》匪諳習。昨年隸麾帡，講畫領親切。一編河上書，公著《河上易註》。苞符闡天德。知公裕經緯，爻象義從出。追隨日雖暫，眄睞荷榮特。冬日朝天還，公方示微疾。招邀具盤飧，憂勞見顔色。居安仍慮危，惴惴不遑逸。從來大臣心，肯爲一身恤。相違月甫周，幽明竟長隔。聞公遘祆夢，銅符佩鬱律。天雷千金文，元圭字青赤。元日揲朱草，京焦啓奥賾。爻在師之升，玩辭意罔懌。二者近冥契，誠至理與浹。灑然去來間，先機兆淵默。殷殷報國心，撫躬一悽惻。繁霄五緯陳，大星隕淮北。公歸固寡憾，僚寀孰矜式！爰溯乾嘉朝，論河幾儔匹。參之潘靳間，肸蠁宜廟食。尤願繼公者，成規奉無斁。榮光頌上瑞，永永慶安謐。

校記：

〔一〕詩題，《小草》作《江南河道總督黎襄勤公世序輓詩》。

題查九峯觀察廷華海上受降紀事後

樓艦重洋破浪豪，受降城倚海門高。書生獨秉籌戎筆，諸將長閒殺賊刀。事定方知身是膽，官清那有盜如毛。衣披繡豸冠彯翠，永識恩綸異數叨。

題延淇園尚衣延隆柳陰放棹圖

灤河煙柳秣陵舟，過眼風光筆底收。今日滄浪亭畔路，使君天許作清游。
水窗風細晝冥冥，短蓼疏蒹罨一汀。要共天隨賦漁具，便衣襏襫荷笭箵。
矮竹疏櫺兩面開，不妨中聖且銜杯。論詩若擬司空品，真見明漪絶底來。
揮麈聯吟興未孤，一門風雅唾成珠。何如茶竈琴牀畔，添畫君家小鳳雛。君長孫鑾哥極聰慧。

和延尚衣滸關舟行遇雨用王篔山觀察賡言韻〔一〕

官舫哦詩興不凡，一奩淨碧曉開函。臨波岸柳團空堠，帶雨溪雲送遠帆。蚤爲雁鴻籌野粟，盡容鷗鷺狎朝衫。扁舟悔未隨君去，觀瀑推篷訪翠巖〔二〕。
湖天秋色正離離，妙句天成那費思。别向新圖開虎阜，不須小部按鳩兹。煙沈郵樹濛濛暗，風颭船旌獵獵敧。笑我輭紅成獨往，看山留約待歸時。

校記：

〔一〕詩題，《小草》作《和延尚衣滸關舟行遇雨用王簣山觀察韻》。

〔二〕『觀瀑推篷訪翠巖』，《小草》作『不共推篷訪翠巖』。

題粵海榷使達誠齋達三詩集即以贈行〔一〕

蠻風蜑雨轉炎疆，蓬閬光陰特地長。横海濤聲平鼓角，排山雲氣下帆檣。通商早薄宏羊計，綏遠先除害馬方。政暇每聞耽嘯詠，羅浮煙樹鬱蒼蒼。

竭來邂逅闔閭城，甘雨隨輪辦此行。讀史識窮天下事，論詩胸有古人情。聽簫吳市悲陳迹，鼓枻灤河指去程。重與熙朝編雅頌，珠光劍氣看縱横。

補

繡衣持節憶江關，桂樹淮南著手攀。信有真仙居地上，遂傳佳句落人間。通津波暖飛青雀，小閣花深放白鷳。驗取飲冰情節在，始知恩澤重如山。

校記：

〔一〕詩題，《小草》作《題達誠齋達三榷使詩集即以贈行》。凡三首。《詩鈔》僅録其第二首、第三首，今補録其第一首於後。

障海樓三十韻爲海鹽汪少海大令仲洋作

翬標麗霞翔，鏤桷切雲起。海氣排空來，目極九萬里。虹隄功既奏，鯨濤勢皆靡。實足雄屏藩，豈徒侈觀美。往者海上役，共繹宣房理。因瞻閩嶠雲，旋渡吴江水。使君獨賢勞，勤績偉可紀。施工慎權輿，搥堅固基趾。伐山得巨石，千夫鑿而庀。崱屴移巖巒，縱横疊鱗齒。百密無一罅，劃然衆流砥。初春樂清晏，登臨欲徙倚。兹樓適落成，百尋仰迢遰。泰山列窗前，瀲洋渺眼底。舉杯片月白，放燈斷霞紫。犀燭窮九淵，鼇軀屹三市。本此浩蕩心，能令父老喜。無何占畢躔，吴越歎水毁。狂飆宵怒號，山嶽若爲圮。鹽官竟無恙，僉曰石塘恃。側聞風雨交，神光現尺咫。樓檻森玲瓏，旌旆動旖旎。鏡開狂瀾迴，矢激萬怪死。雁鴻無瞀鳴，鮫鱷悉他徙。乃知洽輿情，端能荷天祉。手障滄溟東，横流杯勺耳。偉哉君姓名，喻水見意愔。成功在瀛壖，豫識神助爾。殷渠亦已陋，湯閘庶堪擬。願君恢大猷，永同此樓峙。

公集中五七古，起筆皆超拔不羣，以下自迎刃而解，非僅養厚，亦由才雄。先言造樓，次言登樓，層次井井。九天之雲下垂，四海之水皆立，詩境仿佛似之。戛然竟住，妙極。

附

和江蘇按察使林少穆先生寄詠障海樓三十韻〔一〕　汪仲洋

秦山渡海回，湯山冒潮起。迴環對鉗束，中空數十里。九塗十八岡，故跡慨摧靡。坡陀改魚鱗，原非衒增美。專精出神晤，奇刱得常理。惟公踵前哲，不獨工制水。引手脩鵬霄，低頭奠鼇紀。尺寸量舊規，指揮定新址。成算握圖籍，百職效官庀。椿木排馬牙，累石堆雁齒。我豈知海防，公真是人砥。移節猶眷戀，瞻星倍依倚。欲誌棠憩處，高樓結迤邐。憑闌念始基，潮突克攸底。欻見垂天龍，掉尾吸海紫。撤空作淫潦，波濤入城市夏中，海上有三龍自雲端掉尾而下，離海面約十許丈，龍尾略攪動，海水即山立，聲如雷搏。龍憑雲而游行無定，海水亦隨之旋轉溢涌。少頃，龍尾没，而水惟一綫白光上挂霄漢矣。三日後，大雨遂作。乘危海若驕，助虐飛廉喜。濤頭如山來，作勢肆淪毁。羣言聖燈見，未致金堤圮。驚魂近甫定，隻手昔何恃。綢繆賴先事，庇蔭不踰咫。瀛壖幸屹若，雲蜺太旖旎。三吳兩浙間，昏墊誰救死。捐施有勸導，賑撫無流徙。懲儆偶執法，全活多拜祉。在浙惟中丞，在吴使君耳。嵩發聞行旌，朝覲奉天旨。金閶集士庶，攀轅固應爾。豈識杭湖間，亦有還轅擬。安得合吴越，使節竟雙峙。

校記：

〔一〕此詩録自《心知堂詩稿》卷一八。《林文忠朋僚詩文集》亦收録，題『和少穆廉訪見題障海樓詩原韻』。

和林少穆廉訪題汪少海所建障海樓原韻〔一〕　顧均

東閣神君來，西蜀異才起。天欲奠瀛壖，聚之數千里。古鹽濱大洋，日久塘傾靡。有明黄僉事，百年誰繼美？惟公换繡衣，仗節來宣理。斫鱠憶蓬山，驅鰲制海水。擇吏得汪淪，佐治閲星紀。綢繆發新意，於舊制五縱五横之外添設擋樁石，復以鐵錠聯屬於石縫相接之處，皆爲經久計。層疊增故址。舊塘十八層中亦間有薄石，今石料悉照《圖經》所載尺寸，故新塘高出舊塘二尺餘。貞珉千艘裝，大木百司庀。階累級鱗鱗，樁排石齒齒。百尺高樓撑，一柱中流砥。我時親畚揭，公餘得徙倚。辛巳三月，均奉檄武原，至壬午三月去事，在工計七閲月。憑闌渺波濤，俯堤亘迤邐。基固狂瀾迴，工堅怒潮底。去年吴越間，十丈秋水紫。浩漫没田廬，浸淫灌城市。滿目稻蟹愁，掉尾魚龍喜。沿海十數州，一一嗟淪毁。獨有馬嗥城，金堤屹不圮。非公先事防，斯時完何恃。公今駐金閶，福曜照尺咫。賙困德政覃，父老話旎旎。援手憫蛙沉，振廪救鴻死。青黄預接濟，蒼赤免遷徙。簞食沐公恩，堤海拜公祉。浙水舊棠陰，頌聲播衆耳。謂是邑侯勞，悉秉使君旨。不信讀公詩，仁人言藹爾。登樓望秦峯，高聳疇匹擬。巍巍中丞公，謂浙撫帥仙舟先生。使節吴山峙。

校記：

〔一〕此詩録自《林文忠朋僚詩文集》。

題朱笥河先生筠谷梨精舍詩翰爲張又川人壽

許燕文望領槐廳，兩度閩山駐使星。遊到玉華曾作記，聚來石筍自成亭。但逢佳士心先醉，况對名山眼倍青。我感於陵門下遇，瓣香同禮祖師庭。家君受先生知最深。摶沙聚散那堪論，玉尺持歸竟九原。不獨騎箕悲老宿，更驚飛舄隔鄉園。點蒼山外空行迹，太白樓頭泣酒魂。回首昔年高會地，梨花寒食月黄昏。尊甫鏡川卒於滇。

醉菊

襟上新霜映酒痕，黄花相對澹無言。南山山下日將夕，恰有白衣人到門。

題曾靜齋總戎大觀巡海圖

神山初日射金鼇，横海樓船下瀨豪。鯷壑天風傳鼓角，蛟門雲水洗弓刀。清時縱少跳梁警，勁旅休忘戰艦勞，準備圖形上麟閣，天吳移繡折波濤。

勗勉情深。

芸館集仙圖朱芝圃觀察桓屬賦

曾記仙人集大羅，一時簪筆共鳴珂。羣公才望唐貞觀，此會風流晉永和。圖爲癸丑同年同館雅集作。海嶠繡衣持節重，石渠玉筍荷恩多。鑪香扇影觚棱夢，已歷三朝十六科。

爲家朝覲文儀題其業師鄭圓嶠處士應瀛傳後

十年星隕少微垣，猶有經生拜墓門。地下黔婁誰議謚，江東羅隱合招魂。文章零落空憎命，香火因緣自感恩。生死幾人見風義，多公鉢簡重淵源。

題潘功甫舍人曾沂宣南詩社圖卷〔一〕

宦游我憶長安樂，聽雨銅街夢如昨。朝參初罷散鵷鸞，勝侶相攜狎猿鶴。清時易得休沐暇，詩人例有琴尊約。金貂換取玉壺春，鬭韻分曹劈雲膜。招尋已喜苔岑同，懷抱豈辭豪素託。陌上東風盛花事，萬柳毿毿桃灼灼。鼠姑開盡殿春開，琳宇瑤臺趁行腳〔二〕。消夏冰調太液凉，延秋雲捲西山削。爐圍三九寒裘擁，酎買十千晝叉拓。四序流連付游屐，百端悲喜歸吟橐。豈無歎息居不易，臣朔朝飢米難索。室如蝸角車雞棲，衣似西華履東郭。秀句要教出寒餓，高歌未厭填溝壑。千秋人海幾升沈，如此朋簪良不惡。連璧潘郎最少年，豪端光燄騰干莫。前躋沈宋後錢郎，日下題襟履綦錯。顧余縮瑟吟秋蛩，如萬牛毛一螢爝。偶喜追陪飲文字，敢擅風騷附述作。況自分符辭帝京，萍梗隨流無住著。兩度朝天未久留，觚棱回首棲金爵。五字長城辱君贈，曲高難和中心怍〔三〕。比年憂患更輟吟，俗網紛紜苦纏縛。竭來重踏東華塵，扁舟先向横塘泊。君正逍遥茂苑春，篇補《白華》詠朱蕚。矧聞樂善歌《采菽》，豈弟詩人美《洞酌》。國肥不使一家肥，百頃義莊任芟柞。尚書惠心庇桑梓，舍人養志肯播穫。乃知時尊甫尚書公捐田千六百畝，爲吳中義産。〔四〕采詩直媲上古風，徇路奚假遒人鐸。

温柔敦厚教，貴取精華棄糟粕。徒將風月恣嘲弄，或以珠璣佐酬酢。《二南》雖讀仍面牆，古義何由式浮薄。如君真乃深於詩，訓秉趨庭濟施博。新詞應上御屏風，詎止翻階詠紅藥。鳴珂何日還春明，九天咳唾霏霏落。南皮高會西園集，重樹風聲振臺閣。藤花吟榭古槐街，詩老餘芳未寂寞。承平方待緝雅頌，印綬原非耀纍若。願君翩鳳鳴朝陽，毋爲獨鶴翔寥廓。

校記：

〔一〕林則徐四世孫林紀燾藏此詩真蹟，其前有款識云：『道光七年三月，徐由閩入都，舟過吳門，功甫仁兄出此圖屬題，爲賦七古一章。縱筆所之，不成詩律，惟大雅匡正之。更望早赴春明，續此詩壇韻事也。少穆弟林則徐識於望亭舟中，時谷雨前二日。』詳見鄭麗生校箋《林則徐詩集》第一九五頁。《小草》亦收録是詩，亦無款識。

〔二〕此句下，《小草》有注云：『京都萬柳堂、釣魚臺桃花，崇效寺牡丹，豐臺芍藥，節詩人聚游之所。』

〔三〕此句下，《小草》有注云：『癸未由吳中入覲，君贈詩獎借過情，未及奉和，至今爲媿。』

〔四〕此注，《小草》又云『君實贊成之』。

區田歌爲潘功甫舍人作〔一〕

田父爾勿喧，聽我區田歌：區田所種少爲貴，收穫乃倍常田多。問渠何能爾？只是下不遺地力〔二〕，上不違天和，及時勤事無蹉跎。爾農貪種麥，麥刈方蒔禾。欲兩得之幾兩失，東作候豈同南訛。我今語爾農，慎勿錯放青春過。臘雪浸穀種，春雨披田蓑。翻泥欲深耙欲細，牛背一犁非漫拖。爾昔拔秧移之佗，禾命損矣將奈何！何如苗根直使深入土，不用爾手三摩挲。一區尺五寸，撒種但喜疎羅羅。及其漸挺出，莖葉暢茂皆分科。六度壅泥固其本，重重厚護如深窩。疾風不偃旱不槁，那有禾頭生耳穀化螺。此術爾不信，但看豐豫莊中稻熟千牛馱。本書三十二説精不磨，我心韙之好匪阿。噫嘻！田父毋婞嫛，莫負潘郎一片之心慈如婆！

校記：

〔一〕詩題，《小草》旁注『曾沂』二字。

〔二〕『遺』，《小草》作『盡』。

附

述夢二絶句寄陸我嵩楊文蓀並簡林則徐〔一〕

潘曾沂

癸巳正月二十夜，夢中得七字曰『二水人田誘種糧』。二水合成林字，閩人稱水曰林也。人田爲佃，陸農師之名也。意必有閩中人陸姓者來話農事耶？次日果得楊文蓀書雲，陸司馬我嵩自閩中歸，欲得拙著《區田書》，將試行其法於青浦。因記壬午歲在京師，曾題司馬西湖詩夢圖二絶句，有『後時潘陸應同調』之句，乃悟潘江陸海與二水之義適合。又一絶云：『二十年前楊補之，小窗秋語録成詩。曾來隱幾看帆席，稍稍蒲橋月上時。』語皆指姓楊者，不知十年後事悉驗也。

兒童盡識陸農師，『騎竹兒童夾道迎』，陸農師《陶山集》中句也。寶坻書成政可知。
穀雨深耕難著力，且吟風雪運糧詩。昨夜得雪五寸，恐損菜麥矣。

李白詩中白鷺洲，中分江海見清流。十年夢醒梅花案，盡把金針換釣鈎。

校記：

〔一〕此詩録自《功甫小集》卷一〇。

齊彦槐新製龍尾車甚宜於區田且合二水人田之夢喜賦此詩並簡

林則徐陳鑾〔一〕 潘曾沂

神龍見首不見尾，圓機潛藏得者幾？圓機，見王荆公《水車詩》。雲雷不識有經綸，獨喜聽君談娓娓。君家陽羨古時州，買田學稼躬鋤耰。精思無出古人下，要術惟與齊民謀。入春望麥苦淫雨，誰謂插秧無雨苦。迨我暇矣一畫策，莫待臨時徹桑土。泰西水法傳農家，其農習用龍尾車。樞機之發奪天巧，信能行此旱不嗟。蘇松賦重田價賤，民無蓋藏飢饉洊。當年生齒十八倍，高宗純皇帝南巡，第三次嘗諭諸臣曰，近來吴中生齒日蘩，較往時已多十八倍矣。一粒艱難今可見。賦如再減是皇恩，租不從寬苦良佃。青天轉粟難復難，筐篚竭蹶不可寬。東南不是望西北，西北稻人無專官。吾謂東南是根本，及今使富未爲晚。農貪宿麥忘仄深耕，播穀翻田去春遠。嫩苗拔洗元氣泄，瘠土浮根燥不穩。我昔教農勤灌田，唇乾口裂呼上船。括過盤吸置弗講，涓涓一滴圖眼前。道光八年，試行區種法於婁郊。嘗坐一農舟從鄰舍載桔槔而來，親督灌溉。耕者頗憚煩，余心竊憫之。山田種粟不得已，余有山田植粟之議，前年曾試種於支硎山下，梁方伯爲作《支硎新粟歌》，尤舍人興詩和其韻。塘壩轆轤民憊死。吴縣山田受旱最早，打塘壩起水，民不堪其勞。我觀車水堯峯湖，十牛力盡不濡軌。開濬興福塘，用桔槔戽水，使涸頗不易。躍躍欲試龍之奇，在田在淵習水嬉。三月二十五日，在城南試龍尾車，觀者甚衆。屈伸相感不可説，已日乃孚使由之。君來坐我蘿蔓室，叉手高談觀水術。但覺雲興一指間，焉知法界轉輪疾。回看几上破銅瓶，中有嘉禾區種出。區田稻插瓶中已五六年，穗堅不脱，其法之善益可信。頻年苦望亦如君，有志速成疑頓失。近年《豐豫莊農書》漸行於他省，而浙之寧、紹兩郡人信者獨衆。林中丞在河南時，教種有驗。董太守國華書來云，曾以其法試於昭通某秀才家，果得倍穫，因名曰潘家田。人間自有主稼神，請雨呼龍心即佛。近日大吏每有祈禱，甚虔。

校記：

〔一〕此詩録自《功甫小集》卷一〇。

和陶雲汀撫部海運初發赴吳淞口致告海神原韻〔一〕

手障東溟奠紫瀾，萬檣紅粟啓雄觀〔二〕。直從佘滧開洋駛，不似膠萊闢路難。前代海運，由膠萊河轉搬三百里，議開濬，而地皆山脚，難以施工。今從崇明之十滧。佘山放洋，直達天津〔三〕。遼海雲帆詩意在，吳淞翦水畫圖看。旌懸五色天風送，破浪居然衽席安。

當年淤墊未完疏，何計能輸御廩儲。移節獨臨財賦地，飛芻難恃會通渠。道光乙酉，河漕皆病，公由皖撫吳〔四〕。萬言恩信招商舶，公至上海〔五〕，剴切宣諭，商船麕至。一粒脂膏軫比閭。精爽格天誠動物，谷王龍伯助吹噓。

疏草連章快寫宣，天書首捧墨花鮮。公奏海運默邀神佑，請加封號。〔六〕禱冰神貺符前事〔七〕，運甓家風邁古賢。旗腳香收迷去鳥，沙頭影落認歸船。功成合有登臨樂，海市詩哦玉局仙。

愧未瀛壖橐筆從，養痾曾荷主恩容。余乙酉南河督催堰工告竣，復往上洋籌辦海運，適疾大作，回籍調治。〔八〕遥聞令肅防中飽，更憫民勞緩正供〔九〕。食貨成書垂國史，事成，編纂《海運全案》十二卷。積儲大計仗儒宗。八州作督渾閒事，重是循牆矢益恭。

校記：

〔一〕詩題，《小草》作《和陶雲汀撫部〈海運初發，赴吳淞口致告海神，登礮臺作〉原韻》。

〔二〕『覩』，《小草》作『覵』。

〔三〕注文，《小草》作：『前代海運，由膠萊河轉搬三百里，或謀開濬，而地皆山腳，難以施工。今從崇明之十滧佘山放洋，直達天津，毫無阻礙。』

〔四〕注文，《小草》作：『道光乙酉，河漕皆病，特命公由皖江移撫三吳。』

〔五〕注文，《小草》作：『公親至上海，剴切宣諭，即時商船麕至。』

〔六〕注文，《小草》作：『公奏海運默邀神佑，請加封號及御書匾額，以答靈庥，均蒙嘉許。』

〔七〕此句下，《小草》注云：『公巡視南漕時，有禱冰之應，曾爲圖紀之。』

〔八〕注文，《小草》作：『乙酉夏至，南河督催堰工告竣，復奉大府檄令，往上洋籌辦海運。適痁疾大作，未克成行。旋蒙恩允回籍調治。』

〔九〕此句下，《小草》注云：『公請將帶徵災賑錢漕遞緩一年，俱報可。』

附

丙戌二月一日海運初發偕同事諸君赴吴淞口致告海神登礮臺作〔一〕　陶澍

昔聞觀水必觀瀾，吉禱今來得大觀。萬舳賨沙通轉運，臺外有復賨沙，回環二十餘里，各船從此出洋。九重玉食念艱難。煙開島豁黃龍遠，潮滿神停白馬看。指點扶桑雲五色，日邊好路近長安。

經營焉敢避迂疏，天府由來重積儲。碣石舊程脩《禹貢》，《禹貢》『夾右碣石』，爲海運始。海濱新鹵闢河渠。元初張瑄、朱清海運，由劉河口轉海門之廖角沙，沿嶼北上，計程一萬三千里。其後殷明略開新道較近，由瀏河至崇明之三沙放洋。明代王宗沐等由灌河口至鷹游門轉般膠萊，沈廷揚由黃河口出洋趨成山。今俱沙壅難行。本年出吳淞口，至十滧佘山放洋，爲從來運糧未經之道。梯航遠道歸中極，溟渤多年奠左閭。自康熙二十八年開海禁，重洋平靖已久。香火乍收旗欲轉，不驚鈴語送吹噓。是日並祀風神。

兩載茨防諭旨宣，疏盈未許滯紅鮮。各省議折漕停運，奉旨不允。般倉劉晏原中策，上年六月在皖奉命調蘇，議請海河並運，並請嗣後仿照唐代轉運般倉法，於清江浦建倉，以備緩急。作楫商巖有大賢。海運之議，發於協揆英煦齋師、歙縣相國曹公、文秋潭太宰、大司馬王研農師、尚書王省齋前輩，樞直宣諭，諸多贊畫，襄平相國師尤屢次札商。路認登瀛多伴侶，潘吾亭、陳芝楣、王希伯皆詞館舊雨，宋觀察爲小坡前輩之弟，許大令爲青士、滇生兩太史之兄。地非橫海試樓船。同舟倍切同寅誼，郭李人曾望若仙。本年辦理海運，琦靜庵通侯總攬全綱，穆鶴舫同年、陳心畬前輩先後督漕，多所籌酌，賀耦耕方伯及同事諸君力肩重任，俞陶泉、李葛峰兩司馬司局務大小印委，並切同心，得以集事。彈壓則提督王竹亭、總戎曹濟川、副將裘古愚之力爲多。

申浦連番策騎從，去秋曉諭商船至滬。望洋復此話從容。脂膏每惜東南竭，杼柚仍勞大小供。帝軫閭閻紓穗秸，頃以民力拮据，請將帶徵道光三年災緩，錢漕遞緩一年，並去秋蘇、松等屬被風，米質多青腰白臍，又句容山田較多，請嗣後紅秈並納，均得旨報可。海浮天地識朝宗。吾儕忝竊多民力，敬告羣寮矢協恭。

校記：

〔一〕此詩録自《陶文毅公全集》卷六〇。

題孫平叔宫保爾準平臺紀事詩册〔一〕

重瀛東去洋婆娑，卅六島外昆舍那。鄭成功朱一貴殲夷郡縣置，七日神速揮天戈。跳梁林爽文蔡牽亦授首，鯨鯢血濺滄溟波。鯤身不響鹿耳帖，比户嚮義嘉諸羅。噶瑪蘭開雞籠拓〔二〕，島夷阡陌皆升科。上腴沃野歲三稔，陸處真作安樂窩。胡爲鬩爭起蠻觸，始禍只坐游民多。泉漳粵莊區以類，如古鄠灌仇戈過。一朝睚眦輒推刃，但計倏忽忘其它。或乘風鶴播簧鼓，甌臾莫止流言訛。潛結番黎出貛穴，被髮舞蹈驚天魔。深林密箐擄人入，强弓毒矢藏山阿。赤嵌城頭急烽火，金廈羽檄紛飛梭。棘門灞上兒戲耳，威約漸積徒婞娿。橫海樓船屬連帥，乃假神手持斧柯。謂彼蚩蚩各秦越，吾惟一視無偏頗。天心厭亂神助順，願速集事無蹉跎。十更迢迢一鍼渡，風檣不動安白螺。節使渡海，歷供左旋定風白螺。曼胡短衣屬櫜鞬，刀頭淅罷盾鼻磨。乘風破浪達彼岸，首問疾苦蘇疲痾。大宣德威諭黔首，衆皆感涕傾滂沱。掃除妖孽落黃斗，遂殄番割漢奸別名袪么麼。渠魁就擒脅者撫，匪以雄陣矜鸛鵝。功成更畫善後策，要與休養除煩苛。朝廷策勳賁祥賚，彯纓翠羽冠峩峩。秩躋疑丞媲周召，拜恩行復鳴朝珂。從今東郡息桴鼓，長祝樂歲民康和。颱草無節番檨熟，恬瀛如鏡馴蛟鼉。不須圖編更續籌海議，但聽武洛來獻番夷歌。

校記：

〔一〕詩題，《小草》作《題孫平叔宮保平臺紀事册子》。

〔二〕『雞籠』，《小草》作『後壠』。

題周桐峯大令興嶧湖上謁祠圖

越水當年泛使槎，尊甫海山先生視學浙中，士感其德，爲建專祠。〔一〕遺祠今日護神鵶。再來人比蘇和仲，述德碑留蔡少霞。餘澤好看傳世笏，清芬還種繞城花。寒泉秋菊馨同薦，合伴孤山處士家。

前塵彈指去來今，舊德先疇感不禁。到眼松杉皆古色，成蹊桃李又新陰。湖山也結甘棠想，香火難忘寸草心。比似圓通禪院裏，寶書飛蓋一長吟。

校記：

〔一〕此注，《小草》置題下。

題徐星溪總戎慶超春波洗硯圖〔一〕

弓刀隊裏掃書巢，閒與陶泓訂石交。挽取銀河洗兵水，餘波蟠起墨池蛟。

閩山勒石手親摩，飛白橫空署擘窠。奮筆快如摧大敵，李潮長戟永興戈。

山陰道上狎鵞羣，曲水流來浣紫雲。家法自存徐季海，不求形似右將軍。

海疊强弩射濤頭，又向浙江濯碧流。三折悟他之字勢，故應波磔倍清遒。

補

慚媿君苗硯欲焚，不爲絳灌也無文。看君别領頭銜貴，即墨侯兼萬石君。

校記：

〔一〕此詩《小草》所録凡五首，《詩鈔》僅録其前四首，今補録其第五首於後。

張篪仙牡蠣鉼圖

牡蠣鉼，沈何年？地風井火吹淪斎。老雕百歲未化石，蒼虬抱珠泉底眠。牡蠣鉼，出何地？青絲轆轤引深邃。吹簫女子雙髻峩，夜繞銀牀弄寒翠。牡礪鉼，藏何人？瑯嬛仙客儲家珍。鬆皮几小琢鈿玉，苔斑墉紅煙媚春。養花花不枯，注水水長滿。魚缸凝餤照夕扃，牽櫝纖兒拾金盌。靈物從來有晦顯，一鉼雖微理可闡。釣龍臺，秋草荒；棲鳳宫，烏鳶翔。海潮蝕岸見茅絰，穿土鬍鬍疑商羊。年深何從辨款誌，曲幙闉香飄蜃氣。麴生長揖化身來，或共雞彝充酒器。〔一〕

校記：

〔一〕篇末《小草》原有句云：『珊瑚架，翡翠屏，蝦須不卷春冥冥。風流誰似張公子，傳徧人間牡蠣餅。』《詩鈔》未録。

題夏慈仲寶晉集〔一〕

早是扁舟載酒時，堉鄉煙柳碧絲絲。西江初祖成圖派，蟻穴蜂房許論時。

落手煙華絢古春，峻於唐體薄梁陳。卷葹閣與謨觴館，風雅飄零有替人。

補

甓社珠光徹夜虚，江湖前夢感胥疏。如何此客遭逢蹇，十載春明騎瘦驢。

此事都由妙悟深，宗師屈宋見初心。行歌莫道蕭條甚，珍重長安市上琴。

校記：

〔一〕此詩《小草》有四首，夏寶晉《冬生草堂詩録》卷四《次韻林少穆廉使則徐見題小稿三首》，前附林則徐《甲申三月讀竟奉題四首》，即該詩。《詩鈔》僅收録其第二首、第三首。其第一首、第四首依次補録於後。夏寶晉有和作，《冬生草堂詩録》僅録三首，《林文忠朋僚詩文集》收録四首，題《次少穆先生賜題小藁原韻》，偶有字句稍異。今以《林文忠朋僚詩文集》録文附後，以供參考。

〔二〕『時』，《小草》作『詩』。

附

次少穆先生賜題小藁原韻〔一〕 夏寶晉

簿領餘閒一室虚，興來吟事未全疏。馬前儘受孤寒謁。避路何嘗有蹇驢。

春物昌昌得意時，却憐倦客鬢先絲。品題偶爾高聲價，未減韓公薦士詩。

使君心與物爲春，良策匡時一再陳。去年水灾，有平賈、免税等政，皆自公出。千里頌之。料理耕漁都樂業，得歸我亦溷蘆人。

悼屈悲窮用意深，區區饑士劇關心。賞音政切平生感，爨下還疑未中琴。

校記：

〔一〕此詩録自《林文忠朋僚詩文集》。《冬生草堂詩録》卷四亦收録，題《次韻林少穆廉使則徐見題小稿三首》，第四首未收。

寄獻少穆中丞五首〔一〕　夏寶晉

康侯能富民，清使能美俗。功名既云茂，仁者意未足。三吴極雕𢿙，元氣難驟復。勤勤明使君，高義冠九牧。惻怛下教條，疾苦登奏牘。殘年逋賦寬，越歲衡流縮。尚念豐樂鄉，間有逃亡屋。趨末爲大殘，著本必小熟。何術使之聚，而能厚其蓄。藹如仁人言，其言皆粟菽。

氾勝好農功，足穀石五錢。師度好溝洫，程效利百年。乘時勿擇種，分甽休縵田。史策傳其人，士夫或茫然。使者能勸導，趨澤無游閒。移忠譜待續，郟亶書重編。代田出便巧，躬稼爲之先。延見白屋士，下問開其端。爲述養苗狀，不鄙農里言。歸來詫父老，今見刺史天。公於署前買隙地，取湖南早熟稻種之成實，坐中以穗見示。

官守循厥常，道化視所積。偉哉湯與陸，懇懇抱儒術。當時目爲迂，久乃頌其德。睢州之撫吴，塞宴懋功績。獨怪當湖翁，爲吏乃遭劾。將毋功名會，守命不如力。彌歎風塵中，兩賢莫相值。比年廉士舉，治譜漸生色。柔良廩德讓，悃愊去華飾。百里方用賢，民生庶休息。北山不能雨，南山時出雲。誰云間咫尺，榮悴於焉分。貧郡尚能富，富郡今乃貧。維揚夙近鹽，損商以益民。太平享佚樂，未易生憂勤。使君閔其然，毆之爲耕耘。江淮倘無恙，溝壑當回春。商徒倍纖嗇，振濟久不聞。歌吹換野哭，猨犺爭名園。登高一太息，作賦懷參軍。鄙生昧聞達，常調勞簿領。治生一何疏，久未脱饑冷。昨歸值大嗛，存活已爲幸。無地可卓錐，妄欲息鄉井。薄游通素謁，長物剩孤艇。求爲句讀師，此意蒙見省。罷士亦災黎，委曲卹其隱。郊寒退之戚，收餓蘇公拯。廉貧倘取信，狂狷未遭屏。倘頒中龢詩，竊比覆衆等。

校記：

〔一〕夏寶晉與林則徐多往還唱和，林詩僅此一見，夏詩另有二篇，附此以供參考。此詩録自《冬生草堂詩録》卷七。《林文忠朋僚詩文集》亦收録，題：『述政詩五章，高郵夏寶晉。』有異文。

河決開封寄少穆先生〔一〕　夏寶晉

防遏徒勞注復洄，豆華時節水平階。經明禹貢官方稱，命盡河魁理或乖。南徙未遑修故跡，衡流仍恐合長淮。搴茭端賴回瀾手，不赴窮邊且慰懷。時公以粤事遣戍在道，有旨改發東河效力。

校記：

〔一〕此詩録自《冬生草堂詩録》卷八。

雲左山房詩鈔　卷三

過紫柏山留侯廟〔一〕

除秦便了復仇心，勇退非關慮患深。博浪若非椎中誤，十年早已臥山林。
翩翩偶出領三軍，天漢通靈壓楚氛。燒斷褒斜千閣道，拂衣惟占一山雲。

補

漫將巾幗擬鬚眉，仙骨珊珊世豈知。賺煞英雄談面背，藏弓烹狗悔來遲。
泉聲瀌瀌竹娟娟，七十二峯青可憐。但借先生半弓地，不須辟穀也登仙。

校記：

〔一〕詩題，《小草》作《題紫柏山留侯廟》。凡四首。《詩鈔》僅録其第一首、第二首，其第三首、第四首依次補録於後。

定軍山謁武侯墓

大星雖隕大名留，一綫皇綱翊漢劉。抱膝幾人知管樂，鞠躬終古匹伊周。波寒沔水居民淚，月黑祁山故壘秋。歸骨定軍軍莫定，墓門深鎖陣雲愁。

武侯廟觀琴

不廢微時《梁父吟》，千秋魚水答知音。三分籌策成虧理，一片宫商澹泊心。揮手鴻飛斜谷渺，移情龍臥漢江深。魂銷異代文山操，同感君恩淚滿襟。文信國有琴，自題云：『松風一榻雨瀟瀟，萬里封疆不寂寥。獨坐瑶琴遺世慮，君恩猶恐壯懷消。』

女郎廟

平陵城下雨絲絲，山木陰中叫子規。邨婦不知龍子事，浣衣猶傍女郎祠。

秋懷

一卷《離騷》對短檠，涼生昨夜旅魂驚。隔窻梧竹蕭蕭響，知是風聲是雨聲。遥憐絶塞陣雲寒，萬户宵砧淚暗彈。秋到天山早飛雪，征人何處望長安。天涯芳草舊萋萋，流水無聲夕鳩啼。何事戍樓鳴畫角，雙尖耳聳馬悲嘶〔一〕。官如酒户力難任，身比秋林瘦不禁。漫擬沙場拼熱血，忽窺明鏡減雄心。

校記：

〔一〕『雙尖耳聳馬悲嘶』，《小草》作『卻教邊馬又悲嘶』。

題汪少海隴頭集後

唾壺擊碎君勿悲，啇君之遇昌其詩。詩挾邊聲削秋骨，吟鞭曾指天西陲。芙蓉十丈華岳頂，黄河九派崑崙支。終南太白太古雪，君以妙手兼得之。但恨隴頭嗚咽水，根觸詩心增鬱伊。江湖昔年風浪惡，輭塵滚化衣爲緇。折腰五斗那足戀，掉頭一去從此辭。將軍軍門有揖客，青袍幕府甘相隨。是時關隴傳紅旗，洗兵脱劍休王師。君言文武毋恬嬉，防邊慎固吾藩籬。見意於詩詩解頤，重臣領之了不疑。事無大小悉以咨，君身雖隱策已施。奚事光範陳書爲？風流來往有二老。謂楊時齋、顔惺甫二公。賞君玉佩瓊琚詞。拂雲樓頭弄明月，瑶源閣下招風漪。一觴一詠偶游戲，墨花香透珊瑚枝。卻愁未得歸峨嵋，梅鶴猶寄西湖湄。塞鴻影孤邊馬瘦，客夢寒被西風吹。自傾濁醪澆塊壘，狂歌吐盡胸中奇。君今南還到吴越。舊部正慰民謳思。去日崆峒倚長劍，猶有光彩騰陸離。龍津遇合非無時，風胡薛燭今爲誰？嗚呼，風胡薛燭今爲誰。

題吴荷屋方伯榮光歸省集（一）

趨朝俄被簡書催，猶戀南喬首重回。行省恰宜鄰照近，褰帷還喜使君來。要知報答春暉意，端在澄清海甸才。我正寢門慚負米，爲君翹望節花開。

補

賦到陔華筆有神，詩囊長共綵衣新。十旬詔許趨庭暇，一疏情容破格陳。海徼風雲歸櫂駛，嶺梅香雪錦堂春。家山夢境兒時話，併入吟牋字字真。

情景絶佳，即是傳作。

校記：

〔一〕詩題，《小草》作《題吳荷屋方伯歸省集》。凡二首。《詩鈔》僅録其第二首，今補録其第一首於後。

甘三滋蒼澍藏其業師陳秋坪老人登龍詩册屬題〔一〕

先生吾父執，宦海幾浮沉。垂老艱生計，消憂耐苦吟。傳衣識高足，秋坪歸道山，貧無子。滋蒼立孤，經紀其喪，時周卹之。嘗繪圖秋坪坐石上，已侍立。師亡十餘年，瓣香之奉，歷久不諼。是可嘉已〔二〕。遺墨寄深心。惆悵扁舟侶，情移海上琴。

校記：

〔一〕詩題，《小草》作《題甘滋蒼明經澍所藏陳秋坪老人詩册》。

〔二〕此注，《小草》未録。

題許甌香處士友畫册爲香士上舍芬〔一〕

墨香舒卷米友堂，堂中妙墨追元章。明珠神劍去復返，百八十載珍璆琅。當時海内推文藻，虞山櫟園各傾倒。沈淪草澤感滄桑，水碧山青抒孤抱。興來揮灑篠溪牋，腕中驅使荆關妍〔二〕。夕佳樓頭一沈醉，吟弄風月仙乎仙。雲山蒼蒼煙水闊，斂取真形入毫末。披皴餘暇寫生姿，雜花新竹娟娟活。紙尾標題丁亥春，册凡八幅，末題『丁亥春日爲健翁宗師作』。山中晞髮嗟遺民。誰知歷劫餘馨在，鴻雪痕經四丁亥。一傳月谿翁，子遇，字月谿。購求遺墨澌水東。再傳雪邨老，孫均，字雪邨。徵題走遍長安道。家山一夕風倒吹，神物變幻那得知。煙雲在手忽飛去，暗中偷負誰得之。君家慧業有種子，六世詩孫得香士。雍公蚊賦道園收，百餅金償十二紙。從此傳家守祖風，滄江畫舫傲南宫。君看光禄吟臺畔，夜夜華堂氣吐虹。

校記：

〔一〕詩題，《小草》作《題許甌香處士畫册爲香士上舍賦》。詩前小序云：『處士名友，福州人，明之遺逸也。《佩文齋書畫譜》有傳。此册凡八幅，末題「丁亥春日爲健翁宗師作」，末署年號。子遇，字月谿；孫均，字雪邨，皆以書畫著。』《詩鈔》不録，而取其語分注於句下。

〔二〕『荆關妍』，《小草》原作『襄陽顛』，後改如今字。眉批云：『前既云「追元章」，此復云「襄陽顛」，似宜酌改一處。末又云「傲南宫」，另是一意，却不妨。』

和馮雲伯登府志局即事原韻〔一〕

西清舊夢未蹉跎，南部新書共切磨。重與黄眉翻故事，相逢青眼起高歌。鄴中七子論才敵，時在局者七人。海上三山得氣多。愧我蕭齋愁坐雨，巷南剥啄少經過。

風物蠻鄉也足誇，楓亭丹荔幔亭茶。新潮拍岸添瓜蔓，端午前後，積雨經旬，敝居門前河水漫溢。〔二〕小艇穿橋宿藕花。予近濬小西湖，作大小二舟，小者可入城橋〔三〕。愧比逋仙亭畔鶴，陸萊臧詩以逋仙比余〔四〕。枉談莊叟井中蛙。琴尊待踐湖西約，一櫂臨流刺淺沙。

自是公身有仙骨，世人那得知其故。

校記：

〔一〕此詩《小草》收録，有異文。

〔二〕此注，《小草》作『端午前後，積雨經旬，又值大潮，敝居門前河水漫溢』。

〔三〕此注，《小草》作『近於西湖作大小二舟，小者可入城橋』。

〔四〕此注，《小草》作『萊臧詩以逋仙比余，心甚愧之』。

附

閩中重五公宴即事奉呈志局諸同人并柬陳恭甫壽祺林少穆則徐兩前輩〔一〕　馮登府

光陰炊黍半蹉跎，自笑年來被墨磨。吳越朋簪聯舊社，江山夜雨助新歌。李虒脩史白衣少，文舉著書青簃多。難得名場容跌宕，閉門一老未能過。謂恭甫侍御。柳津那用鬼名誇，長日消閒序飲茶。衣潤重添梅子雨，山深初結荔奴花。抄書手脱新生繭，演雅詩成鈍似蛙。媿我紙田荒落盡，難搜坊本訂麻沙。

校記：

〔一〕此詩録自《拜竹詩龕詩存》卷四。

王仲山大令益謙以紙索書旋贈佳茗且媵以疊韻四絶依韻答之〔一〕

戕灑鸞紋絹染鵝，俗書心手愧難和。祇應墨水三升飲，誰意頭綱試趙坡。放翁詩：『茶試趙坡如潑乳。』

濤翻雪乳白於鵝，石銚松風入耳和。分得琴堂清露味，一甌邀月下蘭坡。

筆陣君能擅鸛鵝，翩翩風格譜宣和。凡姿合斂薑芽手，退筆如山學老坡。

新詩疊韻鬭金鵝，珠顆輕盈玉佩和。三椀搜腸吾易竭，莫教駑足騁長坡。

校記：

〔一〕詩題，《小草》墨批『删』字。

附

送茶於林少穆先生〔一〕　王益謙

吾家逸少喜羣鵝，觴詠風流冠永和。我既無鵝並無酒，要將日鑄醉東坡。

校記：

〔一〕此詩録自《太華山人詩存》卷一。王益謙原作四絶，《太華山人詩存》僅存其一。

仲山復疊前韻再和四首〔一〕

吟牋重疊戲羣鵝，韻鬭清新氣自和。莫更耽奇諧競病，百東坡只一東坡。

熏人炎暑類蒸鵝，披拂金風乍覺和。啜茗誦君新疊句，桂香侵案竹横坡。

東堂曾炙庾厨鵝，座有春風共飲和。料得浮屠尖易合，爲山初地只平坡〔二〕。

鶖鶬安得並駕鵝，挑戰頻來合議和。欲解重圍須健者，午莊慚愧小兒坡。午橋莊有小兒坡，君前詩及兒子汝舟，故云。

校記：

〔一〕詩題，《小草》批『删』字。

〔二〕《小草》原有注云：『謂初六日席間事。』後復删去。

附

呈少穆先生並簡令弟雨人賢嗣楫之〔一〕　王益謙

勞心籌筆是誰功？凱撤勳歸八陣中。謝傅家兒堪將帥，士衡弱弟亦豪雄。登壇均可稱名士，失馬何妨笑塞翁。不可爲軍吾已北，釋戈閒臥舊書叢。

校記：

〔一〕此詩録自《太華山人詩存》卷一。王益謙原作四絶，《太華山人詩存》僅存其一。

題韓芸昉撫部克均龍湫宴坐圖

雁山在郡不能有，康樂枉爲永嘉守。西來尊者此開山，擲杖雲中玉龍走。涅槃一去蒲團空，但見法雨飛濛濛。黄塵中人那許坐，千二百年留待公。鳴騶擁蓋等閒耳，清心誓飲山中水。指月前身見祖師，缾泉餘滴參宗指。芙蓉郵外升朝霞，按部何當來使車。爲除煩惱禮真相，自屏傔從安趺跏。老龍喜公再來者，倒捲銀河爲君瀉。峯端濺玉巖跳珠，雷車隆隆騁風馬。三千年雪太古冰，龍髯迸出山風腥。行天日月不敢下，山飛水立雲冥冥。翦刀峯名翦水水逾怒，不見波濤見煙霧。迴飆裂澗龍身翻，牙爪空中擲無數。是時公爲入定僧，潮音千偈渾不譍。倏然拄杖一撫掌，龍來聽法泉無聲。拂衣笑示佛弟子，且爲大千衆生起。布襪青鞵留此山，爲霖事了吾其還。

壽陳恭甫前輩〔一〕

海州有麟鳳，文采天下瞻。一出郊陬游，終愛邱壑潛。懿彼閒世安〔二〕，胡乃甘遲淹。貞抱性所藴，頤道神斯恬。自許千萬禩，何必名位兼。緬懷嘉慶初，文化相摩漸。對策歲在未，英儁連茹占。司衡大興相，藻鑑懸風檐。取士必經術，膚受嘲伸佔〔三〕。門牆富文陣，樹幟羣兒殲〔四〕。頡頏鴻詞科，立言皆炎炎。糖蟹每署蟻，天雞曾扣簾。健者毗陵張皋文，六藝該洪纖。先生與抗手，氣壓三萬籤。挺出閩海隅，若木朝華暹。遂奪説經席，百家口爲箝。作賦聲摩空，羣倓俱銷熸。並世有昌黎，亦畏歐陽詹。側聞在文襁，神異辭韮韯。探懷范硯授，置膝韋經拈。解誦墳典時，學語方誧詁。披册羣玉府，識字珍珠匳。禮器夢丹漆，星宿羅璣鈐。十五冠黌序，十九舉孝廉。文源邃根柢，匪直矜撦撏。所以貢玉堂，干莫森鋒銛。載筆邁遷史，撤炬榮蘇髯。春官及秋賦，三度收楩枏。西臺待執簡，南齋叨賜縑。御試南書房，恩賚甚渥。是時齒甫强，鬚鬢才鬑鬑。宜鳴朝陽鳳，詎嘆緣竿鮎。無何乾蔭傾，雞斯歸寢苫。收涕省北堂，暮景愁西崦。晨昏志所戀，軒冕情已厭。誓補南陔蘭，長溯秋水蒹。大孝重養志，奚貴微祿沾。負米在里門，勝於突不黔。況有問字亭，春風坐帷幨。聖湖昔瀲灩，曾主杭州敷文書院。清源亦澶湉。清源書院在泉郡。比年領鼇岫，絳幄張峯尖。執經盛都講，樸學意所忺。染人甚丹青，食蜜中邊甜。泛駕或不羈，心憚嚴師嚴。久之亦自化，時雨或濡霑〔五〕。撰箸帙充棟，寸管難窺覘。異議疏許鄭，膏馥堪飫饜。經辨肉貫串，俗解資鍼砭。史裁訂譌舛，芟蕪如霜鐮。遺從史漢拾，載比朝野僉。脩詞尤醞釀，不使糟醨黏。言中立壇宇，味外餘梅鹽。近代諸作者，俯視同魚噞。南抗朱與顧，北陵太原閻。及身傳已定，猶自持撝謙。學更與年進，東溟籌正添。我忝鄉後進，登堂拜屏韂。羽翮判鴻鷃，蹤迹聯鰈鰜。延年頌美意，厚德仁不磏。花朝酌春醑，舉琖邀明蟾。試奏《鶴南飛》，鄙音慚譫譫。

累累六百言，殺縛强韻，如丸脱手，真奇觀也。

校記：

〔一〕詩題，《小草》作『陳恭甫先生六十壽詩』。

〔二〕『安』，《小草》作『姿』。

〔三〕『伸佔』，《小草》作『呻呫』。

〔四〕眉欄有批語：『「殲」韻有所本否』。

〔五〕『或』，《小草》作『咸』。

題文信國手札後附録文信國與趙青山兩札青山名文字惟恭〔一〕

天祥皇恐端拜奉畢，惟恭上舍國諭尊契丈：天祥辱書忽聞令弟簿君病勢加劇，令人驚愕。雄附素所不蓄，止有木香、沈香，遂求之宋安序，得三建料，覺頗精好，必可奏功也。承須棉被，適昨日吾家遣至者兩籠，啓視具得之，敬以納上。草草，切希照亮。天祥端拜奉畢。

天祥皇恐端拜奉畢，上舍國諭郎中尊卿契丈：天祥拔身來歸，瞻望青原白鷺間，血肉枕籍，日夜悲涕，魂魄飛馳。東軒忽裹手書至，不虞從者之涉吾地也。客路之窮，天之困豪傑乃爾耶？誦言頓足，爲之心破。俞管轄行府第一醫丞，令篝燈前赴行幄，又專二卒六輪夫往聽使。令雙溪閣下來，冀可合并也。芝楮五馬番，薄奉藥費。草草，伏乞台照。天祥皇恐端拜奉畢。十一夜二更。

公身爲國輕生死，綣綣故人尚如此。簿君君之幕僚耳，聞疾乃如疾在己。磨盾手揮書兩紙，刀圭欲救膏肓起。行府篝燈遺醫視，二卒六夫任所使。棉定奇温覆以被，芝楮五百實其匭。是時景炎歲丙子，冬夜寒風徹肌髓。書馳篔簹八十里，簿君病在小篔簹舖。雙谿閣下期來止。吁嗟乎，天水皇綱勢終靡！一木難支大厦圮，風雨何從庇寒士？簿君簿君長已矣，三百壙甎公所棨。崇慶寺前舜卿誄，宿草蕭蕭成戰壘。數語俱本趙儀可《青山集》。此札人間獨不毁，墨花吐豔雲凝紫。公生時乘紫雲而下。再拜薰香庋棐几，欲廢一部十七史。朱鳥招魂淚如泚，獵獵酸風滿柴市。

校記：

〔一〕題下注，《小草》未録，而札後附注：『右文信國與趙青山名文，字惟恭兩札。』又『惟恭』，《詩鈔》原作『維恭』，據《小草》改。

虞寄菴懷古〔一〕

梁虞常侍寄，會稽人。避侯景亂入閩，遯迹東山，結茅菴獨居，屢諫陳寶應。寶應怒，遣人焚其舍。寄菴臥不動〔二〕，縱火者爲滅其炬云。

蕭老公，心腸薄，白馬青絲禍旋作。雷池神，乘赤航，朱衣紫氣來軒昂。蕭梁四主俄頃耳，至竟不宥江陰王。是時海内兩隱者，前陶後虞繼者寡。洛陽殿作單于宫，猶聞宰相稱山中。虞公遯迹更幽窔，東山僻在東海東。何物陳寶應，乃敢爭梟雄！心耽美疢惡藥石，轉以下策矜火攻。空山夜半來祝融，茅龍一炬光熊熊。先生高臥正伸腳，自信人厄非天窮。邦人義之滅其炬，秉秆束菅投且去。旅人不笑不號咷，早識鵷雛嚇腐鼠。蕭乾旗鼓動地來，豪酋面縛軍銜枚。噬臍已晚難乞骸，昔時凶燄今死灰。用留竄伏俱燼煨，黄鵠舉矣城烏哀。嗚呼，虞菴雖圮餘蒿萊，千載弔古增徘徊，晉安豪帥安在哉！

校記：

〔一〕《小草》無詩前小序。

〔二〕『菴』，鄭麗生認爲當爲『淹』之訛字。

題梁芷林方伯章鉅藤花書屋圖〔一〕

與君舊住屏山麓，對宇三椽打頭屋。夾道坊南君徙居，寒藤夭矯學草書。用放翁句。壓冠半墜紫纓絡，點筆遥架青珊瑚。花時君正聯吟社，篆額曾邀老司馬。陳司馬秋坪爲篆藤花吟館額。絳趺堂與白華樓，謂陳恭甫前輩、薩檀河大令。鬭韻傳牋俱健者。我攜眷屬登蓬瀛，羣君皆以詩寵行〔二〕。壬申年事。飛觴我亦坐花醉，但少奇句酬溪藤。廿載摶沙輕撒手，夢裏黃壚一杯酒。即看《庚午雅集圖》，一十三人亡者九。君又有此圖，昨亦出示，同深感喟。主人橐筆直承明，回首家山無限情。縱經夜壑移舟去，屋已屬他人。詩卷仍題舊館名。君不見海波街前地低溼，老屋蒼藤重朱十。又不見山陰道上一草廬，才名競説青藤徐。矧君遭際風雲會，事業文章照中外。卻爲當年養晦深，始成此日經綸大。浮屠桑下那能忘，荔海榕城況故鄉。畫筆追摹鴻爪雪，鬢絲增感馬蹏霜。借藤屋裏書痕在，轉憶吾廬吾亦愛。聞是君家小鳳來，好寫新圖與相配。余京邸故居，鄰藤過牆，命曰『借藤書屋』。君曾爲篆額。今此屋屬君喆嗣吉甫。〔三〕

校記：

〔一〕詩題，《小草》作《題梁芷鄰方伯藤花書屋圖》。

〔二〕『君』，《小草》作『公』。

〔三〕此注，《小草》作：『余京邸故居有鄰藤過牆作花，命曰「借藤書屋」。君曾爲篆額。今此屋屬君喆嗣吉甫。若更圖之，與此相儷，亦一段佳話也。』

附

送林少穆庶常則徐携眷入都〔一〕　梁章鉅

飲罷黄花酒，征人已有期。翩然挾仙侣，本合住蓬池。彩筆探懷早，斑衣出户遲。壯游齊引領，吟社正催詩。

當代清華選，通才易冠場。濱瀛傳露布，張中丞《籌海文移》悉出君手。上界足雲章。君入翰林習國書。文棟兼時棟，他鄉實帝鄉。揮鞭增意氣，爲爾一軒昂。

年來憶蹤跡，吾道有窮通。屏麓苔痕闊，余舊居在屏山之麓，與君爲比鄰。鈴齋燭影紅。時偕入節幕。暫離猶耿耿，送遠忽悤悤。從此勞延佇，青冥盼遰鴻。

我亦春明侣，沉思一刹那。滄江驚歲晚，青眼望酣歌。何日還香案，頻年送玉珂。故人如問訊，補屋正牽蘿。

校記：

〔一〕林則徐詩云『我攜眷屬登蓬瀛，羣君皆以詩寵行』。特附梁章鉅贈行詩，以供參考。此詩録自《退菴詩存》卷五。

録別五百字送林少穆服闋入都〔一〕　梁章鉅

鴻鵠志四海，飛鳴求其羣。梗柟茁連枝，懷抱同輪囷。笠交徧寰寓，離合看星辰。窮達素心共，惟君情最親。論文集衙齋，待漏趨紫宸。古誼各敦勔，裏言多苦辛。昔我守江漢，君方肅豸紳。好風忽吹來，隔江作同寅。承流共府主，親見皐蘇仁。更欽荒政舉，萬户回陽春。述職京國路，從公淮浦湄。袁江一再接，分馳感勞薪。奇哉我宦轍，惟君履憲遵。分符與假節，余備兵淮海及權臬吳中，皆承君後。交臂頻慇諄。復記維藩初，值君過吳中。千夫夾道讙，舊澤猶浹淪。出處秉大節，忠孝何所分。杯酒話行藏，披肝夜達晨。懷哉一別雨，朂哉再興雲。相期在宏達，意氣消畦畛。萍波易往復，宦海無停鱗。人願天或從，劍合會有神。謁帝赴北闕，銜命游西秦。下車曾幾時，大邦果來旬。江南盛財賦，聯轄雙价人。私喜肺腑交，依如齒與脣。西陲有兵事，移旌偶逡巡。何期素冠返，乾蔭摧飈輪。相逢一哽咽，風雨胥江濱。深談各未敢，含意何能伸。側聞君里居，所謀不爲身。在鄉理鄉事，惠我湖西民。農田恃瀦蓄，疏濬利在因。蜂蠆乃有毒，蜚語聞九閽。詔與滌名節，堅白無淄磷。瀧岡表阡畢，遑恤征勞馻。君才實梁棟，君望如鳳麟。蒼然論事懷，豈復婞阿倫。三吳漸貧寡，所患由不均。知君蒿目久，周行備諏詢。河漕軌未順，鹽綱蠹尤紛。聖心極虛佇，回斡須陶鈞。斯皆關遠猷，一一當敷陳。膏雨滿宙合，膚寸先氤氲。灑潤復噓枯，羣流待彌綸。我慙吏才拙，但望德有鄰。雲龍漫追逐，十駕瞠後塵。翹翹畏友朋，摶沙那足云。行矣亟報稱，及此鬢未銀。名位闊所樹，庶幾重吾閩。

校記：

〔一〕此詩録自《退菴詩存》卷一七。

題秋園涉趣圖爲趙淞舲孝廉〔一〕

田園隱隱古柴桑，杖策歸來徑未荒。宦味不教嘗五斗，秋心頻與展重陽。寒泉薦後人俱澹，小枕添餘夢亦香。我正倦飛思得憩，買山先買一籬霜。

校記：

〔一〕詩題，《小草》作《題趙淞舲孝廉秋園涉趣圖》。

題陳芝楣都轉鑾滄浪話別圖〔一〕

長史亭邊送使君，吳歈遥逐嶺南雲。請將清絶滄浪水，滿貯牢盆滌海氛。

補

江淮禺筴正難籌，公望公才合少留。偏喜除書先擇地，不教邗上换炎州。

我亦滄浪舊有情，近山林處夢猶清。至今八百平江路，慚愧兒童竹馬聲。

校記：

〔一〕詩題，《小草》作《題陳芝楣都轉滄浪話別圖》。凡三首。《詩鈔》僅録其第一首。今補録其第二首、第三首於後。

舟過吳門與芷林話舊出倪雲林湖山書屋畫卷索題即和卷中

雲林原韻附録雲林詩跋〔一〕

湖水清空好放船，青山依約白鷗邊。忽思周處祠前路，古木蒼煙正渺然。丙寅三月十五日，予與元素將從梁鴻山歸吳山之上，是夕坐至夜分，寫此一幅并詩以贈。

吳下新停北去船，夜分同話短檠邊。更看贈別倪迂筆，棖觸離情一黯然。小西湖上採菱船，十里芙蓉淺水邊。儻憶白鷗與偕隱，蒼煙古木也依然。去歲，在小西湖作竚月、緑筠兩舫，今春荷亭遍種紅藕，惜花時不獲與諸君同游也。

校記：

〔一〕小序，《小草》附題下，作『雲林自題』云云。

題岳菘亭方伯良春湖夜泛圖

湖波輕漾柳絲風，隔岸桃花蘸水紅。一舸不驚鷗鷺夢，艣聲帆影月明中。

平生到處有西湖，東坡句。此樂何須讓大蘇。記自皖江移櫂後，治城重與展新圖。君歷潁州、福州，皆有西湖。

題王竹嶼都轉黄河歸櫂圖

事君宜致身，引疾似詭避。要其心迹殊，賢愚詎同致。或憚遠役勞，或畏瘠土累，或遭上官怒，或慮吏議至。其名爲勇退，其心實巧利。亦有止足懷，投老初衣遂。泉石衹自高，那問經世事。此皆非君倫，君退蓋以義。傳家裕經術，夙志在用世。治績越中彰，姓名御屏記。一擢二千石，再擢觀風使。河朔黄流長，安瀾歲歷四。人言君砥柱，允副宣房寄。誰知藎臣心，幽獨自難昧。嗚呼習移人，其在河隄吏。縱譮三策施，孰詰百端僞。明察疑煩苛，獨清亦衆忌。和光同其塵，又豈志士志。聞君立河壖，暗灑憂時淚。督役稽芻茭，廢食不假寐。以此勞心神，乃夢豎子二。周任訓陳力，敢謂可臥治。亟謀攝衛宜，以作報稱地。吏民徒苦留，歸榜疾於騎。河心咽清流，嵩少送煙翠。片帆收白門，但有琴書載。老屋餘劫灰，小山上叢桂。無田歸亦得，奚用江水誓。九重側席殷，艱難待宏濟。詎許臥煙霞，正資振凋療。朝出夕拜官，除書破常例。鹺綱重江淮，上關軍國計。積疲幾淪胥，盤錯要利器。前席咨嘉謨，指陳切時弊。權知即真除，匪以汝爲試。責效匪在速，謀遠庶可繼。請訓時，所授如是。單車昨南來，先聲動懷畏。人皆爲君榮，我聞竊心繫。防河固良難，煮海詎云易。所賴本清直，兼能運才智。苟當改弦張，斷制必剛毅。人情多媕娿，願勿狥浮議。上策探本原，補救特其次。要知君所爲，定與末流異。我昔亦移疾，自分宜放棄。聖慈曲體之，感極但零涕。壬午入都，得旨仍發浙江候補。旋蒙特簡江南淮海道。〔一〕與君語進退，使我重歔欷。庶持激厲心，十駕勉追驥。

校記：

〔一〕此注，《小草》無文，地腳有批語云：『此處似應加小注。』則《詩鈔》所録注文，當撰於此後，且別有所本。

題黃樹齋爵滋思樹芳蘭圖〔一〕

君何思兮思瀟湘，楚佩搖落天爲霜。君何思兮思空谷，搴芳無人媚幽獨〔二〕。人間綺靡烘可憐〔三〕，眼中蕭艾徒紛然。美人肯使怨遲莫，爲滋九畹開香田。開香田，蓺香祖，此品羞爲衆草伍。芳菲菲兮襲予，情脈脈兮繫汝。清風忽來，紫莖盛開。猗猗東山，油油南陔。庭階玉樹相暎發，當門之忌胡爲哉。同心兮有言，仙之人兮手〔四〕。陽春一掬撒塵世〔五〕，心清十萬香聞根〔六〕。

校記：

〔一〕道光十年（一八三〇）夏。《全集》據《已卯以後詩稿》録文，見第六册詩詞頁五二一。

〔二〕『搴』，《小草》作『孤』。

〔三〕『人間綺靡烘可憐』，《小草》作『人間桃李春可憐』。

〔四〕《全集》從黄爵滋《仙屏書屋初集年記》校補『如雲』二字。查是書卷十一《潘芝軒師思樹芳蘭圖題辭》後所附林則徐詩，與《詩鈔》同。

〔五〕，《詩鈔》謄録時，或以爲上句脱二字，遽補『陽春』一詞，下文遂成『陽春陽春一掬撒塵世』云云。今據《小草》《仙屏書屋初集年記》删去衍詞。

〔六〕『陽春一掬撒塵世，心清十萬香聞根』，《小草》《仙屏書屋初集年記》均作：『陽春不采不自獻，心清乃許香先聞。君不見秋江寂寞芙蓉老，雨露沾濡須及早。十步搴芳有幾人，那知天意憐幽草。』

讀曹新安相國師隨扈巡幸盛京詩敬疊集中第一首韻〔一〕

中秋扈輦小春回〔二〕，鴨緑江頭潒筆來。眼底山川憑藻繪，毫端風雨洗氛埃。幽并得氣詩懷壯，遼瀋開祥聖緒恢。帝百廿篇《御製巡幸盛京詩》一百二十四首臣一卷，功成樂作奮占雷。

崇謨閣上首重回，憶昔輶軒奉使來。聯轡舊曾悲宿草，師以嘉慶丁卯歲恭送《高宗聖訓》《實録》至盛京尊藏，同行者莊親王、成親王、恭大宗伯，今皆下世。屬車新喜淨纖埃。領班樞禁殊恩特，國朝樞廷以漢大臣領班者，惟師一人。捧詔楓墀盛典恢。九月二十五日，上御崇政殿受賀，師恭捧恩詔。長與昇平調鼎鼐，皇威震疊訖無雷。

補

贊畫戎機掃孽回，陪都還扈翠華來。榆關秋色開新霽，遼海波光絶點埃。豳館歌陳原膴膴，卷阿音矢業恢恢。賡颺盛事先元老，朝野歡聲動若雷。

閩山小草感陽回，新自田間躡屨來。詩律料難付衣鉢，官箴慚未效涓埃。奏功久喜戎輕蒇，紀什彌徵相業恢。薇露浣餘頻斂手，敢將瓦釜學鳴雷。

校記：

〔一〕詩題，《小草》作《讀新安曹相國師隨扈盛京詩敬疊集中第一首韻》。凡四首。《詩鈔》僅録存其第三首、第二首。今依次補録其第一首、第四首於後。

〔二〕『扈輦』，《小草》作『載道』。

次韻酬潘星齋曾瑩見懷之作〔一〕

薊門一夜雨，殘暑散如煙。旅夢出塵外，秋懷生酒邊。懶吟同避債，倦客且參禪。梅鶴圖堪借，憑君締墨緣。來詩謂近得南田翁《孤山梅鶴圖》〔二〕。

校記：

〔一〕此詩《全集》據故宫博物院藏手迹光盤録文，編者擬題《奉酬潘星齋曾瑩雨窗口占之作》，原注云：『星齋二兄以雨窗口占之作見貽，燈下走筆奉酬即政。六月二十五夜，弟林則徐。』

〔二〕注文，《全集》作『來詩謂近得南田翁畫《孤山梅鶴圖》，當許我一觀也』。

附

雨窗柬林少穆方伯則徐〔一〕　潘曾瑩

小院疎疎雨，晨窗淡淡煙。秋心桐葉外，涼夢藕花邊。選石供詩料，焚香悟畫禪。君家舊梅鶴，許我結清緣。近得惲南田《孤山梅鶴圖》。

校記：

〔一〕此詩録自《小鷗波館詩鈔》卷一。

題張雪樵郡丞寶榮洗月軒圖

謫仙醉眠呼不起，江月沈沈浸寒水。酒樓四望雲模糊，誰掣鯨魚碧海底。君來築堂方讀書，撫此皎月騎蟾蜍〔一〕。踏翻銀河瀉飛瀑，淨洗萬顆波心珠〔二〕。摩之盪之出君手，手中歷歷捫星斗。古月翻成今月新，爲語青蓮合低首。一輪影對邀一杯〔三〕，江天生面此重開。觀書況有眼如月，亦自亙古雲水光中來〔四〕。

校記：

〔一〕『撫此皎月騎蟾蜍』，《小草》作『起弄明月騎蟾蜍』。
〔二〕『萬』，《小草》作『一』。
〔三〕『一輪影對邀一杯』，《小草》作『對影先邀共一杯』。
〔四〕『亦自亘古雲水光中來』，《小草》作『亦洗雲水光中來』。另有句云『我恐塵襟滌未得，有似蝦蟆將月蝕。出山記否在山清，願君憑此參消息』。

題張南山郡丞維屏黄梅拯溺圖〔一〕

披圖棖觸大江東，昔歲陽侯虐正同。癸未江南大水與此同時〔二〕，僕適承乏其地。別幟漫傳稱佛子，成橋何術渡朱蒙。魚頭夢醒驚蚯蚓，蟻穴防疏負雁鴻。君過河淮憑問訊，元圭曾否告成功。

補

漢南江介舊飛鳧，萬户流離隻手扶。自信催科輸撫字，儘教舞隊換來蘇。孤舟野水詩成讖，元酒甘瓠頌豈諛。聞道楚民方望歲，使君何事愛西湖。君新授浙中郡丞。

校記：

〔一〕此詩《小草》收録二首。張維屏《松心詩録》卷五附存，題《奉題南山同年黄梅拯溺圖即送之官武林》。此其第二首，今補録第一首於後。

〔二〕『時』，原脱，據《小草》補。

曉發

籃輿衝破曉隄煙，宿鷺驚飛水滿田。行久不知紅日上，兩行官柳翠迷天。

風景如繪。

芝〔一〕

秋霜新感鬢絲絲，夢到遊仙醒後疑。安得玉莖隨地種，换人顔色似童時。

補

布襪青鞵白木鑱，雲根劚破碧巉巖。使君生有餐霞癖，合署神仙散吏銜。好山遍踏六朝青，又躡雙鳧入幔亭。願拓甘棠千畝蔭，活人還比瑞芝靈。

校記：

〔一〕詩題，《小草》作《題賞大令綬採芝圖》，題上墨批『删』字。凡三首。《詩鈔》僅録其第三首。其第一首、第二首依次補録於後。

茅松坪中翰潤之南山絲竹圖

詞客中年學謝公，登臨高唱俯江東。吹笙夢醒緱山月，擊築聲寒易水風。能使魚龍騰靜夜，似聞鸞鶴響晴空。安昌堂後今惆悵，喜有霓裳曲調同。吾師耕亭，精於音律。

題彭魯青大令宗岱冶山餞別圖〔一〕

廉吏不可爲〔二〕，去年銜恤今甫歸。萊蕪甑塵恒苦饑，官逋責償況纍纍。閩山萬重青作圍，男兒無翼難奮飛〔三〕。辦裝無錢增歔欷，逡巡百計才臨歧。君本玉堂仙人姿，罡風吹墮瀛海湄。玉華洞天天下奇，飛鳬一至膏雨滋。民謂使君父母慈，士謂使君真官師。無何于役雙輪馳，鞅掌並使晨昏違〔四〕。勞薪乍息趨庭闈，背諼欸失三春暉。嗚呼使君數何奇〔五〕，一隅留滯百事非。我生鮮民同此悲，入門弔君涕交頤。君今行矣且遲遲〔六〕，部民持韡留去思。牂牁萬里西南陲，素旐影逐鑾雲移。表阡負土逾峨嵋，墓門淚灑青松枝。太夫人葬於蜀。登堂幸託乾蔭垂〔七〕，森森莊椿綮壽芝。願君善補陔華詩，他年捧符仍來茲。吾民愛君口有碑，恨不早覩褰車帷。君身雖瘠民則肥，循良之譽人盡知。嗚呼廉吏不可爲！廉吏不可爲而可爲！〔八〕

校記：

〔一〕詩題，《小草》作《題彭魯青大令冶山餞別圖》。

〔二〕『廉吏不可爲』句前，《小草》有『烏虖』一詞。

〔三〕此句下，《小草》另有句云：『一朝大府心憐之，授以文牒俾解維。』

〔四〕『無何于役雙輪馳，鞅掌並使晨昏違』，《小草》作『無何于役雙輪馳，王事靡盬四牡騑。母兮手綫兒身衣，鞅掌並使晨昏違』。

〔五〕『嗚呼』，《小草》作『吁嗟』。

〔六〕『君今行矣且遲遲』，《小草》作『君今行矣勿復遲』。
〔七〕『託』，《小草》作『有』。
〔八〕『嗚呼廉吏不可爲！廉吏不可爲而可爲』，《小草》作『再來幸勿易所持，廉吏何嘗不可爲。烏虖！廉吏何嘗不可爲』。

洛神

離合神光那許媒，千年羅襪况成灰。明璫翠羽都零落，知少黄初作賦才。

劉默園司馬蠍洋遇盜圖

蠍子洋邊颶風惡，神魚揚鬐奮牙齶。排山巨浪聲喧豗，君獨乘舟將安泊。是時恩循匿海島，以人爲糧恣吞嚼。中流猝遇勢力孤，應變何由出鯷壑〔一〕。嗚呼生死呼吸中，不獲天佑人無功。君之此行實蹈險，養志一念填心胸。臨危開放二小鳥〔二〕，汝獨何苦殉樊籠〔三〕。長天萬里縱所適，檣竿卻立鳴噰噰。羣盜喧傳感仁者〔四〕，頃刻潰散如旋蓬。長槍大戟慼不畏，乃出微羽摧狂鋒〔五〕。始知生理有共好，黄雀報德將毋同。方今重洋了無事，市舶涉波若平地。天吳順命蛟鱷柔，君述前遊尚心悸。人生夷險非一途，終覺冥冥有真意。一誠惻隱格豚魚，羣醜炰烋失倚恃。〔六〕鬼神所憑祇忠孝，患難能消豈才智。還君此圖三嘆息，在莒毋忘願相識〔七〕。

筆如莫耶干將，令人不可逆視。

振筆發揮，風生腕下。

見道之言，足以發蒙啓聵。

校記：

〔一〕『應變何由出鯷壑』句後，《小草》原有句云：『將軍戍卒去不還，獨使書生試韜略。爇裳濕被布疑陣，若設堅城賊難斫。無何炮盡計亦窮，梔木斷折煙漲空。一舟之外悉盜藪，性命甘擲波濤中。黄頭兒郎好身手，易衣活主何從容。平生奇節出廝養，要亦感激深其衷。』後删去。

〔二〕『開放』，《小草》作『忽睹』。

〔三〕『殉』，《小草》作『居』。

〔四〕『感仁者』，《小草》作『詡神功』。

〔五〕『出』，《小草》作『怖』。

〔六〕『一誠惻隱格豚魚，羣醜梟㳂失倚恃』，《小草》作『一誠儌幸徒爾爲，羣醜梟㳂詎惟恃』。

〔七〕『識』，《小草》作『勵』。

又劉默園錢江出險圖

奔鯨駭游鱗，翔鴻戢遠翅。初占《大過》凶，旋協《中孚》利。波濤仗忠信，兹事庶可紀。江潮夾龕赭，日夕凡兩至。一線聲乍喧，千軍勢皆避。矧當岸根隤，復值風威厲。依篺衆檣泊，犯浪孤帆駛。欲紓倚閭心，敢需涉川計。精誠貫陽侯，義勇激輿隸。出險如夢中，青山澹無際。

前首沉雄，此首峭峻，各擅勝場。

鄭紀薌同年長籙再生圖曾任甘肅縣令，以挪移庫款下獄，數年始出

曲江高會舊知名，吳下相逢一笑迎。人海波濤終是幻，故山松菊有餘清。全生詔獄君恩重，釋負歸田宦槖輕，慚愧左驂曾解脱，爲談前事尚心驚。

涼州春酒熟蒲桃，從政艱難首重搔。大府自殷軍國計，部民猶識使君勞。神駒服軛哀鳴苦，倦鳥辭籠刷翅高。三篋謗書人共諒，輕車款段許遊遨。

患難餘生，讀此詩可以破涕為笑。

莫釐峯下結廬居，門對青山好著書。吹笛秋風收釣後，荷鋤春雨課耕初。莊周夢醒原無蝴，張翰歸來且爲魚。領取湖光三萬頃，忘機抱甕樂何如。

題曹荔帷手書詩册

江湖漂泊舊詩名，認取雲煙紙上生。古劍埋餘猶有氣，素琴凄絶若爲情。畫圖點綴多秋思，客路蒼涼半雨聲。今日齋頭傳硯在，鐵花光照墨痕明。

題祝譽廷司馬慶普廣陵觀潮圖〔一〕

君家建溪初發源，谿泉涓涓流到門。下灘東走赴溟渤，乃有潮汛生朝昏〔二〕。閩越連疆共一海，潮來海氣相吐吞。君今仕越飲越水，水味何如君故園。我亦之江舊承乏，觀潮勝概猶能言。兩山龕赭束海亹，欲進不進潮怒奔。初看空外白一髮，頃刻銀闕排天閽。蟄雷奮擊雪窖裂，陣馬爭踏河冰翻。併力洶洶撼陵谷，作勢滾滾浮乾坤。入江屢折氣逾亢，拍岸倒捲波皆渾。須臾勢定落千尺，峯腰樹杪餘沙痕。前胥後種誰所見，歷劫豈尚留煩冤。獨憐强弩射能退，翻資白雁軍來屯。廢興陳迹付一喟，巡防舊事宜重論。我昔備兵議守衛，石塘鱗比如崇垣。潮頭欻來激隄堰，水所漱齧搖其根。心憂螘穴百丈潰，潮過雙履親江邨〔三〕。兩防之丞曩所統〔四〕，海塘設東西防同知各一。地居衝要需撥煩。君來佐郡秩恰稱，披圖可識君思存。古人陳力重所守，清漣勵志歌懸貆。詎學弄潮恣兒戲，要從監水覘治原。我渡錢塘正艤櫂，君來相對移清尊。叩舷試作小海唱，耳邊已覺潮聲喧。

校記：

〔一〕詩題，《小草》作《題祝譽廷慶普廣陵觀潮圖》，注云：『蒲城人，官浙江同知。』

〔二〕『乃有潮汛生朝昏』，《小草》作『乃有潮信占朝昏』。

〔三〕『潮過雙履親江郵』，《小草》作『潮過親行江上郵』。

〔四〕『曩』，《小草》作『我』。

雲左山房詩鈔　卷四

戴筠帆工部絅孫隴樹瞻思圖

嗚呼隴頭樹，自古悲風木。生不盡百年，鮮民同一哭。嗟君釋褐時，已脱萊子服。南望舊松楸，牛眠幸早卜。可憐寸草心，春暉難再旭。繪圖寄孺思，聊補循陔曲。感君天性優〔一〕，令我悲懷觸。憶昔官長安，升斗竊微禄。十年定省違，千里夢魂逐。厥後奉簡書，謬叨任岳牧。區區迎養心，謂可老娛福。高堂年就衰，未肯離邦族。寄書千萬言，開緘再三讀：欲得親心安，毋使官謗速；澹泊我自甘，清白汝宜勗。書中墨汁新，衣上綫痕緑。烏鳥情未伸，桑榆景已促。凶問一再來，天乎何太酷。灑淚讀君圖，同此嗟莫贖〔二〕。亦曾買墓田，風雨山之麓〔三〕。小草又出山，丙舍縈心目。與君同勉旃，詒謀懍式穀。小人忝所生，君子慎其獨。霜露秋復春，寢興夜繼夙。努力崇令名，缾罍庶不辱〔四〕。

校記：

〔一〕『感』，《小草》作『愛』。

〔二〕『灑淚讀君圖，同此嗟莫贖』，《小草》作『一息忝尚存，百身嗟莫贖。何如未仕初，負米供饘粥』。

〔三〕『風雨山之麓』，《小草》作『遥枕山之麓』。

〔四〕『鉼罍庶不辱』，《小草》作『庶幾能不辱』。

夜濟〔一〕

苦熱不成寐，殘燈還渡河〔二〕。行行有幽意，莫問夜如何。

校記：

〔一〕此詩《小草》所録乃五律：『苦熱不成寐，殘燈還渡河。棹移孤月破，燈閃一星過。吠犬知村近，鳴蛙隔水多。行行有幽意，莫問夜如何。』頷聯、頸聯加諸括號，眉批云：『唐人名句。』後又有眉批云：『改五絶尤妙。』或因此《詩鈔》遂以絶句收録。

〔二〕『殘燈』，《小草》原作『中宵』，後改如今字，當是林則徐推敲改定。

題梁吉甫逢辰攝山詩境圖即次自題原韻〔一〕

布帆頻挂秣陵秋，六代雲山瞥眼收。獨有棲霞松外路，幾回芒屐負清游。
龍蟠虎踞舊神都，賸此高峯一徑紆。何日遲君白門道，江聲松籟寫新圖。

補

卻羨停驂入白雲，閒招老衲證聲聞。詩成歸示佳公子，教作臥遊宗少文。
老鳳詞高玉局仙，雛鸞響答蓋山泉。多他風雅王文度，倩寫丹青釋巨然。

校記：

〔一〕詩題，《小草》作《題梁吉甫攝山詩境圖即次自題原韻》。詩題上墨批『删』字。原有四首，《詩鈔》僅録其第一首、第四首，今依次補録其第二首、第三首於後。

寄内〔一〕

古驛寒宵夢不成，一燈如豆逐人行。泥翻車轂隨腸轉，風送駝鈴貼耳鳴〔二〕。好月易增圓缺感，斷雲難綰别離情。遥知銀燭金閨夜，數到燕南第幾程。

不減少陵香霧、清輝一聯風韻。

校記：

〔一〕詩題，《小草》原作『夜行遣懷』，後改今題。

〔二〕『鈴』，整理本《林則徐詩集》《全集》徑改作『聲』。

谷美田比部善禾以其祖秋燈課讀圖屬題

北州家學感殷門，珍重芸香手澤存。插架籤排三萬軸，負床人課半千孫。閒邀月影穿檐隙，愛聽書聲出樹根。今日清芬傳誦遠，青燈滋味細重論。

和潘四梅大令煥龍見題拙詩並賀移撫三吳原韻

慣教烏帽抗黄塵，宦轍年來五度新。庚寅秋任楚藩，辛卯春調中州，其秋調金陵，冬月擢督河東，今移蘇撫。行水敢云勞楯檥，得人何以答絲綸。近疊奉批章，有『如此勤勞』及

『得人尤難』之諭，不勝感悚。知交謬許文章伯，時事方思將帥臣。指湘西事。小技壯夫奚足道，鴻泥慚説去來因。

四梅屬題官閣聯吟集

仙吏風流續玉臺，劉妻鮑妹並清才。椒花頌就題元日，香茗吟餘寄大雷。三管豈矜中婦豔，雙聲合受小姑催。秭歸郪裏遥相合，恰詠君家四樹梅。君女兄伴霞別爲一集，盍合梓之，以增盛事。

題梁茝林方伯目送歸鴻圖

我方江南來，君別江南去。去來亦何常，君行毋乃遽。君言昨歲夏，早擬歸田賦。哀此中澤鴻，襜帷暫遠駐。惻悱救時心，卓犖經世務。不辭一身瘁，殘黎活無數。豈無危言阻，勇者能不懼。善氣所感孚，春風扇和煦。擔簦返江北，室家竟完聚。我本江北官，拯災愧無具。流亡少安輯，去者云何住。賴君畛域融，樂此將伯助。此邦歲亦儉，鳩資乃稱裕。令行一何疾，曰惟得民故。鴻飛既安宅，君歸戒徒御。似聞廬井間，牽衣有呼籲。瘡痍未全復，拊循更宜豫。何以贈我言，披圖感情愫。

和芷林留別原韻

十年巖壑鎖蒼苔，君通籍後，家居十年。澹泊原無俗慮猜。滄海待看珊樹豔，大江旋擁節花來。高懷終喜餐松實，舊事毋忘啖芋魁。出本無心歸亦得，虛舟何負濟川才。

記取棠陰手種時，政成久與俗咸宜。流民圖上憂時淚，行水經中紀事詩。南國化行真許最，東山臥起詎容遲。試聽八百平江路，滿耳吳歈總去思。

題南武奉祠圖應李蘭卿同年彥章屬

分符手握萬家命，活民之官莫如令。當官自許盡循良，去後幾人思德政。宦蹤休歎逝水移，公論恆從蓋棺定。君不見南武城中一瓣香，李翁心迹虚堂鏡。當時治法豈殊衆，祇與閭閻通利病。征無加羡訟無滯，即此民心呼吸應。吳民易疑亦易感，柔或失救剛失競。翁之所恃惟一誠，父母謳歌出真性。不然令兹縣者十百輩，胡獨烝嘗兩侯竝。祠並祀崑山郝公。我翁有子才且賢，鵷鸞珠樹巢後先。次公高蓋治行卓，懸魚渡虎潯江邊。竭來江南拜祠宇，芟舍無恙棠陰圓。溪毛一薦動巷哭，峴碑早爲羊公鐫。縣民爭識故侯子，道旁傴謁肩相駢。自我不見今十年，攜手快酌滄浪泉。官齋燒燭永今夕，感述先德同潸然。此邦重鎮愧難副，況復盤錯紛鈎纏。追懷良宰但太息，服膺美政期省諐。嗚呼！班範書稱十七吏，桐鄉奉祀人尤傳。官能活民報必大，請看李翁令子皆騰騫。

題李蘭卿湖西秋禊圖

不到西湖今二年，展君圖畫思悠然。琉璃十頃浸寒碧，梅柳橋西初放船。蒼蒼林木磊磊石，鱗鱗雉堞畇畇田。忽如坐我高閣上，琴歌酒賦同流連。憶昨經營疏濬始，自溉泉源決菰葦。刮磨塵垢鏡生光，散盡流雲月無滓。荷亭清曠桂齋涼，岸幘看山頻隱几。曹徐韻事共誰繼，可惜諸君未歸里。我亦輕帆湖上發，俄與故園松菊别。回舟南下漢江波，躍馬東看岱郊雪。王程屢易歸夢疏，那計青山分半笏。豈知翦燭姑蘇臺，鄉思無端又飛越。圖中五人我盡識，各有新詩記游迹。此亦人間鴻爪泥，即今聚散成疇昔。李侯朝京駕轅軛，更爲作歌歌主客。小滄浪水暮生寒，何似湖西秋禊夕。

題李蘭卿燈窗梧竹圖次蘇齋韻

蘇齋學士論詩日，京國賢豪盡結鄰。海内已空壇坫地，圖中如聚古今人。竹梧瀟灑清聲合，蘭茝芬芳妙契真。重到春明一南望，繫懷出處易傷神。

鸞鶴遥天答遠音，燈傳須證本師心。即看政與人情洽，早識詩含道味深。出岫心閒年正富，回瀾手挽力能任。韓蘇建樹皆非偶，相待千秋石引鍼。

題陶雲汀宫保登雲臺山畫卷即次原韻

華蓋星辰擁上台，雲臺之北，對峙者爲華蓋山。重臣旌節此登臺。似聞初日天門啓，真見仙人海上來。雲氣龍堂深致雨，潮聲鯷壑響驅雷。千秋孔望誰能企，聊喜觀瀾賦水哉。孔望山在海州東五里，與雲臺相映發。相傳孔子登此山望海，故名。

鵬背青天笑共捫，坡仙吟侶職方孫。『來依鵬背負青天』，東坡次韻孫職方游此山詩也。層樓望日榑枝曙，海曙樓。半嶺吞雲竹樹昏。竹節嶺。可許成丹燒石竈，也應留帶鎮山門。登臨本是瀛洲客，滄海橫流倒一尊。

題錢梅溪泳梅花溪上圖

梁溪客住琴川曲，手種香田結茆屋。一鋤明月夾溪花，溪水到門清似玉。朱邸歸來白髮新，巡檐索笑笑閒身。山前煮石汲丹井，瞥見南枝森古春。秦碑漢碣臨摹徧，手掬香泉滌紅硯。忽從疏影悟橫斜，槎枒骨幹開生面。占斷煙波渺一涯，衆香供養勝丹砂。何時我亦移芳櫂，認取孤山處士家。

伊少沂念曾屬題其尊人墨卿太守秉綬西溪消夏圖

一菴秋雪已先秋，來及蘆花未白頭。何事光陰催幻夢，詩魂飄泊又揚州。

東坡仙去參寥化，二十三年一瞥間。喜見斜川今判事，恰教重看浙西山。

和石琢堂廉訪韞玉七十七歲自壽原韻

百年重九三逢閏，乾隆丁巳〔一〕、丙子曁今歲壬辰皆閏九月。九老聯觴正在兹。兜率身宫參玉局，東坡生於丙子。瀛洲尊宿證安期。龍頭早震科名貴，鶴壽長耽福禄宜。公所居爲鶴壽山房。今日儒宗推領袖，范公重數秀才時。重遊泮宫。

校記：

〔一〕『丁巳』，《林則徐詩集》《全集》徑作『丁未』，誤。

和韓桂舲司寇對重游泮宮原韻

老宿誰云歎積薪，再來爭重百年身。佛緣最喜初禪地，文福能資勇退人。桂影纔圓三五月，時在中秋後。椿齡真合八千春。翻從一品披衣後，仍學書生岸幅巾。

弱冠微軀一介輕，掄才叨許冠羣英。甲子肄業鼈峯，公陳臬閩中，課藝屢蒙激賞。後官浙江，公書楹帖寵行，句云：『掄才久許文章伯，爲政今兼山水鄉。』鄭鄉造履來文舉，鼂令傳經重伏生。四皓直疑仙作友，是日重游者，石琢堂前輩、言皋雲太守、余鱸香學博，與公而四。三枝難得弟兼兄。祝公待我重游日，百歲坊前詠太平。余丁巳年入泮，計重游之年，恰公期頤之壽。

題陳登之別駕延恩督運北行畫卷

君恩已許減徵輸，民氣東南尚未蘇。雀鼠太倉無宿飽，雁鴻中澤有新逋。飛芻早盼移官舸，掃葉徒慚下縣符。撫字催科俱政拙，莫誇秔稻轉三吳。

滄江書舫載南宮，虎阜朱幡送長公。新漲緑添梅子雨，畫旗紅颭藕花風。千檣粒食期琛護，百道泉流古會通。莫遣歸帆遲雁信，待看秋稼報全豐。

送趙菊言少司寇盛奎還朝次王竹嶼都轉韻

江淮米貴抵兼金，振廩行糜費酌斟。欲輯流亡無善策，苦求芻牧賴同心。嵍鴻集澤皆親見，鳴鳳朝陽願矢音。暫醉莫辭京口酒，雨絲帆影緑楊陰。時於京江雨中話別。

題沈迺錫手書五言詩卷

迺錫名宏範，明諸生。洪文襄帥長沙時，迺錫爲之招撫黄州諸寨。功成，薦授鎮沅副將。不受。歸卒，年七十五。

五字長城歷劫灰，何如晞髪慟西臺。將軍揖客相逢晚，莫救松山十萬哀。

題錢南園先生灃守株圖遺照即追和自題原韻

直節生遐陬，微時抱義處。致身爲君國，自許衮職補。朝陽翽桐鳳，履蹈惕冰虎。守身喻此圖，艮止止其所。昔我游五華，星郵里逾萬。式閭景名德，仰山適吾願。睇觀遺墨新，想像風規遠。筆正徵臣心，公忠泯恩怨。嘉慶己卯典試滇南，及門錢信菴以先生遺蹟屬跋。及兹拜圖像，清徹天人姿。霜根聳枯幹，兀坐忘朝飢。密葉有解脱，貞柯無支離。志士植名節，對此情爲移。我非守雌黑，聞義向心地。順生以爲常，先生句。斯語吾請事。去來兩無戀，静躁各有制。莫認達生言，天地蘧廬寄。

趙蘭友同年廷熙以龍樹院雅集圖副本屬題

一瞥風花又五年，南皮高會散如煙。黄壚易觸中年感，圖中萊山、春門、順伯、陸園俱下世。朱轂猶多外秩遷。柳溪、蓮舫、小雲、芸皐、美田、訪巖及君皆於會後外遷。當日畫圖誰主客，回看觴咏似人天。與君同對江南月，還締慈恩舊墨緣。

附

辛未同年龍樹院雅集圖時道光十年庚寅閏四月二十二日，會者三十有四人〔一〕

徐謙

二百同袍半泉下，同榜者二百四十七人。不多青鬢圖中人。自嗤衰醜叨聯譜，無限升沉判夙因。絳帳僅存黄閣老，富陽相國。櫻廚猶是杏園春。多年夢繞慈恩墖，羡爾龍華會上賓。主席者林少穆中丞，繪圖者周芸臯觀察，謙回籍未與會爲歉。

校記：

〔一〕此詩録自《悟雪樓詩存》卷二七。

節署書少穆中丞龍樹院雅集圖記後〔一〕　徐謙

梗汎江湖依老友，班聯鵷鷺媿同年。同業庶常館。何人雲誼圖中筆，此會風流輩下傳。文沁肝脾雙眼淚，分輸花月一樽緣。他時倘再靈山集，未識伽藍記孰編。

校記：

〔一〕此詩録自《悟雪樓詩存》卷二七。

書揚州太守趙蘭友同年龍樹雅集副本後〔一〕　徐謙

勝會都門又五春，展圖水木墨痕陳。同年皓首彌親切，薄宦紅塵半苦辛。下榻花前新幕客，予時留蘇節署。倚樓江表老詩人。梅花贈我無煩折，東閣留樽話舊因。擬遊維揚。

校記：

〔一〕此詩録自《悟雪樓詩存》卷二七。

題袁介菴太守渭鐘海塘籌禦圖時介菴下世三年矣

宦海摶沙那忍論，麟洲珊樹早移根。海塘議成而君去浙。嘉禾手植留行部，宿草心傷指墓門。盡使臣衷懷水監，奚勞使節稅星言。三疊今日咨羣策，保障爭思佛子恩。時杭州東西塘，籌防方亟。

輓曹文正公師

元老方開九袠春，忽騎箕尾應星辰。三朝身裕舟霖業，一德悲深柱石臣。緑野未遑歸杖履，絳帷何處接音塵。在天陟降隨龍馭，昔日先皇正上賓。正月三日，高廟忌辰，師以是日薨。

天書新捧拜恩還，休沐經旬待領班。誰料中台亡一鑑，俄傳内敕賻千鍰。慟逾西苑瓜筵撤，榮邁東園漆具頒。回憶靖共資翊輔，鑾輿親奠涕先潸。

易名尤仰帝心孚，際遇明良禮數殊。經緯爲文彰懋績，保衡先正勵嘉謨。琅書勒字追司馬，温公謚文正。金管銘勳付董狐。東武劉文正公統勳北平朱文正公珪公媲美，榮褒華袞後先符。

回首春風領袖亭，師家亭名。少年書味一燈青。曾繪《青燈有味似兒時》玉照。仙峯夢早依鼇禁，師嘗夢至仙山，見鼇峯二字。魁榜聲先接鯉庭。文敏公與師舉進士，皆列十魁前。珂里停軺娱愛日，錦堂調膳看文星。師典試楚北畢，馳驛侍文敏公，時朱太夫人在堂，壽逾九袠。更聞黄閣傳佳話，衮繡重搴泮藻馨。癸巳歲，師重游泮宫。

六官歷盡掌綸函，揆席先經五日參。師五日參知，即正揆席。拜手賡颺依斗北，單心樞密播薰南。上賜聯對云：『同德資良弼，單心贊治樞。』隆平但守蕭規一，啓沃難傳説命三。上諭云：『外貌呐然，而獻替不避嫌怨，朕深倚賴，而人不知。』悟到歸根吟落葉，果然終始受恩覃。師十齡賦落葉句云：『而今悟得歸根意，雨打風吹總是恩。』

身在蓬萊最上層，文章舊價重於陵。公才公望甌先覆，門下門生鉢遞承。七寶座分金掌露，一條銜晃玉壺冰。如何卌載神仙長，兜率宫開叱馭昇。

文場十一度掄才，海内龍門峻望推。星使輶軒承露湛，典試及視學凡六次。春官桃李倚雲栽。五主禮闈。羊城駐節清芬繼，文敏公典試粤東，師又視學其地。龍樹題詩雅集陪。辛未同歲生有《龍樹院雅集圖》，師爲題句。想像虚堂留藻鑑，辛未會試時，題《虚堂懸鏡》。酬知慚愧爨桐材。

巨筆承明邁許燕，星雲爛漫繪堯天。書成謨典光文府，道闡苞符直講筵。白傅新詩長慶富，衛公鉅集會昌編。研鑽未逮慚徵序，師命作序。欲浣薔薇手自鐫。

西陲龕靖憶弓櫜，首贊宸謨協豹韜。樂府軍歌傳箭定，戎帷帝獎運籌高。名尊傅相同周畢，像繪功臣冠鄂裦。千載大烝崇秩祀，長垂惇史紀成勞。奉旨入祀賢良祠。

光風霽月渺尋思，一老天胡不憖遺。猶捧音書悲永訣，聞噩耗後，復得師書，讀之不勝鳴咽。况無豎立負深知。荷香過雨空成夢，庚寅夏出都，師贈詩有『莫忘執手殷勤語，記取荷香雨過天』之句。楷樹成陰又幾時。一掬西州門下淚，愁看丹旐過江遲。

題喬鷺洲重禧詩文稿後

遠追婉雅近謨觴，照耀江東此靚妝。別有横汾才子曲，闗門秋角劇蒼涼。

耿耿懷知感遇心，每於文字費沈吟。北江長律山陽表，想像鍾期聽後琴。謂集中送洪稚存先生詩及汪文端公墓表。

題蔣伯生大令因培岱頂搜碑圖册

四十八字《集古録》，二十九字元君祠。空山野火爍榛莽，寶光夜淪玉女池。蔣侯訪古手得之，傳此十字先秦碑。嗚呼力政燔六籍，頌德乃假文字爲。巡行郡縣二世繼，盡刻表石山之陲。五刑未具丞相斯，昧死請刻留㕓㢊。後人重此義安屬，謂是篆法千秋師。君不見宇文獵碣擬周雅，講解同異言參差。又不見銅槃匜鼎索三代，摸搨款識紛然疑。世儒媚古備史證，全文況紀龍門辭。如侯好古今亦稀，手抉星斗親氈椎。搜巖剔穴發光怪，關中郭趙安足奇。即今七十霜滿髭，相逢豪氣猶淋漓。官齋晝閒示搨本，想見躡足荒崖時。

題雪湖楊高士遺像後

高士名秇，字碩甫，吳江平望人。爲瞿忠宣公幕賓。忠宣殉粤西之難，高士慟哭軍門四日，收遺骸歸葬虞山。康熙辛酉，陸清獻公遇之於虞山，爲序其詩。

孤臣灑血殉蒼梧，義士招魂到海虞。劫換紅羊忠骨在，歌殘朱鳥淚痕枯。三軍動色愁風洞，一老歸蹤話雪湖。奚取松仙同配食，明豫章宗室乞食來吳，居高士家三載學仙，指松爲姓，故虞山立松仙祠，以高士爲配。新祠拂水薦生芻。虞山拂水巖雙忠祠，祀瞿忠宣公及張都督同敞，高士亦配食焉。

壽陳芝楣方伯

頻年水毀又金饑，憑仗仁懷與護持。清溉廉泉官貸粟，寒衝虐雪路行糜。流亡漸息窮途淚，腓字全收隘巷兒。疊舉捐賑、平糶、施粥及收養流民、育嬰、瘞埋諸政。天意能迴民命續，累君新鬢也成絲。

供養香雲作地仙，君有佳硯，題曰『南湖居士香雲海』。勤勞彌慶得天全。稱耆齒許溫公少，寡過心欽伯玉賢。自矢鑪香告清夜，不教絲竹寫中年。近有《五十自訟》一篇，謝絶筐篚，屏除歌吹，足以風勵僚寀。期君長此恢鴻業，泰上成鳩萬八千。

喜聞芷林前輩奉召入都將過吳門適枉來詩次韻奉答（二）

出處如君繫重輕，豈宜長結故山盟。鸞書宣召殷南顧，獸闥沈吟紀北征。正是火雲連赤地，果然霖雨潤蒼生。時大江南北方苦旱，君到吳門，甘霖大沛。請看舊部來蘇隊，十日能無駐旆旌？

校記：

〔一〕《乙未日記》載，道光十五年六月二十三日，『是夕芷鄰到蘇，余冒雨赴其舟次，談至雨後歸。芷鄰以詩見貽，燈下依韻答之。』梁章鉅贈詩二律附後以供參考。林則徐和作，《詩鈔》僅録其一。

附

小住胥江承林少穆中丞招飲賦詩累日不倦別後疊北行韻

寄酬二律〔二〕　梁章鉅

雲氣祟朝觸石輕，告天精白有心盟。吴中久旱，君虔祈得雨，而余適來，同人贈詩多借此相譽。翻言甘雨真隨至，自愧炎威正述征。話舊恰逢官釀熟，開襟更趁圃涼生。君於署中闢地爲圃，雜藝黍稷，築亭爲觀稼所，雲汀宫保顔曰『後樂』。時宫保以催漕駐袁江。一般後樂名亭意，驤首袁江駐旆旌。

連日鈴齋屢往還，幾番離思繞江關。頌聲久聽棠陰滿，鄉味齊忘荔子斑。偶涉詩緣總關政，深談民瘼少開顔。清時開府憑宏濟，莫擬當年庾子山。

校記：

〔一〕此詩録自《退菴詩存》卷二四。

滄浪亭畫册

芷林曩脩斯亭，今藩伯陳芝楣實襄厥事。落成九年，而芷林去蘇三年矣。兹出吳門，芝楣邀集重游，屬黄君穀原繪圖贈別。芷林首索余詩，次韻以答。

賓從歐梅迭往還，畫師妙手况荆關。巖松謖謖迎風吼，徑竹鱗鱗著雨斑。轉憶經營聯意匠，長期突兀庇歡顔。醉鄉莫唱南園句，報答君恩重戴山。亭本吳越錢氏南園故址，王黄州有『乞與南園作醉鄉』之句，故翻其意。

鄭蘇年師抱膝圖遺照

師諱光策，乾隆庚子進士。歸里待銓，有心用世，故爲此圖見志。繼嬰足疾不出，主講鼇峯書院。甲子捐館，年甫及艾。以明體達用之學，未遂厥施，士林惜之。今兩孤早世，孫未毁齒。芷林以師門高足，兼冰玉親，曾編遺集行世。兹示以圖，薰香瞻拜，不禁淚涔涔下也。

遺影追尋立雪前，春風書帶正翩翩。誰知稷下聞琴淚，已兆隆中抱膝年。師繪此圖，未幾即得足疾。座有心香餘澤在，集題腳氣幾人傳。韓門李漢編文後，憶否桐枝瘦可憐。

附

題鄭蘇年先生抱膝遺像後〔一〕　梁章鉅

此余婦翁鄭蘇年師二十餘歲遺像也。適從外家廢簏中檢得，重爲裝軸，附入行篋。過吳時，以示少穆、蘭卿，皆有題句，因次其韻各一首。

遺書床上樹階前，想見華齡逸興翩。誰料傳經違素志，竟將抱膝付餘年。先生作此畫後，旋以足疾終其身。半生孤露空將母，先生母廖太孺人苦節，後先生二十餘年始没。一卷《西霞》或望傳。先生《西霞文鈔》曾經章鉅手編付梓。不待山邱傷宿草，畫圖成讖早堪憐。

三十年來露電驚，近聞門下又門生。河汾事業聲方大，臺閣文章老更成。上句謂少穆撫部，次句謂鈺夫侍郎。讀集漫同車若水，溯源誰念趙邠卿。海邦文獻慙操管，珍重千秋身後名。時方脩《福建通志》，擬爲先生立《文苑傳》。

校記：

〔一〕此詩録自《退菴詩存》卷二四。

和卓海颿閣學秉恬江南文闈即事原韻

桂露霏簾漏欲沈，盈牀束筍燦如林。斗間劍識中宵氣，爨下琴收太古音。搜落卷勤甚。鎖院茶香文拄腹，用坡公詩語。山樓月照鑑當心。『江面山樓月照時』，闈中詩題也。更期撤棘攜吟屐，梅社詩盟取次尋。君昔寓吳門，與問梅詩社諸君輒唱和。

題蔣丹林先生祥墀童子釣游圖即次自題原韻

三世蓬瀛海内稀，老臣戀闕忍言歸。仙心自領煙霞趣，鄉夢遥憐歲月非。原詩有楚北連歲水荒之感。炳燭光明娛蔗境，老尤篤學，著述益閎，書法浸淫魏晉。四海人士，莫不宗仰。垂竿滋味話苔磯。紅塵何異青山住，萬卷圍身晝掩扉。

康强早越古來稀，今歲七十有五。就養真成大老歸。小字珠絲神奕奕，比兩辱手書，小楷精妙。長歌石屋想非非。贈陶雲汀宮保印心石屋長歌，浩氣流行，老斲輪手也。遥知卻杖摩銅狄，那惜投簪換石磯。因老得閒閒得健，來書自言如此。東窗紅日傲黃扉。公懸車後，取『睡覺東窗日已紅』之句，鐫爲小印。

送韓珠船侍御榮光歸粤

萬柳毵毵送繡衣，望雲南去戀重幃。廿年夢觸林烏哺，三月春隨海燕歸。難得采蘭馨膳樂，不妨焚草諫書稀。天涯別有傷心客，隴樹迷離鳥倦飛。

題黃楚橋學圯史印

周官重璽節，漢爲斗檢封。後來私印出，雜用金玉銅。昔之撥蠟法，今作攻石工。偶得秦漢章，珍逾琥璜琮。顔姜與吾趙，譜録紛異同。琅山有老學，蒼雅羅心胸。餘事擅鐫篆，著手斤成風。六書究奥恉，此技非雕蟲。慨念古史才，裒集以類從。凡四百餘石，鈐以丹砂紅。想當運斲初，光氣宵貫虹。旁可證碑碣，肅若列鼎鐘。自來篆刻家，無此體例崇。何况龍泓後，浙派非中鋒。巨編一展對，金石相昭融。乙部四千年，留迹如霜鴻。三長欲兼擅，八法誰爭雄。君真古爲徒，頡頏斯與邕。

題楊雪茉慶琛金陵策蹇圖

斜日西風萬柳條，棲鴉流水舊魂銷。即今仍踏長干路，官愛江南爲六朝。

昨宵尊酒話枌榆，不改鄉音改鬢鬚。試指三山證離合，五君應共入新圖。君與蘭卿、竹圃、蔭士共飲節署，作家鄉語。閩稱三山，金陵亦謂三山。去年芷林作《三山離合圖》，繪余及蘭卿。今此會五人，擬亦圖之，以誌良遇云。

附

上元日林少穆中丞招同沈蔭士楊翠巖兩孝廉遍覽城北諸勝歸飲妙相庵時中丞攝篆制府駐節金陵〔一〕　楊慶琛

離合三山證若何，中丞題余《金陵策蹇圖》有『認取三山證離合』句。相將舊侶入煙蘿。人間游蹟六朝勝，天上清光元夕多。佳宴坐花飛玉斝，暗塵隨馬度金珂。夜來妙相庵前望，八座台星燭絳河。

天下蒼生望謝公，江南何幸荷帡幪。三時憂澇痌瘝切，一疏朝天感泣同。指癸巳年冬間事。生佛世真投體拜，大臣忠本積誠通。即看僧喜旌麾至，方外猶榮況境中。

丱角榕陰共卜居，重依厦庇鬢皤如。生慚禄養官何補，少作書癡老未除。鄉土語音僮僕訝，是日縱談均係鄉語。石交氣誼禮文疎。某山某水童時地，彈指華年五十餘。

嬴絀江關事較量，未能裕課愧通商。持籌今日無劉晏，焚券誰家是孟嘗？宦味我真同蜜蠟，晴光人自愛春陽。燈痕如晝宵如水，領取曇花四照香。

校記：

〔一〕此詩録自《絳雪山房詩鈔》卷一二。

唐孝女惠觀哀詞

愛親心切兒命輕，士也難之女獨能。女命籲天天果譍，刲肉可療誠有徵。舊創未合新創仍，姊妹竝進雙盂羹。嬢病方瘥兒病嬰，姊危語妹妹涕零。以身代嬢志竟成，但未見爺悲難勝。天乎天乎如可憑，女欲見爺化作男兒再向唐家生。

賦海鹽張螺浮給諫惟赤涉園

黄門昔歸田，經營此泉石。卜築東海濱，負郭三徑闢。鶴柴縈疏紅，魚梁暎淨碧。滄浪歌獨清，濠濮意自適。登眺怡心神，朋尊數晨夕。人惜止足情，謂是煙霞癖。誰知剛立朝，烏府簡恆白。嚴憚挾風霜，疏草傳東掖。巖巖鐵柱冠，老去餘岸幘。迄今百年餘，亭館儼疇昔。行部我曾過，仰止頌遺直。況以恬退悰，能令躁心息。因之懷故山，松桂定相憶。

詠馬嵬坡〔一〕

六軍何事駐征驂，妾爲君王死亦甘。拋得蛾眉安將士，人間從此重生男。

纔過生日咒長生，誰道生天促此行〔二〕。六月佛堂涼似水，梵王揮手竟無情。六月朔爲太真生日，馬嵬之變，即是月也。

龍腦湯泉也自温，華清宫殿鎖千門。紅塵飛騎來何晚〔三〕，一嗅餘香不返魂。妃纔絶，而南方進荔支至，命力士祭之。見《外傳》。

籍甚才名《長恨篇》，先皇遺事老臣傳〔四〕。詩家解識君親義，杜老而還只鄭畋。

補

費盡金錢買禍胎，豬龍誰遣入宫來。重泉尚聽漁陽鼓，可有胡兒哭母哀〔五〕。

翻幸長門一斛珠，不隨車騎委泥塗。報他壽邸羣妃道〔六〕，好是羅敷自有夫。

在地猶爲連理枝，卻因摇落正花時。秋風若待歌《團扇》，那得君恩輾轉思。

金粟堆前獨鳥呼，棠梨樹下月輪孤。三郎不遣招同穴，空望香魂入夢蘇。

校記：

〔一〕詩題，《小草》作《馬嵬坡》。道光七年陜西興平縣碑刻墨拓本題作《題楊太真墓》，末署『道光丁亥八月，福州林則徐過此因題』。詩凡八首。《詩鈔》僅收録其第一首、第三首、第四首、第八首。今據碑刻拓本依次補録於後。

〔二〕『道』，碑刻作『料』。《小草》原作『料』，後改作『道』。

〔三〕『飛騎』，碑刻作『荔子』。

〔四〕『先皇遺事老臣傳』，碑刻作『先皇慚德老臣宣』。《小草》初作『先皇慚德老臣傳』，後『慚德』改作『遺事』，後又回改如初。

〔五〕『哭』，《小草》作『爲』。

〔六〕『妃』，《小草》作『姬』。

懷人

目極停雲久，心懸墮月孤。蘆中人影瘦，劍血認模糊。

雲左山房詩鈔　卷五

題陸母陳恭人傳後應萊臧親家我嵩屬

君母與吾母，昔皆儒家婦。君身與吾身，嗟今皆鮮民。君捧丹青淚盈掬，吾母遺型亦髣髴。平反加膳已輸君，況我銜哀在望雲。齧指未歸遽終訣，披圖棖觸空嗚咽。君承慈訓多活民，母也甘泉宜寫真。吾母豈無折葼教，不如君母兒能孝。

任階平太史泰寒夜寫經圖

君家樸學儒所宗，鈞臺著録昭發矇。君抱遺編守家法，木天奏賦聲摩空。奪虎觀席連幾重，掉頭一笑歸江東。自言蚤歲好經義，博采諸説參異同。東南經師錢與段，丹鉛剳記資磨礱。元雲蕭寥蔽層穹，夜深老屋號朔風。一篇在眼筆在手，抉摘幽奧開鴻濛。即今展畫澹不濃，如見山寺寒燈紅。十年編校謝塵事，宜有四七星羅胸。鍾山樹色青一叢，講堂禮樂相雍容。炳燭之明老逾篤，問奇析奧經生從。上追許鄭次孔賈，嘉惠來學徹閎通。大春定有紛綸說，勿僅封題祕枕中。

和英樹琴先生英和喜文孫入翰林原韻

吟遍新昌賀宴篇，因緣兩世締同年。辛未忝與芝圃詹事同榜，兒子汝舟復與琢山同歲舉於鄉。屏看隔座曾書誡，兼用第五司空及富鄭公事。院數題名共集賢。圓明園翰林朝房曰集賢院。種樹盈門陰接李，傳家有鉢瑞生蓮。須知四適詩中意，貽厥心惟守故氈。公《卜魁集》中四適詩，有『青氈故物誰爲伴』之句。

題俞陶泉都轉德淵水流雲起遺照

水流無競心，雲生有活態。涓滴歸滄溟，膚寸出泰岱。君秉五行秀，靜與萬物對。觀水同漣漪，觀雲喜靉靆。行行豈有窮，起起方未艾。誰知瀟灑心，去來了無去，天地在形内。霖雨施未竟，江河流不廢。嗚呼圖中人，留此誌遺愛。

礙。君臨化有此偈語。自拈右丞詩，悟已徹三昧。空明水雲氣，吐納入肝肺。一朝解脱

題陳石士侍郎用光韜光步竹圖遺照

披圖雲氣森寒緑，澗水泠泠漱哀玉。仙人騎鳳何時歸，湖雨湖煙嘘萬竹。星軺昔駐越中驂，賓主文讌羅東南。杖策入山不知遠，步屧直上韜光菴。冷泉亭下泉聲活，前臺後臺花正發。眼看海日對江潮，孤嶂岧嶢天地闊。豈止登臨豁遠眸，竹陰深處愛句留。穿雲衣染萬竿翠，吸露胸含千畝秋。畫工寫竹兼寫人，行坐俯仰隨天真。干霄捧日賴公等，直節虚心同此君。彈指光陰纔一瞥，五君盡與西泠別。作記人先返道山，曩時游侣應嗚咽。我亦鴻泥舊迹經，竹林把臂荷忘形。不堪更覓鸞凰歗，併入山陽笛裏聽。

丙申四月九日爲吳玉松前輩雲九十壽辰先六日余招同石琢堂韞玉朱蘭坡珔吳棣華廷琛董琴涵國華諸前輩集後樂亭觀芍藥竹翁年八十一蘭坡六十八棣華六十四琴涵五十八余五十二合之四百十有三歲玉翁約共賦詩各用六人四百十三歲之句先成一詩屬和即次其韻〔一〕

昨夜星文動南極〔二〕，一時仙客聚東吳。殿春餘豔圍香幄，浴佛先期供法盂。真見九旬臨洛社，文潞公開洛社年正九十。剛同五老啓河圖。是日觀仇實父禹治水圖。六人四百十三歲，翁更飛行不用扶。

校记：

〔一〕此詩《全集》據《上海圖書館藏詩札手跡攝影》録文，題《丙申四月九日爲玉翁前輩九十覽揆之辰，先六日，則徐奉觴爲壽，邀同竹堂、蘭友、棣華、琴涵諸前輩，集湫署之后樂亭觀芍藥，以『六人四百十三歲』爲句，各足成一詩。玉翁詩先成，依韻奉和，録乞悔正》。吳雲、石韞玉諸人詩作未見。吳廷琛、朱珔等有詩紀其事，附後以供參考。

〔二〕『星文』，《全集》作『壽星』。

附

後樂亭讌集〔一〕 吴廷琛

主賓六人七甲子，公讌徵賓誰似此。就中吾宗醉石叟，三十年更三世矣。不求服食養生訣，不究《參同》《性命指》。起居安樂自年年，乘化何知造物駛。新詩葩藻溢鎦毫，小字分明寫紅紙。尋常不肯入官府，特爲開園一舉趾。異苔臭味本同岑，接武聯鑣玉堂裏。後先相望不相見，豈意尊前同倒屣。吾輩江湖成瓠落，詩酒從容隨杖几。董公雖健嬾觸熱，亦復徘徊戀鄉里。座中主人最年少，文正文襄今復起。濟時事業須及時，平政堂爲天下砥。他年保奭頌平格，三達尊兼德爵齒。

校记：

〔一〕此詩録自《林文忠朋僚詩文集》。

後樂亭豐備倉詩二首〔一〕　吳廷琛

太倉稊米身，憂樂繫天下。憂莫憂兮八哀請雨之疏詞，樂莫樂兮萬井連雲之禾稼。事非目驗那得知，大厦沉沉隔郊野。百里堆案勞神形，時復掣閒來此亭。亭前何所見？重穋禾麻鬱蔥蒨。吳中良田萬萬頃，物候天時此中見。親民莫如州縣官，故應稼穡知艱難。催科敲扑正供急，越人肥瘠秦人看。公之愛民本天性，國脈攸關在民命。去年閔雨亟，朝祈夕禱忘寢食，怵惕咨嗟憂見色。今年雨澤調，漠漠平疇秧一碧。三農相語各欣然，一笑伸眉豈易得。何年西北水利興，餘糧棲畝成三登。均平田賦減漕額，仁人之言終有徵。嗚呼豈徒吳民樂，天下熙熙德施博。

常平鮮積穀，豐備成新倉。嘉名公創始，圖匱乘豐穰。閒地棄無用，曷若謀茨梁。築土使堅實，庀材必精良。高宇來清風，廣場遲夕陽。架板通地氣，磨磚分堵牆。連甍復累棟，窗寮周虛廊。儲穀以萬計，億稊今方將。坐令清嚴地，景色如邨莊。聞昔有明代，濟農創文襄。取民散之民，廩溢陳陳糧。弊餘出惠政，變通自弛張。公更爲其難，義財固有方。惠民民不知，擴充垂久長。所願歲屢豐，此穀長蓋藏。五行迭衰旺，備豫胡可忘。國家重民命，良法踵壽昌。公行法外意，牧令循經常。筦鑰慎監守，穀數有舊章。不足急和糴，毋恃天降康。

校记：

〔一〕此詩録自《林文忠朋僚詩文集》。

少穆中丞邀同吴玉松太守雲暨竹堂兩前輩棣華琴涵集署中後樂亭畔之小軒觀芍藥并歷所闢稻田新建豐備倉松竹二丈先有詩各次其韻〔一〕　朱琦

二老風流兼四友，天教此會冠三吴。物華恰稱金爲帶，民監終觀水在盂。春滿襟懷關後樂，歲籌貯蓄慎先圖。一區課稼閒中事，知切鄉田疾病扶。

耽耽大府即仙闈，閒摘林芳拾澗菲。婪尾花蒸亭有馥，甕頭酒酌席如圍。是日設六角圓席。盍簪地憶傳劉井，合坐並出詞館，館中舊有明學士劉定所浚井。開徑人疑款蔣扉。祇此雅游無佚志，從來型俗斥雕幾。

校记：

〔一〕此詩録自《小萬卷齋詩續稿》卷一〇。

中丞見示和章疊韻再呈〔一〕

朱琦

清樽豈是南皮讌，客若陳琳劉楨與阮瑀吳質。翠篠影浮雲母槅，朱櫻光動水精盂。耆朋矍鑠多吟抱，茂苑瀟疏即畫圖。省識昇平蔥鬱氣，名葩也仗緑蔭扶。

草映窗櫺鳥入闈，翻階更喜殿春菲。激珠響沸泉三斗，園內有井以溉，轆轤不絶。連璧香濃畝一圍。箭發芙蕖成貝莢，旁列缸荷業已鋪錢。羹調勺藥兆綸扉。長卿賦『勺藥之和』，陸氏詩疏以證此花，故借用。晚花已卜新禾稔，暘雨均勻早燭幾。

校记：

〔一〕此詩録自《小萬卷齋詩續稿》卷一〇。

瑑翁亦示一詩次韻奉和〔一〕

舊附詞曹集禁闈，今陪文讌賞春菲〔二〕。小園五畝竹千个，新稻一畦花四圍。棼尾杯中開白社，狀頭林下傲黄扉。吴中多狀元，而瑑翁與棣華前輩皆中年勇退，故戲及之。優游杖履關清福〔三〕，自分塵容那易幾。

校记：

〔一〕此詩《全集》據上海圖書館藏詩札手跡攝影録文，題《竹翁亦示一詩，復次其韻，並録奉政》。

〔二〕『今陪文讌賞春菲』，《全集》作『今陪文讌愧葑菲』。

〔三〕『杖履』，《全集》作『得壽』。

玉翁見和拙詩復疊前韻答之

西門遺愛猶留鄴，公曾守彰德。梅福成仙合住吳。留客尚簪花滿鬢，抱孫曾貯水盈盂。用漢任棠事。書成老鶴叢談録，惠函有臆語四則，皆見道語。身在真靈位業圖。況與故人酬季諾，孤鸞寡鵠賴公扶。謂存方鐵船遺孀事。

前詩意猶未盡再疊前韻

託生本自舍衛國，後佛誕一日。達識況比東門吳。不醉中山酒千日，轉喫屠黎麻一盂。壽日不稱觴，避喧於虎邱山寺。家風遠追綺里季，綺里姓吴。詩品方駕司空圖。請續江淮異人録，千秋大雅輪須扶。

齊梅麓彦槐送古佛入焦山圖卷〔一〕

金人入夢始有佛，六代造象何紛紛。唐初采經及西竺，供養功德宜精勤。安陽傅氏好弟昆，欲以冥福資六親。紀年在辛月在丙，精宇想見榱櫨新。何時淪棄荒水濱，千三百載浮河津。屢經兵燹象完好，呵護信有天龍神。趙前宋後發誓願，送之焦山鎮海門。一江水隔迄未果〔二〕，題名易蝕蒼苔痕。齊君種善多善根，古佛顯應成妙因。杉板船輕翦江去，江風不動波沄沄。是日山中佛光現，異雲五色明朝暾。音樂鳥鳴溪磵曉，旃檀香散林巒春。汲來冷泉作清供，曼陀羅雨吹絪緼。我聞八萬四千幻名相，世塵詎著蓮花身。天人感應理則一，刹竿自樹波由旬。爲君作歌歌止此，别有靈契君應聞：銅觀音象光福邨，在宋出土祈祀殷。官中暘雨歷有驗〔三〕，年久廟圮叢棘榛〔四〕。前年去年兩禱旱，楊枝滴水蘇吾民〔五〕。民無饑寒聖人悦，親灑寶翰題瑞璘。君如來游太湖湑，請依蘭若瞻慈雲。更將貞白摩崖手，一寫裴休讚佛文。

校记：

〔一〕詩題，齊學裘《見聞續筆》（卷八）作《題奉梅麓先生正句畏堂張井稿》，末署『道光丙申冬仲，瓜洲舟次呵凍題，應梅麓前輩詩家屬，即正。館侍少穆林則徐』。

〔二〕『迄』，《見聞續筆》作『竟』。

〔三〕『官中暘雨歷有驗』，《見聞續録》作『雨暘徵應紀前志』。

〔四〕『年』，《見聞續筆》作『歲』。

〔五〕『吾』，《見聞續筆》作『吳』。

附

少穆中丞屬賦齊梅麓太守送唐石佛入焦山圖詩繪圖者，張茶農深也〔一〕

徐謙

石佛何來復何去。底事人間不肯住。江神助送一帆風，直指海西最高處。海西高高焦仙山，焦仙我昔親金顔。展圖坐我海光裏，妙手突過荆與關。送佛者誰齊太守，乞我題詩爲佛壽。滄桑問佛佛無言，代廣長舌君許否。爲言唐初安陽民，造佛弟子傅黨仁。香花供養槐陰寺，蛟螭侵奪漳河濱。石佛無端臥水府，夜騰舍利驚漁父。寶鴨銷沉虛十笏，天龍呵護偕八部。誰遣詩人趙倚樓希璜，一舸載佛來揚州。制府今節相芸臺先生召客盛吟醼，韋協夢胡西庚座師孫星衍張敦仁洪亮吉吳錫麒劉大觀。約送焦山竟不果，可憐佛在紅塵坐。二十緡贖揚州街，片石因緣遲待我。吾聞捲圖心悲傷，廣陵座客誰靈光？秋風滿笛山陽淚，落日回頭陸氏莊。謂西庚師。石佛至今逾千歲，永隆辛巳石背記。此行無乃疲津梁，渡江不似達磨易。君不見洛鼎荒涼埋烟雨，海鼉又載漢銅鼓。河帥張芬航送伏波銅鼓入山。文襄玉带亦區區，明楊文襄公玉带，梁芷隣方伯贖歸焦山。瘞鶴空尋一抔土。將相仙佛同劫塵，題詩但恐長眉顰。佛來佛去且莫料，何況茫茫塵海人。

校记：

〔一〕此詩録自《悟雪樓詩存》卷六。

張止菴先生待漏圖

名洪，字宗海，常熟人。本沙溪侯氏子，生五日母死，父游不反，育於張氏。

少戍滇，沐春薦之使緬甸、日本及遼，還朝遷行人，授修撰，爲《永樂大典》總裁。

少年荷戈壯持節，書生遭逢信奇絶。奉使張騫通大宛，才名陸賈傾南越。生無豹頷封侯姿，威望居然懾貙貗。炎風萬里迴星軺，簪毫入侍芙蓉闕。玉堂夜直然藜青，校書曾槖詞臣筆。元明風氣尊宋儒，羣經概祧漢人説。刺孟疑孟徒紛紛，持論專因科舉設。公也生當洪武朝，一瓣香從雒閩爇。等身著述藏名山，歷劫紅羊書盡佚。遺墨流傳文數篇，想見丹鉛勞胝沫。披圖靜對古衣冠，嵩華丰棱猶髣髴，吁嗟乎！文章致用非一途，奇才豈盡科目出。勳業如公信不羣，惜無史傳揚馨烈。五百年來縑素新，傳家此是文貞笏。

題徐俟齋先生遺像卷

君不見天水遺民鄭思肖，本穴畫蘭傳墨妙。又不見淨名菴主倪雲林，迂懶實抱千秋心。先生棲遁靈巖麓，擊竹西臺同慟哭。薇蕨猶餐故國餘，蓼莪早廢諸生讀。文靖公殉難投半塘死。谿山僻處支繩牀，風雨三間打頭屋。賣書偶開高士寮，避人終臥王官谷。一老菴前歸雁稀，先生弟貫時，自稱東海一老。二株園裏寒蛩嘑。文靖故居。草堂百年獨無恙，華表鶴向梅枝棲。瓣香復有宗賢爇，歲薦蘭芷搴芳谿。我昔繙帋表忠補，西照頭陀作《虎邱表忠補》。靈蹤夙企珍珠隝。祇今圖畫瞻儀容，想見丹心一片苦。遺墨流傳屬纊時，零綃碎楮俱千古。吁嗟乎！澤中男子圖嚴光，市中女子知韓康，先生逃名名益彰。巢由禹稷兩相契，此象合配湯睢陽。

敬題湯雨生都尉貽汾節母楊太夫人斷釵圖

斷釵一何悲，吟者湯節母。釵爲名父賜，締以絲蘿耦。玉燕雙飛翔，明璫閒佩玖。誰料酸風來，同心欻分剖。碧血揚滄波，死綏夫與舅。一門兩忠孝，招魂復皋某。鏡破難再圓，釵乎更何有！從兹謝簪珥，霜雪侵蓬首。寒窗燈影孤，太夫人有《寒窗課子圖》。哀此埽門婦。輟吟十八年，受辛忘虀臼。教忠任子貴，褒節朝恩厚。方期啖蔗甘，長使貞筠壽。揭來瓊花觀，含淚一揮手。何時塵匣中，碎若亞父斗。成毀固前定，親慈奚忍負。回思賜釵年，荏苒三十九。淚枯詞轉成，語盡心欲嘔。嗟哉苦節貞，難駐春暉久。孤兒潸然涕，誓墓解組綬。珍重收零縑。子孫戒世守。奕業傳清芬，先德永不朽。

題怡悦亭中丞怡良滄浪話別圖卷

君昔衣繡來江東，朋簪許我苔岑同。南國水榭駐冠蓋，聯車復有陳孟公。君持蕃條莅江右，陳公惆悵攜尊酒。滄浪亭子延清秋，主客圖成各揮手。陳公節鉞開豫章，同心又種雙甘棠。招攜重來有詩讖，芝楣題此圖句云：『同心勝侣相招攜。』又云：『盼君旌幢重莅止。』兩賢先後還金閶。天生兩賢翊神聖，拜恩疊共彈冠慶。君今開府五羊城，嶺表風馳海如鏡。憶昨别君吴苑時，吴民猶未蘇瘡痍。君還江南屢豐歲，政成君又移旌麾。萍蹤聚散亦何有，事業深期垂不朽。荆湘我愧領連圻，蟲力安能巨山負。東去長江日夜趨，江流到海即三吴。離心遥寄南樓笛，擬續滄浪第二圖。梅雨瀟瀟楚天暗，聞君正過滄浪畔。何當泛櫂招陳公，載酒同游赤壁岸。

潘芝軒相國世恩花瑞圖屬賦

雨露濃承倚日栽，東皇鄭重不輕開。問名丞相筵間得，證果神仙頂上來。魏國有堂忘富貴，萊公無地起樓臺。壻鄉卻幸芳鄰接，得句先傳錦繡來。謂𤅢廷公子。

答張亨甫孝廉際亮見寄即次原韻

廬阜屏風疊，宮亭鏡影圓。高歌淩白雪，奇句落青天。偏踏山中屐，聊停月下船。林巒延麗矚，湖海悵華年。飢鳳猶如此，漂鸞亦偶然。干霄原有筆，負郭久無田。擊水鵬摶迴，登臺駿足先。八閶開詄蕩，二策竚英賢。謬忝封圻重，深慚獎借偏。蕙風香可挹，薇露浣尤虔。夢遠京華路，江含楚甸煙。春明聆吉語，雲瑞應臚傳。譽起連城價，名高寶劍篇。斗間槎好繫，遥傍絳河懸。

附

寄少穆先生武昌時擢總制兩湖〔一〕 張際亮

黄鶴高樓月，春風幾度圓。夢隨清漢水，夜繞大江天。節鉞新開府，衡湘共映船。謳歌迎此日，父老感當年。猺俗今相雜，騷才古已然。采蘭思國士，闢草赴公田。教養成勞遠，循良責政先。親民端課吏，救世必登賢。顧我塵埃困，何嗟雨露偏。蒼茫四海望，瞻就北辰虔。偶滯宫亭櫂，遥通鄂渚煙。孫曹百戰地，詞賦幾人傳？或訪東坡迹，長吟太白篇。胡牀容側坐，興寄玉盤懸。

校记：

〔一〕此詩録自《思伯子堂詩集》卷二五。

題亨甫匡廬游草

五老翩然下，招君入翠微。笑騎白鹿往，坐看玉龍飛。洞古留仙笈，雲深濕客衣。攜來天上語，萬點化珠璣。

題朱尊魯右曾先人孝行圖册

丁藤不可逢，菊泉不可求。涔涔臂血隱襟裏，含淚跪進牀前甌。甌方進，親已起，旁人嘖嘖稱孝子。孝子聞之走掩耳，冒禁爲之豈得已。平生學行首事親，蕩駘儒林稱丈人。學成行脩報疑爽，第不於躬於子孫。説經鏗鏗孝子子，承明著作從此始。于公高門且容駟，矧兹錫類無窮紀。我已移節辭東吴，聞風回首增欷歔。誰歟大書標其閭，以爲百世人倫模。

徐訪巖同年寶森由粤西觀察擢皖臬入覲過楚出灘江話别圖屬題即送其行

灘江東下楚江清，官舫停橈月正明。三接竚邀新寵渥，一尊先許故人傾。山横畫本詩爭健，石壓行裝夢亦輕。話到春明舊香火，龍門回首不勝情。是日談曹文正公師身後事，相與憮然。

七閩往歲困沮洳，嗷雁爭依使者車。援手羣推經世略，填胸盡是活人書。青州倡振廉泉潤，寒谷回春暖氣噓。一片慈雲懸海上，至今謳頌徧鄉閭。謂甲午歲在閩辦災事。

鄧庭維先生松堂讀書圖爲文孫湘皋顯鶴作

書有萬卷儲，松有百尺堅。讀書古松下，堂構奕世傳。鄧翁古德人，兀兀陳简編。作詩何必多，東坡句。中有至性宣。新稻嘗輒感，苦瓜種尤先。穆穆吟道觀，詩人與神仙。事俱見本集。哲孫富文學，遺翰副墨鐫。吾聞莊史云，人乃報其天。又聞古傳記，盛德百世延。種植既先覺，滋灌斯後賢。會看梁棟材，爭挺崔嵬巔。

題朱久香學使蘭花問補讀圖

黃鶴樓前玉笛吹，梅花如雪駐襜帷。燃藜獨理丹鉛業，門下何人借一鴟。西風分手短長亭，水蓼紅疏荇葉青。何日名山同展卷，書聲還許竈觚聽。

仲秋四日阻風沙洋姚春木椿餉以酒餚且枉新詩依韻答謝〔一〕

荆襄歷盡挂歸帆，沙羡無端阻旆幨。多謝酒人分瀝液，獨難詩律鬬精嚴。郵亭銜肉嗤烏烏，來詩及此。官閣傳杯約玉蟾。承許中秋來吾齋。千丈金隄果無恙，敢因行役怨飛廉。

再答姚春木即勸俶裝

小雨纔能濕半帆，甘霖須及洗長幨。雲連秔稻期全潤，霜入蒹葭恐漸嚴。願共客星移畫鷁，莫教秋月落明蟾。同舟仙侶齊翹首，不獨張憑一孝廉。來書訊及亨甫，故云。

校记：

〔一〕《戊戌日記》載：道光十八年八月初四日，『和姚春木七律二首』，即此詩。謹將姚氏原作等附後，以供參考。

附

制府林尚書則徐巡閲隄工舟過嘉魚呈賦一首用大梁招集嚴字詩韻〔一〕 姚椿

翩然一幅大江帆，行省誰知駐幄幨。方寸活人常浩蕩，千尋律己自清嚴。瓊樓高處招黄鶴，金鏡懸時引素蟾。曾約於中秋後至省展謁。直爲蒼生籌保障，肯同匹士矯嗚廉。

校记：

〔一〕此詩録自《通藝閣詩三録》卷五。

林公見惠藥酒及閩錯二品兼和拙韻再賦爲報〔一〕 姚椿

石尤天爲阻征帆，時雨人都望駐幨。自喜慈明重御李，卻教杜老更依嚴。海中珍錯欺黄雀，肘後奇方壓白蟾。公是鑿池能取月，古來大智不傷廉。

校记：

〔一〕此詩録自《通藝閣詩三録》卷五。

林公復次拙韻垂示促之鄂城再和賦報并簡亨甫〔一〕　姚椿

安穩方思挂布帆，將以來月之湘鄉。從容先遣侍彤幨。酒城遲我頻中聖，詩壘逢公謹戒嚴。萬里長風追老鳳，長君新入翰林。一江新月洗涼蟾。聲名官職都支取，卻笑先生太不廉。

校记：

〔一〕此詩録自《通藝閣詩三録》卷五。

題及門黄杏簾麟襄陽詩後即次留别原韻

當年銀牓重題名，雙井詞華衆更傾。豈竟饑寒困東郭，况饒醇茂逼西京。才宜晚遇休憎命，詩不矜奇善道情。棖觸芙蓉江上句，耐人尋味是和平。

題吳母徐孝婦刲臂療姑墨刻

吳中大姓延陵吳，我識季子曰清如名嘉洤。季子通籍官中書，恨不逮事適母徐。示我孝婦傳，口述母孝聲淚俱。謂聞諸兄言：昔母刲臂親療姑。當姑疾革心躊躇，蔆苓無功醫術疏。焚香禱神願身代，那忍自惜完肌膚！摩挲金錯刀，閉門涕如濡。一割血濺手，再割血濺裾。藥鐺初沸一臠熟，病榻起嘸神魂蘇。姑聞感歎還嗟吁，不有孝婦危誰扶。臂創合否紅模糊，祝汝子孝長返餔。幼兒在膝前問母，此事誠有諸？母悲不忍言，真孝豈以名自居。惜哉旌典格於例，未有綽楔標其閭。嗚呼忠孝理則一，祇在片念真誠輸。肢體勿傷論雖正，倉卒奚暇爭智愚。况以婦職較子職，揆情本有難易殊。女而士行婦即子，至性激發堪垂模。獨嗟孝婦年壽促，人疑果報將毋虛。庸知子孝由母孝，蔭滿庭樹皆成珠。季子蚤歲文譽都，鳳池今喜鳴珂趨。鸞迴紫誥光泉壚，顯揚之志申區區。孝哉季子毋欷歔，焚黃告母靈其愉，孝行之報無時無。

潘功甫舍人冒暑游洞庭舟過鄂州留之不可枉三絕句次韻答之

去年曾對君山碧，吳楚東南首重回。余去秋登岳陽樓。誰料杜門老居士，一帆六月翦江來。

聞道諸仙蔭桂旗，雲中招手客星移。何如鄂渚高樓笛，聽到秋江月上時。留君小住，君答：『雲中君相待於岳陽樓，不能留也。』

壯遊觸暑信堪傳，萬頃煙波正渺然。卻憶杜公留滯句，娟娟隔水美人船。

附

鄂渚舟中寄謝少穆楊蕉雨太守炳堃並簡陶梟薌觀察三絕句（一）

潘曾沂

庾公樓上談何事？司馬橋邊喚不回。司馬悔橋在新昌縣，近游沃州天姥經此。人道長江無六月，姜白石句。片帆天遠望衡來。

晴川歷歷數旌旗，五馬扁舟晚更移。莫謂故人難可見，太白詩：『江夏黃鶴樓，青山漢陽縣。大語猶可聞，故人難可見。』漢南秋柳似當時。蕉雨爲秋室山人之姪。往余曾和其《西湖秋柳詞》。

二十年前事可傳，謂昔年禁城遇賊事。中間蹤跡兩茫然。平生睡足黄州夜，正憶潯陽自載船。東坡在黄州亦四十七歲。

校记：

〔一〕此詩録自《江山風月集》。

周艾衫編修恩綬見貽感遇述懷詩次余題宣南詩社圖韻因疊前韻答之

顔瓢屢空不改樂，陶徑就荒覺非昨。鄉思詎必爲蓴鱸，巖隱未妨伴猿鶴。乘流遇坻合隨分，晦鍔韜鋒惟守約。濁酒聊傾灩灩波，浮塵爲刮重重膜。邂逅雖云傾蓋新，承明早記同岑託。敢詡吾言比蘭臭，試解君愁消艾灼。君昔讀書寶晉齋，兩點金焦任伸腳。海疊潮起文瀾壯，江上霞催詩骨削。聽鸝故里雙柑攜，瘞鶴古銘萬紙拓。洎入春明翔紫霄，躍冶精金鼓風橐。東觀晨趨響玉珂，西清夜直傳鈴索。况復連牀共坡潁，何止同舟誇李郭。是時翽鳳鳴朝陽，行見巨魚縱大壑。誰知羣蛇一盤手，平地欻有風波惡。縱出豐城獄底來，延津已墜雙干鏌。白沙印泥困塵溷，利器入橐畏盤錯。物論仍原素履貞，退思自照心燈爝。遂初賦爲興公製，招隱詩同太沖作。祇宜放眼浮雲空，休因結習天花著。浩蕩誰能馴白鷗，晨昏轉喜占烏鵲。背有萲榮憂可忘，身雖蓬累心奚怍。恬然揮手謝圭組，行矣掉頭脱纏縛。落日吹臺轡暫停，西風夢澤舟重泊。秋容老圃有黄花，木末山中亦紅萼。菀枯榮落那足云，且共澆愁淺深酌。由來大樹飽經霜，不見嘉禾重晚穫。蕤賓精鏐淪水中，飛向宫懸諧鳳鐸。願君努力崇修能，味道之腴棄其粕。千秋事業藏名山，時與昔賢相獻酢。孤飄坎壈古有之，真宰玉成應不薄。相如典册宜廟堂，子雲詞賦推沈博。聊種秋菘及春韭，待被口脂兼面藥。偶然羈旅泛萍蹤，不信英雄終瓠落。失旦鳴雞猶向晨，歸昌阿鳳仍巢閣。琢磨去玷詠攻錯，遇合有神證沕寞。送君楚甸感蕭騷，爲採芰荷搴杜若。冥鴻飛下大江東，目極南樓天宇廓。

壽白小山廷尉 鎔

昔在仁廟初，大化昭作人。甲科待奇士，頓網彌八紘。内則股肱佐，外爲岳牧臣。通儒及詞彥，一一俱絶倫。維公起畿甸，高步當昌辰。名場始拔幟，馳譽如飆輪。天池奮鵬運，阿閣揚鳳文。况乃耽清尚，風義夙所敦。博涉究典册，精思通杳冥。倒屣接後進，獎借尤殷殷。餘事及墨妙，片紙逾瑶瓊。昔我宦京國，賃屋相比鄰。夜雪九門靜，曉霞雙闕晴。墨緣契金石，談讌交縱横。歡悰一以歇，悵望歌停雲。去年會都下，握手良覯申。今冬又述職，光霽重相親。蒼然比松桂，氣象何輪囷。進窺神明内，千頃同淵澄。潔清久彌著，寵辱中不驚。乃知大臣度，與道爲屈伸。源泉爲公福，山岳爲公身。銜籌海上鶴，報公臻稀齡。我昔初舉子，繦褓猶稺嬰。公見呼英物，謂當飛且鳴。及兹忝金馬，幸步青雲塵。公乃笑拊掌，前言欣有徵。薊門隔楚岫，蘭訊何慇懃。公家諸公子，鳴玉彯長纓。彤幡沛甘雨，華省應列星。孫枝並擢秀，捎雲垂階庭。摳衣奉玉斝，蘭醴芳且清。國家太和氣，布濩方無垠。伊萊並壽俊，黄髮垂勛名。引領爲公祝，天錫公精神。從容晉台衮，神化施丹青。上奮弼亮績，下俾風俗淳。商山與雒社，陋矣安足陳。

寄酬吴棣華前輩

棣華以余乙未吴門祈雨祝文二篇，與其所作喜雨詩並吴玉松前輩、顧杏樓水部諸君題詠合裝成卷，郵寄鄂城。語意鄭重，既弗克當；公私叢委，復無以答。兹使嶺南途中，補作以寄。

隔歲尺書慚未報，又枉清新卷盈束。蒼生霖雨題字新，到眼先驚此標目。讀公長句聲淚俱，使我顔赬寸心恧。十年江左兩從政，重聽癸呼愧謀鞠。余前後官吴中，癸未、癸巳兩次大荒。已歲真成大荒落，霪潦横流欲沈陸。農兮輟耒婦輟機，雨雪嚴寒聞巷哭。冬災入告破成例，恩緩正供什五六。開倉振貸額有常，相約官厨繼糜粥。行擔粥令。所賴邦人樂勸分，公爲先導躬親督。計口授錢口廿萬，出納鉤稽手編録。按圖審户青衿勞，鄰里私賙廣敦睦。時各圖稽户諸生，多有私自加賑者。仍愁老稺轉溝壑，敢道人人白骨肉。終思圖匱宜於豐，豐備倉於公廨築。倉在巡撫署中，余所創也。公家昆季厚桑梓，肯捨良田納嘉穀。豐備倉成，公與喆兄首輸田，各數百畝。稍喜明年暘雨時，窮檐徐盼瘡痍復。誰意旃蒙又憂旱，靡神不舉陳牲玉。濃雲正起風倒吹，新稻將焦日還曝。嗟民何辜辜在我，自省咎愆更齋遬。草疏不知語哀痛，但覺書成淚盈掬。朝晡徒步勤頂禮，終邀靈貺通於穆。崇朝徹夕雨翻盆，高下萬塍同滲漉。幸哉垂槁稻重蘇，是歲仍符篝車祝。得沐昊慈由主德，能濟民艱賴神福。公詩緣情斐然作，不圖獎借猥及僕。疏語鄙俚曷足道，公乃傳鈔使人讀。感公厚意彌自勵，敢使贈言等修襮。所期攻錯資他山，過必相規乃忠告。竭來銜命駕鋒車，要與愚氓洗鴆毒。近以鴉片煙流毒日甚，命往廣東海口查辦。欲挽頹波力恐微，試想燎原害誠酷。三吳此事近如何，問公能否迴汙俗？周行可示幸毋遺，風便相期書舉燭。

酬吳瀹齋侍郎其濬

眼看時事息肩難，欲挽頹波酌猛寬。集議休教同築室，領軍何必竟登壇。余此行有訛傳爲出師者，故云。蒼生果自防梟毒，丹筆奚勞觸豸冠。憑仗儒宗主風教，請紓籌策逮驪官。

梅花綴玉雪堆鹽，訪舊章江別緒添。家世衡裁三度盛，先德少宰師爲江西學使，丙子喆兄美存前輩典試，余忝爲副。今君復視學於此。使君慧福一身兼。勞薪暫憩慚羸馭，明鑑高懸看老蟾。聞道龍門千尺峻，可能傾蓋免防嫌。

題馮方寅先生勖詩册用吳棣華韻

負骨平生志，登朝便拂衣。花當京寓看，煙惹御鑪歸。詞賦承明重，召試一等。交游輦轂稀。見吳玉松先生跋。清門遺手澤，斷墨抵零璣。

題龔木民明府潤森清笳畫角看荆州畫卷

江亭匹馬夕陽沈，過客愁聽楚塞音。何似南樓弄明月，十年漢上記題襟。庚寅余分藩鄂渚。

滔滔秋漲滿江湖，千里家山客夢孤。正是秋聲悲絶處，一天寒雨滯姑蘇。

和鄧嶰筠前輩廷楨虎門即事原韻

五嶺峯迴東復東，煙深海國四字，公舟中額也百蠻通。靈旗一洗招摇欻，畫艦雙恬舶艀風。弭節總憑心似水，聯檣都負氣如虹。牙璋不動琛航肅，始信神謨協化工。

拜衮人來斗指東，女牛招共客槎通。銷殘海氣空塵瘴，聽徹潮聲自雨風。下瀨樓船遲貫月，中流木柹亘長虹。時有排鍊之製。看公銘勒燕然後，磨盾還推覓句工。

附

虎門雨泊呈少穆尚書己亥〔一〕　鄧廷楨

戈船横跨海門東，蒼莽坤維積氣通。萬里潮生龍穴雨，四圍山響虎門風。長旗拂斷垂天翼，飛礮驚迴飲澗虹。誰與滄溟淨塵坱，直從呼吸見神工。

校记：

〔一〕此詩録自《雙硯齋詩鈔》卷一五。

次韻和嶰筠前輩

鑾煙一掃衆魔降，説法憑公樹法幢。域外貪狼猶帖耳，肯教狂噬縱邨尨。

近聞籌海盛封章，突兀班心字有芒。誰識然犀經慧照，那容李樹代桃僵。

附

呈少穆星使四首〔一〕　鄧廷楨

班劍威儀重漢官，肘懸金印看登壇。側聞比翼鶼鶼鳥，爭向軍中識一韓。

上策攻心豈易降，七旬海角駐旌幢。好音定見飛鴞集，感帨何妨有吠尨。

驛騎交馳疊報章，雲藍千紙燦光芒。跛牂自愛追騏驥，流汗甘爲湜籍僵。

虎踞龍蟠是舊遊，歲星重見照吾州。儘教梓里歌來莫，海上還期更宿留。

校记：

〔一〕此詩録自《雙硯齋詩鈔》卷一五。

中秋嶰筠尚書招余及關滋圃軍門天培飲沙角礮臺眺月有作

坡公渡海誇羅浮，涼天佳月皆中秋。東坡詩序語。鐵橋石柱我未到，黄灣胥口先句留。今夕何夕正三五，晴光如此胡不游。南陽尚書清興發，約我載酒同扁舟。日午潮回櫂東指，是日退潮在午。順流一葦如輕鷗。鼓枻健兒好身手，二十四槳可少休。快艇槳廿四不用。轉眸已失大小虎，兩山名。須臾沙角風飄收。是時戰艦多貔貅，相隨大樹驅虻蜉。礮聲裂山雜鼓角，檣影蘸水揚旌斿。樓船將軍肅鈐律，雲臺主帥精運籌。大宣皇威震四裔，彼伏其罪吾乃柔。軍中歡讌豈兒戲，此際正復參機謀。行酒東臺對落日，猶如火繖張鬱攸。莫疑秋暑酷於夏，晚涼會有風颼飀。少焉雲斂金波流，夜潮洶湧拋珠毬。涵空一白十萬頃，淨洗素練懸滄洲。三山倒影入海底，玉宇隱現開瓊樓。乘槎我欲淩女牛，舉杯邀月與月酬。霓裳曲記大羅詠，廣寒斧是前身脩。試陟峯巔看霄漢，銀河瀉露洗我頭。森森寒芒動星斗，光射龍穴龍爲愁。蠻煙一埽海如鏡，清氣長此留炎州。三人不假影爲伴，袁宏庾亮皆吾儔。余與嶰筠、滋圃俱登峯巔。醉歸踏月涼似水，仍屏傔從袪鳴騶。褰簾拂枕月隨入，殘宵旅夢皆清幽。今年此夕銷百憂，明年此夕相對不。留詩準備別後憶，事定吾欲歸田疇。

題關滋圃瑞菊延齡圖

一品斑衣捧壽卮，九旬慈母六旬兒。功高靖海長城倚，心切循陔老圃知。裛露英含堂北樹，傲霜花豔嶺南枝。起居八座君恩問，旌節江東指日移。

補題趙蘭友同年雪舫傳觴圖

與君在春明，文酒月一聚。及爲江南吏，同此簿書苦。因公數相見，未暇觥政舉。何當述職去，如脱千鈞弩。片帆翦江來，瓜步寄柔艣。無端水生骨，一夕西風阻。君方領邗郡，欲謀祖帳祖。我謂君勿然，君客我乃主。君年正週甲，生日載年譜。今恰爲君壽，我歌君且舞。同年三十載，豈少晨夕數。難得覽揆辰，遇此忘形侶。舟從冰心停，酒以冰壺貯。知君清如冰，天與介壽所。不醉别可惜，爛醉寒盡禦。詰朝冰果渙，鼓楫舟容與。聚散宜有神，臨歧倍延佇。君言此會奇，當以畫圖補。我時朝九閽，繼乃移三楚。回首大江東，迷離夢煙雨。寄圖索我題，傳神在阿堵。我詩負諸責，倏欻三寒暑。今年客嶺南，經秋病纔愈。披圖綴長句，聊以寫肝腑。君今六十三，我亦五十五。喜君擢繡衣，旦夕即開府。何時再爲壽，七袠歲丙午。

次董琴涵觀察始興舟次見懷原韻

鸞掖文章炳上台，繡衣遥自五華來。君由昆明太守擢巡瓊海。傳家舊帙增繁露，按部先聲徙忽雷。鱷魚一名忽雷。七萃近尋籌海策，百蠻爭仰勒銘才。樓船重整萑苻靖，合與瓊山頌有臺。

浴日亭前偶舉卮，詩情官譽逐飆馳。障川農被郁膏渥，煮海商贏管筴奇。謂監築基圍及銷鹽溢額事。玉局每宜圖笠屐，金閶何事偃旌旗。塵襟欲向滄浪浣，笑比維摩八解池。

戴醇士學士熙畫松題句

不矜千丈聳青霄，獨抱冬心信後凋。大厦棟梁成特立，陰厓霜雪寫孤標。蟄龍蟠踞根無曲，墜鶴支離影尚招。憶共聽濤江閣上，何時清夢續松寥。

庚子歲暮雜感

病骨悲殘歲，歸心落暮潮。正聞烽火急，休道海門遥。蜃市連雲幻，鯨濤挾雨驕。舊慚持漢節，才薄負中朝。

此涕誰爲設，用東坡句。多慚父老情。長紅花盡蒻，大白酒先傾。早悟雞蟲失，毋勞燕蝠爭。君看滄海使，頻歲幾回更。

幸飲脩仁水，曾無陸賈裝。通江知蒟醬，擲井憶沈香。魋結終無賴，羈縻或有方。茹荼心事苦，愧爾頌甘棠。

朝漢荒臺古，登臨百感生。能開三面壘，孰據萬人城。楊僕空横海，終軍漫請纓。南溟去天遠，重鎮要威名。

辛丑三月十七日室人生日有感

敢將梁案舉齊眉，家室蒼茫感仳離。度嶺芒鞵渾入夢，去冬彝、樞兩兒私祝：『如得奉親早歸，當徒步過庾嶺。』支牀蓬鬢强臨歧。劇憐草長鶯飛日，正是鸞飄鳳泊時。婪尾一杯春已暮，兒曹漫獻北堂卮。

偕老剛符百十齡，相期白首影隨形。無端骨肉分三地，余留滯羊城，夫人攜兩兒寓南雄，大兒由吳門返棹來粵，尚在途次。遥比河梁隔兩星。蓮子房深空見薏，桃花浪急易飄萍。遥知手渥牟尼串，猶念《金剛般若經》。

題章次白學博黼西溪秋雪圖

頻約偕游仍未游，畫圖先借一溪秋。旁人疑我入溪住，穿遍蘆花成白頭。

贈汪少海

廿年陳迹感摶沙，飛舄重來鬢未華。莫嘆鮎竿遲上竹，已添鳳羽待生花。旋渦妙策沈番舶，庚子夏，逆夷擾浙，君用奇計，誘夷舶陷輭沙，俘獲甚衆。烈餤神機轉礮車。鎮海鑄大礮百餘，分運各臺，君領其事。《漢書》註：霹靂車，即今礮車。東望蛟門抒高詠，詩題崖岫合籠紗。

附

林少穆先生頃來鎮海有詩贈汪少海大令書於箑上少海屬於背面畫梅花即和其韻一首時辛丑六月也〔一〕　徐榮

春風吹老戰場沙，零雨東山感物華。閲世可憐湖上月，同心那得歲寒花。憂來避地無如酒，畫裏移居欲借車。慙愧羅浮青鳥問，想來清夢怯烏紗。

校记：

〔一〕此詩録自《懷古田舍詩鈔》卷三。

雲左山房詩鈔　卷六

戲題團扇

雲樣新紈月樣裁，清風原自一團來。問誰摺疊韜奇製，顛倒隨人合更開。
短柄輕移掌握中，庾塵還與背西風。敬亭自寫閒雲態，不待家家畫放翁。

乙未在吳張同莊明府珍臬出蘿月聽詩圖冗中僅題額應之辛丑重晤武林則徐亦有荷戈之役矣率成誌感

謫宦東歸已十秋，玉關懷舊感西州。從戎大漠追狐尾，惜别將軍揖馬頭。詩夢俄驚梁月墮，邊心遥逐塞雲愁。誰知卷裏濡毫客，垂老憑君問戍樓。

滕王閣懷古二首

元武弓刀血未乾，洪都飛閣此流丹。封桐縱領江山勝，煮豆遥悲骨肉殘。再世風流傳畫蝶，幾年歌舞罷鳴鸞。永徽顯慶匆匆換，昔人嘗考閣建於永徽，至顯慶閻都督大會賓客，相距數年耳。華構難留帝子看。

對策髫齡拜省郎，早推健筆冠三王。指瑕曾薄顔師古，宿搆空嗤吴子章。傑句能令山鬼唱，沈魂永恨海波揚。奇才若道陽侯忌，何事江風送馬當。

同莊贈詩六章次余題蘿月圖韻復疊前韻答之并謝武林諸君

贈行詩册

唱徹陽關萬里秋，借書還爲説三州。同莊以和泰菴尚書在伊犁著《三州輯略》稿本借余出關。幾人絶域逢青眼，同莊詩有『不圖絶域逢青眼，得放羈臣出一頭』之句。前度歸程羨黑頭。君入關時年四十五。不信玉門成畏道，欲傾珠海洗邊愁。臨歧極目仍南望，蜃氣連雲正結樓。

惜別羣公各感秋，酒痕襟上話杭州。傳書犬欲尋黄耳，瞻屋烏難换白頭。相送莫貽臨賀累，有心都寄夜郎愁。追談往事還西笑，多少羈臣出節樓。

張仲甫舍人聞余改役東河以詩志喜因疊寄謝武林諸君韻答之

一舸浮江木葉秋，傳聞飛鵲過揚州。太白流夜郎，半道赦回，《書懷》詩云：『萬舸此中來，連帆過揚州。送此萬里目，曠然散我愁。』又云：『五色雲間鵲，飛鳴天上來。傳聞赦書至，卻放夜郎回。』與余今日揚州得旨情事正合。自羞東障難爲役，漫笑西行不到頭。供奉更吟中道放，杜陵猶想及關愁。故人喜意看先到，高唱君家八咏樓。

尺書來訊汴隄秋，歎息滔滔注六州。時豫省之開、歸、陳，皖省之鳳、潁、泗六屬被淹。鴻雁哀聲流野外，魚龍驕舞到城頭。誰輸決塞宣房費，况值軍儲仰屋愁。江海澄清定何日，憂時頻倚仲宣樓。

附

喜聞少穆制府自西陲召還朝並奉先署陝督之命次辛丑年公留别杭人二律原韻郵賀〔一〕　張應昌

喜聽恩綸下九秋，更頒璽節到邊州。屯田趙使勞頳尾，歸國班生認虎頭。榮入玉門迎帥纛，歡臚竹馬解民愁。生還第一欣愉事，家慶團欒話節樓。

相思萬里歷三秋，夢逐羈臣度玉州。再覩子卿金繫肘，遥知博望雪盈頭。三邊春旆瞻新靄，一集秋笳續舊愁。從此太平登宰相，可能重醉望湖樓。

校记：

〔一〕此詩録自《彝壽軒詩鈔》卷五。

喜桂丹盟超萬擢保定同知寄賀以詩並答來書所詢近狀即次見示和楊雪茱原韻

枳棘頻年厄鳳鑾，直聲今果報遷官。有人門上嗟生莠，從此河干重伐檀。君在直，忤上官，幾遭不測，今宦局忽更，乃擢河工要職。鷹隼出塵前路迥，豺狼當道惜身難。頭銜冰樣清如許，露冕從容父老看。

秦臺舞罷笑孤鸞，白髮飄零廿載官。半道赦書慚比李，遣戍玉關，蒙恩放回，于役東河，略似大白流夜郎故事。長城威略敢論檀。石銜精衛填何及，浪鼓馮夷挽亦難。我與波斯同皺面，盈盈河渚帶愁看。

附

奉答林少穆先生自關外賜和詩二首（一）　桂超萬

虎門移節駐鳴鑾，戒備森嚴命衆官。西夏膽寒經略范，南城烽息守臣檀。誰更要著全枰錯，不障狂瀾再挽難。愁說使星馳萬里，嶺頭明月忍回看。

敕詔遲銜五色鸞，純臣報主豈須官。忠心總是傾陽藿，善教羣歸習禮檀。聞公在邊教授生徒。墾地荒邊充國老，公開無數屯田。回天薦牘史魚難。謂王相國。霓旌不日應南指，頻上梅岡倚樹看。

校记：

〔一〕此詩録自《養浩齋詩續稿》卷一。

題陳登之罷讀圖

安昌堂後見趨庭，瓶水浪浪舊聽經。畢竟清芬傳吏譜，難忘書味一燈青。

又題暨陽書院輩學齋譚藝圖

通儒偏以入貲仕，罷讀一圖戲之耳。政成始信吏果儒，風流乃見《譚藝圖》。申浦君山足文藻，况有經師富搜討。元禮龍門十九年，申耆李先生自癸未歲主講暨陽，十九年矣。藝也駸駸進乎道。得君敷衽與論心，抉摘經腴粃糠埽。司校誰？顧愷之；並肩復有劉知幾。作客誰？俞紫芝；大毛公來同説詩。一時千里德星聚，縱論直空上下古。揮麈齊翻舌本瀾，執經爭聽沙中雨。國朝經術古豈侔，諸君砥厲追前脩。弗尚談天雕龍炙轂輠，豈驚槌碎黄鶴踏翻鸚鵡洲。學祧漢宋仕則優，盛時宏奬皆風流。君能造士期拔尤，萬間之厦千丈裘。請與圖中主客努力俱千秋。

題鄒鍾泉觀察鳴鶴開封守城記略後〔一〕

狂瀾横决趨汴城，城中萬户皆哭聲。孤城障水城垂傾，危哉公以赤手擎。是時在官同震驚，民謂非公吾不生。撫部牛公洞輿情，授公郡符安編氓。公所自信惟一誠，死守誓與陽侯爭。肝膽披瀝通幽明，億兆命重身家輕。禦水難於禦暴兵，四圍激齧鋒莫攖。城頭白日游赤鯨，麗譙夜聽蛟鼉鳴。公親鼛鼓喧軍鉦，衣不解帶巡嚴更。始焉搴茭刈榛荆，繼下甎石聲訇訇。連旬苦雨不肯晴，上淋下潦溝澮盈。萬難之際彌專精，焚香告天心自盟。峭坡斜堰高崢嶸，逼走急溜開中泓。曆伏秋汛及霜清，寢食於城城可嬰。渡民避水舟筏迎，濟饑餺飥兼粥餳，全活老穉蘇鰥惸。帝命塞决頒水衡，負薪我亦辭西征。余謫戍塞外，未行，改命河工效力。到時奇險亦稍平，見此巨浸猶怦抨。是冬鳩工依定程，河由地中順軌行。奈何羣議紛縱横，欲遷洛邑重經營。咄哉此論乖輿評，三誥奚必同《盤庚》。疏議六條真恢閎，讜言傾倒諸公卿。舊德先疇居永貞，斯城仍恃衆志成。汴民困久兹乃亨，躋彼公堂稱兕觥。繡衣遷秩豈足爲公榮，重是循良千載垂令名。

校记：

〔一〕詩題，《篤舊集》作《鄒鍾泉以開封守城先後記略見示，因題其後》。張應昌《國朝詩鐸》卷一五亦收録，題《鄒鍾泉（鳴鶴）開封治水紀略》。

壬寅二月祥符河復仍由河干遣戍伊犂蒲城相國涕泣爲别愧無以慰其意呈詩二首

幸瞻鉅手挽銀河，休爲羈臣悵荷戈。精衛原知填海悮，蚊蝱早愧負山多。西行有夢隨丹漆，東望何人問斧柯。塞馬未堪論得失，相公且莫涕滂沱。

元老憂時鬢已霜，吾衰亦感髮蒼蒼。餘生豈惜投豺虎，羣策當思制犬羊。人事如棋渾不定，君恩每飯總難忘。公身幸保千鈞重，寶劍還期賜尚方。

次韻潘功甫舍人見贈三首

昨歲秋風滯穗城，投荒已合辦西行。經年卻借江淮路，過客尤慚父老情。萬里鷗波看浩蕩，一天雁字任縱横。真人示我真靈偈，爲洗前塵水月明。

往日蝱蚊强負山，偶從合浦見珠還。謬期手挽波瀾住，不管身纏坎壈間。四海無垠誰共障，九重有命爲扃關。櫝中龜玉知臣罪，敢道升沈付等閒。

雪窖冰天亦壯游，舟山海市且消愁。來詩云：『鍊心莫逐舟山動，絶口無談海市横。』千秋不壞談何易，來詩又有『要作千秋不壞身』之句。八字真言諦可求。承教以『退思、養素、藏密、歸真』八字。盡寫黄庭授丹訣，應教赤肚禮蓬頭。皆檃栝來詩及註中宗旨。小浮山下勞延佇，欲發征橈又少留。

附

辛丑六月少穆將有伊犁之行舟過吳門寄此〔一〕　潘曾沂

晴川歷歷漢陽城，六月長江憶送行。未忘青牛當日語，前年相晤於鄂渚舟中，札來有青牛過關之喻。已乘黄鶴昔人情。《江山風月集》有江夏懷玉笙中丞之作。鍊心莫逐舟山動，絶口無談海市横。西域極邊飛鳥外，天盤經指眼初明。

人身氣海竅天山，奔走周天自返還。用《參同》語。萬里祇須看腳下，昔人云：登高雖千仞，眼所看止腳下一步地，則形神相守而不勞。一輪惟有守眉間。最先用藥培中土，究竟歸原在上關。莫道玄溝能界斷，月華瑩淨曲江閒。

我欲逍遥萬里游，君行萬里得毋愁。豈知有子無官妙，時公子請隨行。不用窮高極遠求。鴻鵠能知天地山川，最爲大鳥，語本《毛傳》。鮓荅祈陰生獸腹，鮓荅生牛馬腹中，番人夏日長行必攜，以祈陰禱雨，爲避暑之用。今蔓菴中有此物。醍醐滴露到花頭。『一些珠露，阿誰運到稻花頭。』陳泥丸真人語也。少穆近喜種稻，於兩間流形露生之，故早於後樂亭上體會得之。且呼叔黨摹真影，眉目天然神自留。用東坡事。

校记：

〔一〕此詩録自《船庵集》卷三。

又次韻五言一首

閉户邴根矩，賞音鍾子期。鏡看大圓裹，鍼記定西時。用來詩及自註語。最感夔蚿愛，奚煩蛩蚷爲。迹疏神密處，珍重數篇詩。

附

復寄四十字〔一〕　潘曾沂

萬里共圓鏡，何嘗無會期。昔歐陽圭齋詣古鼎和尚，欵洽道話浹旬。臨别執手，曰：『此後未卜會期。』古鼎云：『大圓鏡中未嘗與公相别也。』公當退思日，天許暫閒時。鍊藥使無病，洗心留有爲。一封言不盡，補此悟真詩。

校记：

〔一〕此詩録自《船庵集》卷三。

西行過洛葉小庚招入衙齋並贈兩詩次韻奉答

連圻曾愧領班僚，詎有涓埃答九霄。讁宦敢辭投雪窖，捷書猶冀靖天驕。他年馬角誰能料，前度雞竿已暫邀。猶喜宣房差不負，汴城昏墊幸全消。

君是蒼生託命身，親從東洛見經綸。欣依廣厦歌烏屋，豫計歸程盼雁臣。翦紙招魂詩憶杜，留賓投轄座驚陳。贈言更切河梁感，生别天涯字字真。

小庚邀集千祥菴疊僚字韻奉謝

放衙餘暇款賓僚，紫蓋朱幡倚絳霄。不謂西飛鴻羽過，也隨東道馬蹏驕。三唐樂石奇同訪，九老香山會許邀。正是洛濱脩禊後，緑波春水恐魂消。

連日對飲怡園讀天籟軒詞復次身字韻

治譜詞章已等身，遊宜躡屐釣垂綸。名花種種關農事，喬木森森感世臣。小令敲成聲律細，醇醪釀出色香陳。他時落月思顔色，關塞楓林夢是真。

華陰令姜海珊申璠招余與陳賡堂堯書劉聞石建韶同游華山歸途賦詩奉柬（一）

神君管領金天嶽，坐對三峯看未足。公餘喜共客登臨，恰我西行來不速。櫻筍厨開浴佛時，暫輟放衙事休沐。灝靈宮殿訪碑行，華嶽廟舊名灝靈宫，昨於廟中同觀石刻。清白園林對牀宿。華嶽麓有楊氏園林，題曰清白别墅，游山前一夕宿此。淩晨天氣半陰晴，晝永無煩宵秉燭。竹杖芒鞵結儔侶，酒榼茶鐺付僮僕。雲夢觀裏約乘雲，玉泉院中聞漱玉。同儕各挾濟勝具，初陟坡陀踵相續。嶂疊峯迴路忽窮，誰料重關在山曲。微徑蜿蜒磑旋磨，絶磴攀躋鮎上竹。箭鏃依稀王猛臺，丹砂隱現張超谷。莎蘿坪與青柯坪，小憩聊尋道書讀。過此巉巘愈危絶，鐵鎖高垂手難觸。五千仞峻徒窘步，十八盤經猶駭目。恨無謝朓驚人詩，恐學昌黎絶頂哭。游人到此怪山靈，奇險逼人何太酷。豈知山更怪人頑，無端蹴踏穿其腹。兹山峭拔本天成，但以骨挺不以肉。呼吸真教帝座通，避趨一任人間俗。如君超詣迥出塵，上感嶽神造民福。盪胸自有層雲生，秀語豈徒奪山緑。希夷石峽應重開，謂賡堂。海蟾仙菴亦堪築。劉海蟾脩煉於華山，借謂聞石。獨慚塞外荷戈人，何日陰崖結茅屋。惟期歸馬此山陽，遥聽封人上三祝。

校记：

〔一〕詩題，《全集》據中國歷史博物館藏手迹録文作『壬寅四月，僕西行過華陰，姜海珊大令申蟠，招游華山，同游者聞石十二兄先生及陳賡堂司馬也。歸途賦七古一章柬姜君，先録初稿，請十二兄削正，並邀同作』。詩句偶有異文。

題陳登之暨陽瑞麥圖

此瑞豈浪致，漁陽今暨陽。氣兼四時淑，雲倍隔年黄。久憫輸租苦，新欣説餅香。爾農亦何幸，天爲勖循良。

次韻答宗滌樓稷辰贈行

豈爲一身惜，將如時事何。綢繆空牖户，涓滴已江河。軍盡驚飛鏑，人能議止戈。《華嚴》誦千偈，信否伏狂魔。

昨枉瓊瑶雜，馳情到雪山。投荒非我獨，尋夢爲君還。但祝中原靖，奚辭絶塞艱。隻身萬里外，休戚總相關。

附

送林少穆丈出塞〔一〕　宗稷辰

百折關天意，行行可若何。隻身趨玉塞，餘力盡黄河。恨莫勤横海，忠徒事荷戈。保全因小謫，仙劫避羣魔。虎狼隨處伺，香嶠與舟山。危難屢容出，恩慈先許還。尚憂邊事急，何惜世途艱。海外風波息，行看召入關。

校记：

〔一〕此詩録自《躬恥齋詩鈔》卷九下。

次韻答姚春木

時事艱如此，憑誰議海防。已成頭皓白，遑問口雌黄。絶塞不辭遠，中原吁可傷。感君教學易，憂患固其常。

次韻答王子壽柏心

太息恬嬉久，艱危兆履霜。岳韓空報宋，李郭或興唐。果有元戎略，休爲謫宦傷。手無一寸刃，誰拾路傍槍。

赴戍登程口占示家人

出門一笑莫心哀，浩蕩襟懷到處開。時事難從無過立，達官非自有生來。風濤回首空三島，塵壤從頭數九垓。休信兒童輕薄語，嗤他趙老送燈臺。見《歸田録》。力微任重久神疲，再竭衰庸定不支。苟利國家生死以，豈因禍福避趨之。謫居正是君恩厚，養拙剛於戍卒宜。戲與山妻談故事，試吟斷送老頭皮。宋真宗聞隱者楊朴能詩，召對，問：『此來有人作詩送卿否？』對曰：『臣妻有一首云：「更休落魄耽杯酒，且莫猖狂愛詠詩。今日捉將官裏去，這回斷送老頭皮。」』上大笑，放還山。東坡赴詔獄，妻子送出門，皆哭。坡顧謂曰：『子獨不能如楊處士妻作一首詩送我乎？』妻子失笑，坡乃出。

舟兒送過數程猶不忍别詩以示之〔一〕

三男兩從行，家事獨賴汝。汝亦欲我從，奈爲例所阻。詞臣例不准請假出關。兹來已數程，再遠亦何補。忍淚臨交衢，執手爲汝語：汝父雖衰齡，餘勇或可賈。平生一念愚，艱危輒身許。過涉占滅頂，坎壈乃自取。斧鑕猶可甘，况僅魑魅禦。朝廷寬大恩，荷戈赴邊圉。天其重要荒，吾豈憚行旅。行矣勿欷歔，汝歸保門户。汝母久尫羸，護持慎寒暑。知汝素性恬，無心戀圭組。仕止隨所遭，脩爲力須努。語言訥鮮失，人事忍爲主。我其歸首邱，汝勿忘在莒。雖有今日離，猶期他日聚。豈學謝幾卿，枉赴新亭渚。

校记：

〔一〕詩題，《篤舊集》作《出關别長兒》。《篤舊集》僅録存至「艱危輒身許」句。

載書出關

荷戈絶徼路迢遥，故紙差堪伴寂寥。縱許三年生馬角，也須千卷束牛腰。療飢字學神仙煮，下酒胸同磈壘澆。不改嘯歌出金石，氈廬風雪夜蕭蕭。

途中大雪

積素迷天路渺漫，蹣跚敗履獨禁寒。埋餘馬耳尖仍在，灑到烏頭白恐難。空望奇軍來李愬，有誰窮巷訪袁安。松篁挫抑何從問，縞帶銀盃滿眼看。

秋夜不寐起而獨酌

瓦盆半傾餘濁醪，我正内熱思冷淘。欲眠不眠夜漏永，得過且過寒蟲號。肝腸賴爾出芒角，俯仰笑人隨桔槔。空瓶醉後作枕臥，明日糟牀仍漉糟。

和王仲山司馬見贈原韻〔一〕

昔時蠻徼懔神謨，收取餘皇不待呼。旋擬階前舞干羽，翻聞海上失蓬壺。諸天孰使狂魔伏，歷劫滋慚老衲枯。西去逢君羨歸計，循陔正寫樹萲圖。

縶維曾與永今朝，高論空嗟望古遥。目斷天南新露布，心悲嶺表舊雲軺。才微早與官俱退，愁重翻教酒易消。别後詩篇煩卻寄，便如老杜贈韋迢。

校记：

〔一〕王仲山司馬，即王益謙。王氏贈詩未見。謹附王氏詩一首，以見林、王二人情誼。

附

謝林少穆先生惠魚〔一〕　王益謙

長官夙有杞菊緣，齋厨蕭索如坡仙。捲簾聽雨暗搔癢，忽聞人馬聲喧闐。銀鱗玉尺初出水，朅來盛以瑪瑙盤。門者驚嘆庖人喜，此味貴重餍衆筵。寒酸一洗塵釜色，雀語似報銜三鱣。我退無言獨静思，先生之意不謂然。馮讙無恥樓護俗，飽食誰參玉版禪。古來官吏冰玉潔，六計弊吏通魚淵。吴隱羊續匹夫耳，軼事區區今尚傳。况復理人理物貴得所，爲治有道同烹鮮。置水與薤心如此，珍賜上擬百朋千。我師其意兼戴德，整襟載詠嘉魚篇。

校记：

〔一〕此詩録自《太華山人詩存》卷二。

次白水驛得家書彝兒舉一男余初得孫詩以誌喜

仳離家室寄長安，聞茁孫枝稍自寬。撰杖子能供啜菽，彝兒隨余赴戍。持門婦恰報徵蘭。見兒作父吾知老，待汝成人古已難。用范喬語。正向崆峒倚長劍，咳名頻展賀書看。家人以書來賀，適行過崆峒，因名之曰賀峒。

題富海颿督部富呢揚阿韜光蠟屐圖

甲午同游韜光者：吴退旃椿、程梓庭祖洛、陳石士用光、徐廉峯寶善及海颿五人，合寫爲圖，各藏其一。

昔年公作西湖主，暇日扁舟弄煙雨。清秋况值客槎來，恰似奎躔聚星五。湖山深處梵宫開，孤嶂岧嶤石逕迴。一寺偏宜分兩寺，後臺更許勝前臺。冷泉亭畔憑欄坐，靈隱禪林訪碑過。不知絶磴幾千重，約數幽篁十萬个。韜光同上莫辭難，到頂方知此大觀。嶺樹湖雲沈足底，江潮海日上眉端。一時賓主東南盛，寫得鬚眉共輝映。時平應擬五老圖，詩就還爲五君詠。物换星移迹易陳，武林回首感前塵。吴澄謂退旃尚書程珣梓庭制府俱移疾，徐幹廉峯編脩陳琳石士侍郎已古人。圖中今日惟公健，帥節移從秦隴建。只憐舊部去思深，望雲不來黃鶴怨。爲公寄語韜光菴，不妨彌勒招同龕。懶殘芋熟莫開口，待將霖雨敷東南。

題海颿松陰補讀圖

開府清時傑，儒門大雅宗。五三經作笥，廿八宿羅胸。學已山淵邃，源真左右逢。九能根夙慧，二典翊時雍。即以忘筌喻，奚煩鼓篋從。虛懷仍若谷，積帙更如墉。夢入琅嬛地，奇探委宛峯。名編觀卓犖，喬木愛葱蘢。鄭草階分緑，江花管暎彤。手披朱露滴，口沫墨華濃。碧簡驅殘蠹，蒼鱗吼老龍。不疲稽古力，况對歲寒容。謖謖聲如答，琅琅興未慵。公誠儒者氣，樹合大夫封。非闕偏云補，惟勤乃益恭。笙詩同寄慨，衮職兆登庸。從識恢勳業，長懷矢靖共。集成題一品，用足記三冬。謫宦頻相問，余出玉門經秦隴，頻叨枉顧。論文不厭重。退思增我愧，久負故園松。

留別海颿

宦蹤離合廿年間，秦隴重逢鬢漸斑。前路欲憑詢瀚海，公曾爲烏魯木齊都護。新綸先喜過潼關。夏間道出潼關，聞公擢總制。金天筦鑰兼雙節，玉塞烽煙靖百蠻。猶有松陰讀書處，早將書舍媲時還。蘭垣節署『時還書舍』，那文毅公所題。

節府高樓跨夾城，玉泉山色大河聲。開筵東閣圖書滿，翦燭西堂鼓角清。慷慨論兵忠憤氣，殷勤贈別解推情。近聞江海銷金革，休養資公翊太平。

程玉樵方伯德潤餞予於蘭州藩廨之若已有園次韻奉謝

短轅西去笑羈臣，將出陽關有故人。坐我名園觴詠樂，傾來佳醖色香陳。開軒觀稼知豐歲，激水澆花絢古春。小山後有石湫吐水，灌入園圃。不問官私皆護惜，平泉一記義標新。君自撰園記，語多真諦。

我無長策靖蠻氛，愧説樓船練水軍。聞道狼貪今漸戢，須防蠶食念猶紛。白頭合對天山雪，赤手誰摩嶺海雲。多謝新詩贈珠玉，難禁傷別杜司勳。

題唐子方觀察樹義夢硯圖

硯爲明季贈尚書陳忠愍邦彦所藏，子方購於羊城，其尊甫在清遠舟中夢忠愍囑爲收藏。

我辭炎州歲辛丑，未及端溪訪石友。懷中鐵硯坳而黝，心欲磨穿事則否。尺箠寸刃不入手，草檄飛書復何有？硯匣塵封已蒙垢，投筆鬬門荷戈走。舊雨逢君意良厚，肝膈交傾話杯酒。示我古硯雲腴剖，覶縷因緣歎非偶。忠愍所貽屬君受，夢魂乃告高堂叟。時在季春日十九，市肆售來忘誰某。豈知英靈默相誘，擇人而畀待良久。路隔珠江與峽口，夢硯得硯無先後。回想孤忠昔授首，雪聲堂暗悲風吼。三十二策空覆瓿，石不俱焚獨汝壽。百七十年神鬼守，毅魄忠魂隨不朽。君能寶此若瓊玖，際遇清時踐台斗。判事昔稱民父母，草奏今登帝左右。名父之子薪克負，明德達人天所牖。籌筆宣毫慎勿苟，傳世硯田勝千畝。

次韻答陳子茂德培〔一〕

棄璞何須惜卞和，門庭轉喜雀堪羅。頻搔白髮慚衰病，猶賸丹心耐折磨。憶昔逢君憐宦薄，而今依舊患才多。鳳鸞枳棘無棲處〔二〕，七載蹉跎奈爾何〔三〕。小送我涼州十日程〔四〕，自驅薄笨短轅輕。高談痛飲同西笑，切憤沈吟擬北征。小醜跳梁誰殄滅，中原攬轡望澄清。關山萬里殘宵夢，猶聽江東戰鼓聲。

補

銀漢冰輪掛碧虛，清光共挹廣寒居。是日中秋。玉門楊柳聽羌笛，金盌葡萄漾麴車。臨賀楊憑休累客，惠州曇秀漫傳書。羈懷卻比秋雲澹，天外無心任卷舒。也覺霜華鬢影侵，知君關隴歷嶇嶔。縱然雞肋空餘味，莫使龍泉減壯心。晚嫁不愁傾國老，卑棲聊當入山深。仇香豈是鷹鸇性，奮翼天衢有賞音。

校记：

〔一〕詩題，華東師範大學圖書館藏《林文忠公詩札》手跡影印件作《子茂簿君自蘭泉送余至涼州，且賦七律四章贈行，次韻奉答》。末署『櫟社散人林則徐漫草』。凡四首。《詩鈔》僅録存其第一、第二首，有異文。其第三、第四依次補録於後。

〔二〕『鳳鸞』，《詩札》作『鸞凰』。

〔三〕《詩札》有注云：『子茂來甘肅應即補官，而七年未有虛席。』

〔四〕『送我涼州十日程』，《詩札》作『送我西涼浹日程』。

將出玉關得嶰筠前輩自伊犂來書賦此卻寄

與公蹤迹靳從驂，絶塞仍期促膝談。他日韓非慚共傳，即今彌勒笑同龕。揚沙瀚海行猶滯，齧雪穹廬味早諳。知是曠懷能作達，只愁烽火照江南。

公比鯫生長十年，鬢鬚猶喜未皤然。細書想見眸雙炯，公年垂七十，作小字不用靉靆。昨枉來教，細書愈爲精妙。故紙難抛手一編。來書云然。僦屋先教煩次道，來示許爲覓屋。攜兒也許學斜川。昔坡公以三子叔黨隨至謫所，今公與余各攜少子出關。中原果得銷金革，兩叟何妨老戍邊。

附

少穆尚書將出玉關先以詩二章見寄次韻奉和〔一〕 鄧廷楨

天山冰雪未停驂，一紙書來當劇談。試誦新詩消酒琖，重看細字對鐙龕。浮生寵辱公能忘，公有印章曰『寵辱皆忘』。世味鹹酸我亦諳。聞道江鄉烽燧遠，心隨孔雀向東南。

相從險難動經年，莫救薪中厝火然。萬口褒譏輿論在，千秋功過史臣編。消沈壯志摩長劍，荏苒餘光付逝川。惟有五更清夢迴，觚棱衹傍斗樞邊。

校记：

〔一〕此詩録自《雙硯齋詩鈔》卷一六。

有感

脂山無片脂，玉門不生玉。荒戍幾人家，如棋賸殘局。

蚊蚋噬我膚，塵沙撲我面。夜就氈帳眠，孤燈閃如電。

哭張亨甫

尺素頻從萬里貽，吟成感事不勝悲。誰知絶塞開緘日，正是京門易簀時。狂態次公偏縱酒，鬼才長吉悔攻詩。脩文定寫平生志，猶訴蒼蒼塞漏卮。

雲左山房詩鈔　卷七

出嘉峪關感賦〔一〕

嚴關百尺界天西，萬里征人駐馬蹏。飛閣遥連秦樹直，繚垣斜壓隴雲低。天山巉削摩肩立，瀚海蒼茫入望迷。誰道殽函千古險，回看衹見一丸泥。

東西尉侯往來通，博望星槎笑鑿空。塞下傳笳歌《敕勒》，樓頭倚劍接崆峒。長城飲馬寒宵月，古戍盤鵰大漠風。除是盧龍山海險，東南誰比此關雄。

敦煌舊塞委荒煙，今日陽關古酒泉〔二〕。不比鴻溝分漢地，全收雁磧入堯天。威宣貳負陳尸後，疆拓匈奴斷臂前。西域若非神武定，何時此地罷防邊。

一騎纔過即閉關，中原回首淚痕潸。棄繻人去誰能識，投筆功成老亦還。奪得胭脂顔色澹，唱殘《楊柳》鬢毛斑。我來别有征途感，不爲衰齡盼賜環。

校记：

〔一〕詩題，《篤舊集》《國朝詩鐸》作《出嘉峪關》。

〔二〕此句下，《篤舊集》有注云：『古玉門關，今敦煌縣。』

塞外雜詠〔一〕

裨海環成大九州，平生欲策六鼇游。短衣攜得西涼笛，吹徹龍沙萬里秋。

雄關樓堞倚雲開，駐馬邊牆首重回。風雨滿城人出塞〔二〕，黃花真笑逐臣來。太白句〔三〕。

路出郵亭驛鐸鳴，健兒三五道旁迎。誰知不是高軒過，阮籍如今亦步兵。

攜將兩箇阿孩兒，走馬穿林似衮師〔四〕。不及青蓮夜郎去，拙妻龍劍許相隨。

沙礫當途太不平，勞薪頑鐵日交爭。車箱簸似箕中粟，愁聽隆隆亂石聲。

天山萬笏聳瓊瑶，導我西行伴寂寥。我與山靈相對笑，滿頭晴雪共難消。

古戍空屯不見人，停車但與馬牛親。早旁一飯甘藜藿，半咽西風滾滾塵〔五〕。

經丈圓輪引軸長，車如高屋太昂藏。晚晴風定搴帷坐，似倚樓頭看夕陽。

校记：

〔一〕詩題，《篤舊集》作《戲爲塞外絶句》。凡十首。此爲其前八首。第九、第十首，《詩鈔》另題《書見》，見下文。

〔二〕此句下，《篤舊集》注：『重陽前一日出關。』

〔三〕此注，《篤舊集》作『「黄花笑逐臣」，太白流夜郎句也』。

〔四〕此句下，《篤舊集》注：『彝、樞兩兒俱好馳馬。』

〔五〕『滚滚』，《篤舊集》作『衮衮』。

室人賦述懷紀事七古二章以手稾寄余喜成四律即寄青門〔一〕

卅年梟雁鎮相依，萬里鶩鴒悵獨飛。生别勝如歸馬革，壯游奚肯泣牛衣。祇憐瘦骨支牀久，想對殘脂覽鏡稀〔二〕。忽得詩筒狂失喜〔三〕，珠璣認是手親揮。

憶昨薑芽曲未伸，每拈筠管苦吟顰。玉鉤出掌能重展，鉤弋夫人臥病六年，右手拳曲，忽於掌中拔出玉鉤〔四〕，手乃復展。金鼇宣毫似有神。蘇蕙迴文常觸緒，采鸞寫韻不愁貧。述懷紀事無雕飾，肺腑傾來字字真。

聞向帷堂課女徒，一庭絃誦足清娱。但傾舊釀樽頻注，便許行吟杖不扶。室人向患骽疾，近服藥酒可試步〔五〕。索和婦能諧競病，弄嬌孫亦識之無。有時對弈楸枰展，瓜葛休嫌一著輸。常與子婦女兒對弈，故戲及之。

白頭豈復望還童，卻病仍資攝衛功。老我難辭身集蓼，憶卿如見首飛蓬。近聞詞伯多遷秩，且與兒郎作寓公。時京中大考翰詹，舟兒未與。農圃耦耕他日願，來詩有『他日歸來事農圃』之句。不妨廡下賃梁鴻〔六〕。

校记：

〔一〕詩題，《篤舊集》作《室人賦〈述懷紀事〉七古二章，以手稿寄余，喜成四章》。偶有字句稍異。

〔二〕『覽』，《篤舊集》作『攬』。

〔三〕『简』，《篤舊集》作『篇』。

〔四〕『披』，《篤舊集》作『搜』。

〔五〕此注《篤舊集》作『聞有藥酒服之遂可試步，宜勿斷也』。

〔六〕《篤舊集》注云：『時眷屬賃居青門。』即詩題『即寄青門』之由。

壬寅臘月十九日嶰筠前輩招諸同人集雙硯齋作坡公生日此會在伊江得未曾有詩以紀之〔一〕

中原俎豆不足奇，請公乘雲游四夷。天西絶塞招靈旗，下有荷戈之人頂禮之。公生距今八百有七載，自景祐丙子計至道光壬寅。元精在天仍爲牛斗箕。『生前宿直斗牛箕』，公自謂也。命宫磨蝎豈公獨，春夢都似黄粱炊。要荒天遣作箕子，『天其以我爲箕子，要使此意留要荒。』公在海内詩也〔二〕。此語足壯羈臣羈。當時天水幅員窄，瓊雷地已窮邊陲。天低鶻没山一髮〔三〕，祇在海南秋水湄。見公詩。豈如皇輿西控二萬里，烏孫突厥悉隸吾藩籬。伊犂在漢爲烏孫，唐爲西突厥〔四〕。若將壯游較今昔〔五〕，恐公猶恨未得周天涯。崆峒之西公所夢，恍見小有通仇池。公詩云『似聞崆峒西，仇池迎此翁』，記夢中事也〔六〕。導公神游合西笑，何必南飛載鶴尋九疑。所嗟公身屢徙復遭屏，『逐客猶遭屏』，公在儋耳句。官屋欲僦猶阻於有司〔七〕。合江之樓白鶴觀，居此新宅無多時〔八〕。寄身桄榔啖藷芋，南冠九死真瀕危。吾儕今猶託代舍，伊江所在皆官屋。憶公倍感皇天慈。謫所一生過也得，公言曠達真吾師〔九〕。南陽詞人涓玉卮，鞠𦞦先製神絃詞。懸公大瓢笠屐之遺像，誦公羅浮儋耳之新詩〔十〕。公神肯來古伊麗，白鹿可跨青牛騎。

冰嶺之冰雪山雪，照公堂堂出峨嵋〔十一〕。長松塵洗鶴意遠，見公答劉景文以松鶴爲壽詩。真有番樂來龜茲。用公聽李委吹笛詩〔十二〕。試著紫裘腰笛臨風吹，使公空中一笑掀髯髭〔十三〕。

校记：

〔一〕詩題，《壺舟詩存》作《壬寅臘月十九日，嶰筠先生寓齋作東坡生日，會者十一人，伊江所未曾有也。詩以紀之》。見《全集》第六册詩詞八八頁。

〔二〕『內』，《全集》作『南』。

〔三〕此句下，《全集》注云：『亦公海南詩。』

〔四〕此注，《全集》作『伊犂在漢爲烏孫國，在唐爲西突厥』。

〔五〕『昔』，《全集》作『古』。

〔六〕『記夢中事也』，《全集》作『蓋記夢也』。

〔七〕『猶』，《全集》作『乃』。

〔八〕『居此新宅無多時』，《全集》作『新居雖營曾幾時』。

〔九〕『公言曠達真吾師』，《全集》作『公語曠達誠吾師』。

〔十〕『懸公大瓢笠屐之遺像，誦公羅浮儋耳之新詩』，《全集》作『雖無大瓢屐笠像，嬴縢蓬筐誰不攜公詩』。

〔十一〕『照公堂堂出峨嵋』，《全集》作『如見堂堂出峨嵋』。
〔十二〕《全集》無此注。
〔十三〕『試著紫裘腰笛臨風吹，使公空中一笑掀髯髭』，《全集》作『請向望河樓頭橫笛吹（伊江帥府有此樓），公在空中一笑掀髯髭』。

附

東坡生日同人咸集寓廬余既倚百字令慢詞嗣少穆尚書一飛河帥各有古詩乃亦作一首〔一〕　鄧廷楨

玉局仙人致寥落，遊轣未遽窮沙漠。伊麗河上遲公來，博望乘楂毋乃鑿。要知神氣太虛齊，六幕高騫五色霓。鼇柱何曾限南北，鴻飛原不計東西。頻年笠屐瞻遺象，一片中原接漭蕩。雲中倒跨南飛鶴，芒轖似曳桃榔杖。今歲迎公出玉門，旃裘部落訪烏孫。雲中倒跨南飛鶴，海外翻成北徙鯤。祝公攬揆非遊戲，要繫斯文常不墜。還客招邀萬里行，榮名料理千秋事。況兼褒鄂英姿聚，起舞輪臺侑清酹。想見常山點阜旗，一揮願作西涼簿。雪满昆侖玉漏遲，尻輿神馬更何之。問公紫塞驂虯夜，可似朱匡破浪時。

校记：

〔一〕此詩録自《雙硯齋詩鈔》卷一六。

又次鄧子期爾頤坡公生日原韻時有他感

陽羨求田慕潁箕，一場春夢作醒時。無端白鶴新居臥，又觸烏臺舊案詩。公在惠州成白鶴新居，有縱筆詩：『報道先生春睡美，道人輕打五更鐘。』執政聞而怒之，再謫儋耳。磨蝎命宫嗟黨籍，蟄龍泉路引靈旗。微生鑒此惟脩拙，虀爲懲羹著意吹。

和嶰翁祀竈原韻

歲云莫矣街鼓喧，司命宵醉老瓦盆。世傳祀竈致富壽，漢武早信方士言。丹砂成金許不死，少君化去仙奚存。見《史記·封禪書》。當時傲吏亦媚竈，張忠獨懊明經孫。見《漢書·孫寶傳》。東坡詩：『吾方祭竈請比鄰』，正用寶事。後人年夜踵成例，糟餳塗抹乘黄昏。妄冀天庭代邀福，那知休咎胥由人。見君於煬彌子夢，彼如衛鶴徒乘軒。陰家子方禱偶應，豈真神嗜羊如羱。《爾雅》：「羱如羊。」今反用其語。新婦不合語滅竈，祇有老婦柴宜燔。湯官甌宰竈下養，酣豢每褻明神尊。酒殺雜陳恐神吐，笑比田叟紛操豚。須思豈弟神所勞，慶餘積善垂無垠。昔賢嘗有不黔突，况我絶塞隨軍屯。任人添竈或減竈，自著短衣驅短轅。燒殘溼葦灰不起，萬里安得踰西崙。徒薪曲突付一歎，踞觚聽者休相嗔。

附

客中不祀竈而紀以詩（一）　鄧廷楨

古稱爨者老婦祭，喁喁祝告羅缾盆。後來强紐作司命，傅會周禮真謏言。膠牙餳更等兒戲，歲時沿襲流風存。平生不涎炙手熱，安能獻媚師王孫。矧居謫所就官屋，齋厨野蔌供朝昏。竈觚傾欹偪藩溷，豈有中饋占家人。今晨剝啄聞叩門，良友來過停高軒。黄羊一具遠相遺，形狀頗雜羥羳羱。亟呼廚人刷毛血，洪鑪石炭供炰燔。肴蒸不饗燧人氏，祇宜吾輩開清尊。满斟挏酒命刀匕，常味未許誇雞豚。生不能如虎頭燕頷飛食肉，又不能如猿臂射獵南山垠。差喜從軍到突厥，身手願效輪臺屯。酒酣耳熱目空竈下養，男兒那肯跼蹐駒棲轅。行觴且盡今夕醉，劍歌徑欲淩昆侖。司命司命爾莫嗔。

校记：

〔一〕此詩録自《雙硯齋詩鈔》卷一六。

除夕書懷〔一〕

臘雪頻添鬢影皤，春醪暫借病顔酡。三年飄泊居無定，庚子在嶺南度歲，辛丑在中州河干，今又在伊江。百歲光陰去已多。漫祭詩篇思賈島，畏撾更鼓似東坡。用坡公守歲詩語。邊氓也唱迎年曲，到耳都成勞者歌。

新韶明日逐人來，遷客何時結伴回？空有燈光照虚耗，竟無神訣賣癡獃。荒陬幸少爭春館，遠道翻爲避債臺。骨肉天涯三對影，時挈兩兒在戍。思家奚益且銜盃。

流光代謝歲應徂〔二〕，天亦無心判菀枯。裂碎肝腸憐爆竹，借棲門户笑桃符。新緣幡勝如爭奮〔三〕，晚節冰柯也不孤。正是中原薪膽日，誰能高枕醉屠蘇。

謫居本與世緣暌，青鳥東飛客在西。宦味直隨殘臘盡，病株敢望及春荑。朝元舊憶趨丹闕，賜福頻叨溼紫泥。新歲儻聞寬大詔，玉關走馬報金雞。

校记：

〔一〕詩題，《全集》據詩札手跡原件録文作《伊江除夕書懷》，並注云：『壬寅除夕書懷四首，録寄聞石先生粲政。』

〔二〕『徂』，《全集》作『除』。

〔三〕『新緣幡勝如爭奮』，《全集》作『新幡彩勝如爭奮』。

附

歲除志感兼呈少穆尚書四首〔一〕　鄧廷楨

自税康居駕，傫然學據梧。臨風惜懷抱，對雪感頭顱。客意隨春遠，鄉心入夜孤。兒孫應憶我，不肯醉屠蘇。

聞道東溟外，秋來已罷兵。皇風宣遠海，天意重蒼生。牖户謀宜亟，欃槍掃欲平。所希籌筆者，莫恃敦盤盟。

茲土亦云美，含豪紀歲時。黄羊供節物，蒼鹿佐春卮。蠻部爭輸賮，番僧解祝釐。皇輿恢二萬，原不是天涯。

獨有平生契，龍沙慰寂寥。吟箋晨互遞，酒局夜相招。患難憐蛩蟨，芳馨擥桂椒。清時多雨露，休怨故山遥。

校记：

〔一〕此詩録自《雙硯齋詩鈔》卷一六。

書見〔一〕

僕御摇鞭正指揮，忽聞狂吼懾風威。前山松徑低迷處，無翅牛羊欲亂飛。

百里荒程僅一家，頽垣半没亂坡斜。無端萬斛黄塵裏，偏著一枝含笑花。塞外土妓，近年始多。

校记：

〔一〕此詩原爲《戲爲塞外絶句》第九、第十首，見上文《塞外雜詠》。

和嶰筠立春前一日雪韻

三白祥霙記隔年，舊臘已得雪三次。報春又綴六花妍。釀從解凍條風裏，飛在迎詔綵仗前。飄絮卻疑新柳起，壓枝還助老松堅。人間多少銷金帳，誰似行吟鶴氅仙。

附

立春前一日雪癸卯〔一〕　鄧廷楨

和風五日轉新年，入夜龍公忽弄妍。七寶莊嚴開法界，萬花飛舞及春前。光瑩自憙同冰潔，性冷何妨比玉堅。竹葉滿階尋爪印，忍寒相伴有胎仙。

校记：

〔一〕此詩録自《雙硯齋詩鈔》卷一六。

又和人日雪詩

誰將玉戲鬪春妍，姑射神人一笑嫣。新粉著衣飄綵勝，糝塵鋪水露冰鮮。兜羅綿輭侵階薄，頃刻花開抱樹圓。禁得嫩寒殘夢覺，倚欄吟想杜樊川。

附

人日復雪〔一〕　鄧廷楨

太史占雲已妙妍，靈辰霏屑又蟬嫣。開門恰值雞黏采，俯檻重看鶴奪鮮。最喜無心從抗墜，未宜因物賦方圓。會當消作桃花水，直下陰山敕勒川。

校记：

〔一〕此詩録自《雙硯齋詩鈔》卷一六。

元夕與嶰筠飲遂出步月口占一律

春衣典得買今宵，逐客愁懷對酒消。踏月吟鞵涼似水，遏雲歌板沸如潮。樓前夜市張燈燦，馬上蠻兒傅粉嬌。試問雙幢開府日，可能恣此兩逍遥。

附

奉和少穆尚書元夕步月原韻〔一〕　鄧廷楨

邊城也自作元宵，縹緲天山雪正消。熊隼猗那飄畫戟，魚龍曼衍踏春潮。風姨舞罷吹衣細，月姊妝成滿鏡嬌。良友佳兒足幽興，兩家蠟屐未嫌遥。

校记：

〔一〕此詩録自《雙硯齋詩鈔》卷一六。

嶰筠贈鶴

不慕高軒足俸錢，卻教羈客飼胎仙。銜書愛近烏絲格，起舞因聽雁柱絃。萬里倦飛雖警露，九皋清唳早聞天。孤山處士還相對，松下風多且避煙。

附

贈鶴和少穆〔一〕　　鄧廷楨

不舞何曾值一錢，清臞猶得伴逋仙。已辭珠樹誰分料，卻解琴心學應絃。賦裏飛還過赤壁，詩中聲欲上青天。攀嵇且博雞羣譽，莫羨高沖碧落煙。

校記：

〔一〕此詩録自《雙硯齋詩鈔》卷一六。

送伊犂領軍開子捷開明阿

鼓鼙思帥臣，爪牙諷圻父。靜以綏中原，動以禦外侮。致身須壯年，奇勳策天府。將軍起長白，家世握牙琥。髫齔通鈐韜，志行抗前古。讀書慕儒將，禮義即干櫓。宿衛屯羽林，鉤陳出隨扈。西望崑崙墟，百年拓疆宇。以君爲長城，領軍肅貔虎。三載無邊烽，華夷悉安堵。帝曰爾來前，作股肱心膂。絕塞迴輪蹏，中流賴砥柱。君感朝廷恩，心肝奉明主。臨別索贈言，我欲傾肺腑。嗟哉時事艱，志士力須努。厝薪火難測，亡羊牢必補。從來户牖謀，徹桑迨未雨。矧當冰檗秋，敢恃干羽舞。蠭蠆果懾威，犬羊庶堪撫。將士堅一心，詎不揚我武。貂蟬出兜鍪，丹青繪圭珇。行矣公勉旃，黑頭致公輔。

哭故相王文恪公

纔錫元圭告禹功，公歸遵渚詠飛鴻。休休豈屑爭他技，蹇蹇俄驚失匪躬。下馬有墳悲董相，隻雞無路奠橋公。傷心知己千行淚，灑向平沙大幕風。

廿載樞機贊畫深，獨悲時事涕難禁。艱屯誰是舟同濟，獻替其如突不黔。衛史遺言成永憾，晉卿祈死豈初心。黄扉聞道猶虚席，一鑑云亡未易任。

調鶴

鄧公畜此鶴，隔歲還贈余。云與林處士，相伴孤山孤。我憶廿載前，放鶴臨西湖。撒手煙波間，逋仙疑可呼。誰知萬里身，墜落崑崙墟。中宵一警露，垂翅當階除。顧影若自惜，骨相留清臞。昂昂立雞羣，拍拍同鳧趨。爲爾拂毛羽，弄琴相與娱。且誦浮邱經，且飼青田雛。南飛得風便，重與營巢居。和靖先生巢居閣，余在杭州所築也。

籠鵝

長項强於人，人謂此鳥傲。我喜皎皎姿，懷此霜雪操。學書雖不工，右軍卻同好。世無曇𥗽邨，寫經孰爲報。或隨海東青，感月來啄菢。啞啞銜尾烏，正聚屋頭噪。放爾出樊籠，紅掌振高蹈。但如雁翼舒，休爲鸛陣譟。誰能收蔡州，宵鳴雜軍號。

放魚〔一〕

庭前鑿方池，土厚苦乏水。引泉借轆轤，一勺亦清泚。放此四顋鯽，鯽有四顋似鱸者，在伊江爲魚之上品。間以一尺鯉。潑剌出鱗鬣，瀺灂弄脣齒。藻根觸寒青，荇帶唼深紫。見影忽走藏，甘伏沈淤裏。主人那忍鱠，得所逝乃喜。非魚知魚樂，監水如水止。敧枕一聽泉，淨滌塵土耳。江湖渺相忘，風波或不起。

校记：

〔一〕鄭麗生據此詩推測，『知林公在伊犁旅次，曾鑿池養魚，其餽遺鄧氏者，乃自養之魚也』。故附鄧詩以供參考。

附

少穆饋魚口占志謝〔一〕

鄧廷楨

鮓葅分惠小奩開，絶勝邊城買四題。悵觸江南好風味，三山門外鹵魚來。

校记：

〔一〕此詩録自《雙硯齋詩鈔》卷一六。

七夕次嶰筠韻

金風吹老鬢邊絲，如此良宵醉豈辭。莫説七襄天上事，早空杼柚有誰知。
漫道星橋徹夕行，漢津波浪恐難平。銀潢只見填烏鵲，壯士何年得洗兵。
鍼樓高處傍天墀，七孔穿成巧不移。但恐機絲虚夜月，昆明秋冷漢家池。

附

癸卯七夕少穆一飛厚蕣集小齋爲瓜果之會絶句三首〔一〕

鄧廷楨

豈是鍼樓乞巧絲，微波款款欲通辭。坐中各有千秋淚，灑向星娥知不知。

泛泛秋楂自在行，休將消息問君平。七襄儘有支機石，那得分貽到老兵。

深杯共把近階墀，凝看輜軿漏漸移。昨夕銀潢風浪惡，先一夕大風。渡河芳訊恐差池。

校记：

〔一〕此詩録自《雙硯齋詩鈔》卷一六。

又和中秋感懷原韻

三載羲娥下阪輪，炎州回首劇傷神。招魂一慟登臨地，己亥中秋，與公及關滋圃同登虎門礮臺望月，今不堪回首矣。投老相看坎壈人。玉宇瓊樓寒舊夢，冰天雪窖著閒身。

麻姑若道東溟事，莫使重揚海上塵。

雪月天山皎夜光，邊聲慣聽唱伊涼。孤郵白酒愁無賴，隔院紅裙樂未央。宦味思之真爛熟，詩情老去轉猖狂。遐荒今得連牀話，豈似青蠅弔仲翔。

附

伊江中秋〔一〕

鄧廷楨

今年絶域看冰輪，往事追思一愴神。天半悲風波萬里，杯中明月影三人。道光己亥，余與少穆以籌海駐虎門。中秋之夕，偕軍門關滋圃登沙角礮臺望月，遂陟山之極巔。英雄竟汗游魂血，滋圃以辛丑二月八日戰歿於靖遠礮臺。枯朽空餘後死身。獨念高陽舊徒侣，單車正逐玉關塵。少穆亦戍伊犁，聞將出關。

校記：

〔一〕此詩録自《雙硯齋詩鈔》卷一六。

嶰筠以詩贈樞兒樞兒有和余亦次韻奉謝

公家庭列五花驄，公子五人。尚愛驅雞飯犢童。蘭砌肯容凡卉伍，松岑卻許異苔同。荀陳敢擬星辰聚，孔李相期水乳融。但得新宮銘共草，謫居何事枉書空。

附

贈林心北少穆尚書子也〔一〕　鄧廷楨

冰天隨侍鞚驕驄，帕首鞬刀尚丱童。犀角定應它日貴，豹斑誰復此郎同。政如渡海攜蘇過，時以通家候孔融。不礙士龍多笑疾，老夫甘作晉司空。

校记：

〔一〕此詩録自《雙硯齋詩鈔》卷一六。

又次病起原韻

三彭二豎謬爭贏，推枕依然卻杖行。前度呻吟悲白首，蚤時肥瘠共蒼生。安心勝覓壺公藥，歸老長追洛社英。不礙煙霞成錮疾，故山歌歗答承平。

附

病起〔一〕　鄧廷楨

紫桂黃耆百裏贏，扶衰才得下階行。老嗟錦瑟華年去，病愛金花夜氣生。大道嬰兒能載魄，涼秋騷客欲餐英。不妨坐近彈碁局，久已心情白水平。

校记：

〔一〕此詩録自《雙硯齋詩鈔》卷一六。

送𡾋筠賜環東歸

得脱穹廬似脱圍，一鞭先著喜公歸。白頭到此同休戚，青史憑誰定是非。漫道識途仍驥伏，都從遵渚羡鴻飛。天山古雪成秋水，替浣勞臣短後衣。

回首滄溟共淚痕，雷霆雨露總君恩。魂招精衛曾忘死，病起維摩此告存。歧路又歧空有感，客中送客轉無言。玉堂應是迴翔地，不僅生還入玉門。

附

癸卯閏秋被命東歸少穆尚書以詩贈行次韻卻寄二首〔一〕　鄧廷楨

秋淨天山正合圍，忽傳寬大許東歸。餘生幸保精魂在，往日沈思事業非。遇雨羣疑知並釋，摶風獨翼讓先飛。河梁自古傷心地，無那分攜淚滿衣。

事如春夢本無痕，絶塞生還獨戴恩。未必茝蘭香共攬，要留薑桂性常存。百年多難思招隱，半壁殷憂敢放言。此去刀鐶聽續唱，遲公歸騎向青門。

校记：

〔一〕此詩録自《雙硯齋詩鈔》卷一六。

送鄧子期隨侍入關

我昔未識君，誦君應舉文。謂當脱穎出，冀北空其羣。誰知失齊晫，見韓文。徒使嗟劉蕡。蹉跎幾寒暑，筆硯吾欲焚。况遭時事囏，溟渤愁蠻氛。莊椿度沙漠，隨侍資君勤。男兒重晨昏，科名安足云。塵沙面目黧，冰雪手足皸。侍疾不解帶，當暑驅蠅蚊。老翁霍然起，加飯强腰筋。但得奉色笑，絶塞猶欣欣。我時共淪謫，捧襼情懷殷。終朝託豪素，半載聯屐裙。猥有豚犬隨，奈此豬龍分。難禁羨懷祖，况慚非右軍。昨轉金雞報，天意三沐薰。喜公從入關，護起山東雲。作忠在移孝，令名垂無垠。不見方敏恪，始困終成勳。桐城方敏恪公，少隨父戍。君家盛五桂，一一香披芸。在陰和鳴鶴，九皋天應聞。臨岐重執手，願言頌清芬。君看海波靖，瑞氣方氤氳。

送文一飛河帥文沖入關歸養

崑崙小閣望慈雲，君於伊江建此閣。帝鑒烏私許上聞。不費解驂歸越石，先從隔幔慰宣文。太夫人在京師。幾人謫宦能將母，此去娛親要報君。諼自忘憂葵捧日，東山合起故將軍。

頻歲宣房屢負薪，可知前事不由人。忠宜補過先防口，志在安危豈愛身。悟到折肱功更進，君善醫。鍊成繞指用初神。精刀劍諸術。天涯同是傷心侶，目送歸鴻淚滿巾。

舟兒初舉一男詩以示之

但喜子生子，休論才不才。家書萬里至，懷抱一時開。憶我方稱艾，看兒賦摽梅。旌幢建吳苑，車馬迓蘇臺。吉日三商過，流年一紀催。投懷遲入燕，占夢笑維虺。星小聊添篕，風高欲祀禖。轉將難弟讓，先作冢孫推。前歲彝兒先得子，爲余長孫。挽喜是年仍壯，兼之性尚孩。三清簪筆久，一索弄璋纔。花信春光半，桐枝晚歲培。挽鬚吾可待，執手汝先咳。兒乞余名，余令其先擬，命之曰鴻翥。比玉看成珏，聯珠更有胎。天涯如一室，歡倒屢銜盃。

舟兒妾生子

萱幃盼爾茁蘭馨，伴月謀添一小星。先後同欣懷六甲，冬春連報見雙丁。側生果熟成嘉樹，傍出泉清助大溟。三秀都從秦地得，命名臻品，謂至秦三口也。蓮峯玉井感鍾靈。

壽嶰翁七十

薇垣星彩耀弧南，按部纔停隴右驂。壽者相兼全福五，老成人仰達尊三。花從澮處留香久，果爲酸餘得味甘。東望玉關雲氣聚，金城行省駐彭聃。

鑾坡奏賦早騰聲，出守猶叨與鑑衡。公前出守猶派禮闈分校，近臣覆奏，然後改命。廿載封圻江海遍，三山旌節里門榮。公家金陵，曾拜兩江總督之命，殊榮莫媲。花間蠶尾新詞豔，燈下蠅頭妙楷成。都訝温公年齒少，誰知先我十年生。

早擬金甌佇作霖，折磨轉使道根深。澄波難挹汪汪度，止水長懷翼翼心。蒪浦秋風思縱切，桑田零雨駕頻臨。時奉命治墾田。蘭階又被新恩渥，鳳正朝陽鶴在陰。長君小筠太史，新授湘南典郡。

驪離悲合溯勞蹤，自送公歸歲再冬。雨露雷霆恩並感，塵沙冰雪路相從。祇今西塞餘孤鶴，卻喜南陽起臥龍。二十三科前輩少，瓊林惟祝宴重逢。

附

壽星明（一）　鄧廷楨

七十生辰，少穆寄詩志慶。公今年亦六十矣，爲倚四闋，奉酬爲壽。

寒雁飛還，寄到新詩，如聆麈談。道貞元朝士，猶存老馬；河陽從事，未盡春蠶。九萬經環，七旬庚甲，不作天花一現曇。人間世，尚料糜三品，軨展雙驂。尊前有味醰醰，愛黄絹新詞妙義涵。説花從澹處，留香更久；果於酸後，得味尤甘。公詩云：『花從澹處留香久，果爲酸餘得味甘。』冷暖襟情，悲歡景况，不是同心不許諳。懷慙久，是徑荒彭澤，枕戀邯鄲。

我七十耶，遲余十年，公今六旬。似前因藜杖，懸弧共乙；今生虀臼，射策同辛。半落青天，孤臨碧海，等是三山寄此身。傳佳話，記換巢鸞鳳，受代元辰。己亥嘉平，公由兩江總督調任兩廣，余由兩廣調任兩江，以庚子元旦受代。賈生才調無倫，聽交口同聲徧搢紳。笑吾先衰也，安能爲役；公真健者，迴不猶人。百斛扛餘，千鈞繫處，宣室還聞念逐臣。曾造郄，謂公才勝我，天語如春。去冬引對養心殿，蒙諭：『朕看林某才具似勝於汝。』

珠海餘生，西指天山，相從荷戈。看伶仃雪窖，鴻泥同印；縱横沙磧，雁帛誰過？盾鼻書成，刀頭唱徹，收拾蒼涼入劍歌。蛩與蟨，有霜欺鬢短，酒助顔酡。玉關先走明駝，似蘇李河梁別淚多。便欣逢馬角，我聞如是；偶遲羝乳，於意云何。壯志依然，華年未老，聽説秋來肺病瘥。爲公壽，祝黄羊手炙，且宴頭鵞。

萬里邊城，地斡遥通，萊蕪未開。恰我聞有命，勸農隴右；公行復起，闢地輪臺。雁户操豚，鱗塍買犢，搜粟摸金莫浪猜。真成笑，笑屯田籌海，一例相陪。曼胡纓短風吹，定策馬龍沙日幾回。念花門種別，休教咨怨；葑陂利溥，盡盼招徠。將受厥明，曰嘉乃績，異域銘功羨此才。承丹詔，向酒泉西望，定遠歸來。

校记：

〔一〕此詞録自《雙硯齋詞鈔》卷下。

又和見懷原韻

曩者使南越，謬思分主憂。感公海水誓，余未至粤，公貽手書云：『所不同心者有如海。』但愧才難侔。宣諭以恩信，納款馴豪酋。差幸國體肅，奚暇爲身謀。九龍偶反覆，伏之如蜉蝣。誰知釜底魂，倏作空中游。鮑莊終失智，賈胡空復留。須臾海水飛，變幻風中漚。已乏決勝策，安敢排衆咻。簡書赴東浙，聊復馳鈴騶。荷戈指天山，聞赦當邗溝。暫免萬里行，負薪塞黄流。公時出玉關，謂我風帆收。後塵匪云隔，友聲還可求。公來未期月，我亦同荒陬。轉喜雲龍隨，肯唱關山愁。我病入肝肺，公病幸即瘳。去秋卻杖起，恰報烏白頭。即擬歸秣陵，築室名三休。除書九重出，恩渥難爲酬。東轍未及浣，四牡仍西州。雍梁實重鎮，以公扼其喉。邊庭甫親歷，布政誠優優。人言再開府，姓字留金甌。我知巖谷心，此際方夷猶。尺素示微意，蓴鱸當及秋。我身雖萍浮，夢見白鷺洲。奮飛傍公側，莫訝江干鷗。

附

寄懷少穆甲辰〔一〕　鄧廷楨

五年逐形影，展轉嬰百憂。遂令平生交，直與骨肉侔。厥初事籌海，頗欲馴夷酋。商略輒中夜，肝腎窮彫鎪。逾年困圍城，越俎敢代謀。生死寄呼吸，朝暮如蜉蝣。謫戍天山西，振策萬里游。搴茭會有役，我去公稍留。荷戈旋復來，泛泛雙浮漚。眠食互存問，疾病相噢咻。患難轉益親，下逮僕與騶。賤子荷環召，驅車出蘆溝。出伊犂，首程地名蘆草溝。河梁不忍別，涕泗交頤流。自念蒲柳姿，豈望桑榆收。酒泉幸生到，意慊夫何求。勿謂無所求，思公滯遐陬。穹廬歎孤子，悲笳動牢愁。無人誦《七發》，夙疾恐未瘳。亟祝天回春，樂府歌刀頭。鬱鬱久懷抱，鹿盧轉不休。雨露本無私，此志行當酬。舊臘拜恩命，宅藩來蘭州。西望嘉峪關，兹地爲襟喉。造物似有意，置我於道周。旦晚迎公歸，慰我輖飢輖。坎陷不失義，靈蓍告我猶。相期保百歲，安敢論千秋。大地東南浮，吾道宜滄洲。咄哉此二老，長作尋盟鷗。

校记：

〔一〕此詩録自《雙硯齋詩鈔》卷一六。

柬全小汀全慶

蓬山儔侶賦《西征》，累月邊庭並轡行。時同使回疆議墾田事。荒磧長驅回鶻馬，驚沙亂撲曼胡纓。但期繡隴成千頃，敢憚鋒車歷八城。丈室維摩雖示疾，御風仍喜往來輕。

頻年遷客戍輪臺，何意輶軒使節陪。歸夢未逢生馬角，游蹤翻得遍龍堆。頭銜笑被旁人問，齒讓慚叨首座推。縱許生還吾老矣，看君勛業耀三台。

題山水絶句爲布子謙將軍布彦泰〔一〕

澹煙籠水緑楊灣，雨後青浮隔岸山。樹底誰家結茅屋，得魚沽酒掉船還。

疏林鴉立露山邨，曲磴蒼苔印屐痕。欲訪種松高士宅，碧雲黄葉不知門。

松風謖謖溜泠泠，細草微黄老樹青。尋到斷崖泉落處，有人石上倚雲聽。
薄靄遮山石徑荒，園林昨夜半凝霜。憑欄愛看丹楓豔，小閣捲簾留夕陽。

校记：

〔一〕詩題，《篤舊集》（卷一）作《題畫山水爲布子謙將軍作》。

又題花卉絶句

瑶臺春暖露華漙，繡幕圍香錦作團。猶有新葩含未放，神仙富貴後來看。牡丹

天香浮動洞庭波，金粟前身記大羅。更聽紫雲歌一曲，廣寒宮裏借秋多。桂花、翦秋羅

垂垂瓔絡影交加，翠幄銀旛護紫霞。難得國香成伴侣，素心晨夕與天涯。藤花蘭

老圃經霜豔不凋，白衣攜酒遠相招。誰知解組陶彭澤，採向東籬也折腰。菊花

乙巳正月送黄壺舟濬入關

謫居已是六旬人，歸去依然矍鑠身。天意終憐清白吏，使君真作太平民。君籍太

平縣。瓜期許減經年戍，柳色先舒隔歲春。去臘立春前奉恩旨。但仗東風披拂力，肯教霜鬢老邊塵。

壺舟以前後放言詩寄示奉次二首

漫將羞翯笑羈臣，此日中原正患貧。鴻集未聞安草澤，鵑聲疑復到天津。紛看絹樹登華轂，恐少緇流度羽巾。時有以僧道度牒爲籌畫經費計者。海外蚨飛長不返，問誰夜氣識金銀。

狂魔枉向病身加，肯與穿墉競鼠牙。古井無波恬一勺，歧途有客誤三叉。帶圍屢減腰仍瘦，筍束成堆眼已花。索書者多，苦無以應。何日穹廬能解脱，寶刀盼上短轅車。

次韻寄酬高樨菴步月

頻年蓬梗逐飄風，歎息魚勞尾已紅。行役未能辭老病，知交猶爲計窮通。羈臣奉使原非分，明詔籌邊要至公。多謝贈言勤慰藉，此身同是雪泥鴻。

梁園舊種百城花，魁首文章溯起家。君以關中省元爲中州令尹。十載河防逢小劫，一麾郡秩悵虛加。君久任下南丞，以防河工加秩太守。記曾東障循前軌，仍賦西行訪古槎。余曾襄役東河。痛哭王尊今宿草，久懸揆席未宣麻。思君同里王文恪公。

回疆竹枝詞二十四首〔一〕

別諳拔爾回部第一世祖教初開，曾向中華款塞來。和卓運終三十世，至瑪哈墨特止。天朝闢地置輪臺〔二〕。

欲祝阿林歲事豐〔三〕，終年不雨卻宜風。亂吹戈壁龍沙起，桃杏花開分外紅。

不解芸鋤不糞田，一經撒種便由天。幸多曠土憑人擇，歇兩年來種一年。

字名哈特勢横斜，點畫雖成尚可加。廿九字頭都解識，便矜文雅號毛喇。官文作莫洛，讀平聲。

歸化於今九十秋，憐他人紀未全脩。如何貴到阿奇木，猶有同宗阿葛抽。阿奇木之妻也。

金穀都從地窖埋，空囊枵腹不輕開。阿南普作巴郎普，積久難尋避債臺。借債者，母錢謂之阿南普，子錢謂之巴郎普。

把齋須待見星餐，經卷同繙普魯干。新月如鉤纔入則，愛伊諦會萬人歡。

不從土偶折腰肢，長跽空中納禡茲。何獨叩頭麻乍爾，長竿高掛馬牛氂。

亢牛婁鬼四星期，城市喧闐八栅時。五十二番成一歲，是何月日不曾知〔四〕。

城角高臺廣樂張，律諧夷則少宫商。葦笳八孔胡琴四，節拍都隨擊鼓鏜。

厦屋雖成片瓦無，兩頭榱桷總平鋪。天窗開處名通溜，穴洞偏工作壁櫥。

亦有高樓百尺誇，四圍多被白楊遮。圓形愛學穹廬樣，石粉團成滿壁花。

準夷當日恣侵漁，騎馬人來直造廬。窮户僅開三尺竇，至今依舊小門閭。

邨落齊開百子塘，泉清樹密好尋涼。奈他頭上仍氈毳，一任淋漓汗似漿。

豚彘由來不入筵，割牲須見血毛鮮。稻粱蔬果成抓飯，和入羊脂味總羶。

桑葚纔肥杏又黄，甜瓜沙棗亦餱糧。邨邨絶少炊煙起，冷餅盈懷喚作饢〔五〕。

宗親多半結絲蘿，數尺紅絲散髮拖。新帕蓋頭扶上馬，巴郎今夕捉央哥〔六〕。

河魚有疾問誰醫，掘地通泉作小池。坦腹兒童教偃臥，臍中汩汩納流澌。

赤腳經冬本耐寒，四時偏不脱皮冠。更饒數丈纏頭布，留待纏尸不蓋棺。

樹窩隨處産胡桐，天與嚴寒作火烘。務恰克中燒不盡，燎原野火入宵紅。

小様葫蘆鑿竅匀，燒煙通水號麒麟。嬌童令喚麒麟契，吹吸能供客數人〔七〕。

柳樹流泉似建瓴，求泉排日諷番經〔八〕。便如札答祈風雨，齊術惟推兩事靈〔九〕。

荒程迢遞阻沙灘，暑月征途欲息難。卻賴回官安亮噶，華人錯喚作闌干。

關内惟聞説教門，如今回部歷輶軒。八城外有回城處，哈密伊犁吐魯番。

校记：

〔一〕此詩《全集》據邱遠猷藏鈔本録文，凡三十首。見第六冊詩詞二四二頁。其第二首、第七首、第八首、第二十一首、第二十八首、第二十九首，《詩鈔》未收，依次補録於後。

〔二〕『闢』，《全集》作『拓』。

〔三〕『欲祝阿林歲事豐』，《全集》作『愛曼都祈歲事豐』。

〔四〕此句下，《全集》注云：『八栅爾即北方之集，南方謂之墟，蓋指散而言。』

〔五〕此句下，《全集》注云：『回語饃名饢也。』

〔六〕『央』，原作『秧』，據《全集》改。又，《全集》注云：『男名巴郎，女未適人名克絲，子婦名央哥。』

〔七〕此句下，《全集》注云：『澹巴菰俗名煙袋。回人之煙桶頭甚大，似壺蘆樣，名氣琳。』

〔八〕『求泉』，《全集》作『衆來』。

〔九〕『齊』，《全集》作『奇』。

補

百家玉子十家温，巴什何能比阿渾。爲問千家明伯克，滋生可有畢圖門。畢圖門，回語一萬也。近聞伯克派差，每一明定以萬口。

太陽年與太陰年，算術齋期自古傳。今盡昏昏忘歲月，弟兄生日問誰先。

衆回摩頂似淄流，四品頭銜髮許留。怪底向人夸櫛沐，燕齊回子替梳頭。

才經花燭洞房宵，偏汲寒泉遍體澆。料是破瓜添内熱，冷侵肌腑轉魂消。

海蘭達爾髮雙垂，歌舞爭趨努魯斯。漫説靈魂解超度，亡人屋上恣遊嬉。

作善人稱倭布端，誦經邀福戒鴉瞞。若爲黑瑪娃兒事，不及供差有朵蘭。

雲左山房詩鈔　卷八

乙巳子月六日伊吾旅次被命回京以四五品京堂用紀恩述懷〔一〕

飄泊天涯未死身，君恩曲貸荷戈人。放歸已是餘生幸，起廢難酬再造仁。一唱刀環悲白髮，重來輦轂戀紅塵。枯根也遇陽回候，會見金門浩蕩春。

浹歲鋒車徧十城，舊冬奉命履勘回疆八城，開墾地畝，近復續勘吐魯番、哈密兩城，甫經畢事。花門犛面馬前迎。羈臣幾見膺星使，清秩頻慚附月卿。道光丙戌在籍居憂〔二〕，蒙恩以三品卿視鹺兩淮，懇辭未赴。辛丑罷粵督任〔三〕，復蒙以四品卿赴浙東。至是凡畀京堂者三〔四〕，益滋感悚。雨露雷霆皆聖澤，關山冰雪此歸程。銜恩正對輸臺月，照見征袍老淚傾。

大樹營門禮數寬，將軍揖客有南冠。非徒范叔綈袍贈，不待馮驩劍鋏彈。夙世因緣成締合，一心推挽愧衰殘。格登山色伊江水，回首依依勒馬看。

寓公家室問蒼茫，笑指新豐似故鄉。眷屬寓西安三載餘矣〔五〕。頻附音書煩北海，李石梧中丞。曾同憂患憶南陽。鄧嶰筠前輩。門牆沆瀣雲情重，眷屬在陜，多承及門方仲鴻、劉鑑泉兩觀察解推之誼〔六〕。兒女糟糠絮語長。準備椒盤謀餞歲，屠蘇偏合老先嘗。

校记：

〔一〕詩題，《簣舊集》（卷一）作《乙巳冬月六日，伊吾旅次，被命回京，紀恩述懷四首》。

〔二〕『丙戌』，《簣舊集》作『六年』。

〔三〕『辛丑』，《簣舊集》作『二十一年』。

〔四〕『至是凡畀京堂者三』，《簣舊集》作『前後以四五品畀京堂者三』。

〔五〕『眷屬』，《簣舊集》作『賤累』。

〔六〕『誼』，《簣舊集》作『惠』。

附

和林少穆制軍東歸述懷原韻〔一〕　李星沅

天下安危繫此身，皇衷簣注老成人。歲寒不改冰霜操，地廣能敷雨露仁。萬里軺車鶩漢節，半年籌策靖邊塵。坡翁詩句涪翁筆，留作陰山敕勒春。

當時道濟本長城，百粤樓船横海迎。坐歎炎蒸勞馬援，幾令雪窖困蘇卿。臣殷北向忘羈旅，帝盼東歸算驛程。畢竟孤忠動天鑒，秋陽照爛有葵傾。

牙纛重臨陜甸寬，青門膜拜集衣冠。乍瞻衮繡神先王，細數輪蹄淚欲彈。佛力允推肩荷鉅，雄心肯讓鬢華殘。九州利病千秋鑑，了了螺紋指上看。

伯勞飛燕感蒼茫，舊部依然蟹稻鄉。敢望前規奉蕭相，何期左顧辱孫陽。遠厪弧矢情珍重，强負鹽車道阻長。回首三峯在天外，蓼蟲辛苦共誰嘗？

校记：

〔一〕此詩録自《李文恭公詩集》卷六。

和林少穆先生東歸述懷四律〔一〕　李杭

擁節歸來萬里身，天心常念濟川人。柳營方樹條侯績，棠舍重依召伯仁。雲滿函關騰紫氣，風清隴坂靜黄塵。期公更綰樞衡重，霖雨敷爲四海春。

憶銜丹詔履邊城，烏弋山離鹵簿迎。安遠威名比都護，司農鉅任屬明卿。辛勤鴈户營田役，迢遞龍沙度磧程。玉塞清秋送歸旆，懸知秔稻徧西傾。

北地干城倚孝寬，峩峩劔佩竦危冠。軍聲雷動神驅策，法令山嚴重糾彈。牧馬心勞先去害，鬬羊説妙喻無殘。昨聞蕃部懷威信，萬户壺漿夾道看。

蘇臺迴首意蒼茫，瞻望雲天隔異鄉。伏櫪駑駘思遠道，儀宵鳴鳳仰朝陽。奉揚仁已懷安石，公手書素箑見賜。典雅才真遜偉長。深愧閒居負期許，蓴鱸風味幸親嘗。

校记：

〔一〕此詩録自《小芋香館遺集》卷九。

次韻嶰筠喜余入關見寄

田屯塞下稻分秔，萬里窮邊似一家。使命驚聞來雪窖，謫居曾許泛星槎。雞竿正及三年戍，馬角應憐兩鬢華。還向春明尋舊侶，巢痕回首感搏沙。

暫膺假節又隨君，左右居然兩陜分。攘臂應嗤老馮婦，棄繻或識舊終軍。清陰最喜秦中樹，幻態剛愁隴上雲。何日初衣俱釋負，滄江雙槳逐鷗羣。

附

少穆被命還朝以詩二章迎之〔一〕　鄧廷楨

高皇拓地越烏秅，聖主籌邊軼漢家。擬向輪臺置田卒，特教博望泛秋槎。八城户版輸泉賦，千騎旃裘擁節華。載筆它年增掌故，羈臣乘傳盡流沙。少穆自伊犁戍所奉命履勘回疆新墾地畝，馳驅越歲，徧歷八城，得旨以四五品京堂回京候補。

夔蚿心事最憐君，燕羽差池惜暫分。宣室忽聞新涣汗，霸陵真起故將軍。春風遠度天山雪，卿月重依帝闕雲。往歲詩篇盟息壤，道周相候慰離羣。去春有奉懷詩云：『造物似有意，寘我於道周。旦晚迎公歸，慰我輖飢輖。』

校记：

〔一〕此詩録自《雙硯齋詩鈔》卷一六。

方濂舫太守士淦聞余入關見寄次韻答之〔一〕

輪蹏未息鬢先斑，始願惟期入玉關。垂老重嗤鮎上竹，報恩恐負雀銜環〔二〕。三邊到處都留月，萬里歸來飽看山。漫記泥痕鴻爪在，倦飛早似鳥知還。

補

林園蒼鬱竹枝斑，小隱知君靜掩關。顧渚茶香澆塊壘，虞墩麥飯弔珠環。定遠有虞姬墩。家傳燕許新簪筆，謂長君飲茗太史。心薄巢由舊買山。何日春明扶杖遇，相看兒輩早朝還。

校记：

〔一〕此詩原有二首，《詩鈔》僅録其第一首，其第二首據《啖蔗軒詩存》補遺於後。

〔二〕『報恩恐負雀銜環』，《啖蔗軒詩存》作『報恩祇學雀銜環』。

附

道光乙巳九月少穆先生奉旨來京以四五品京堂候補約計開春當抵都下用阮亭步徐健菴喜吴漢槎入關原韻敬呈二律〔一〕 方士淦

屈指明春柳絮斑，我公應入玉門關。將軍側席容籌筆，天子臨軒許賜環。知有和風融雪海，定留好句鎮冰山。多情每憶輪臺月，曾照征車獨往還。

歸途喜見綵衣斑，聞公子已往住長安。曉日新開四扇關。春到長安雲澹沱，河辭疏勒水灣環。金鼇重躡仙人頂，野鶴休尋處士山。從事少年今白首，閒吟鴻渚祝公還。

校记：

〔一〕此詩録自《啖蔗軒詩存》卷下。

次韻宗滌樓見寄

頻年息影學無懷，敢望回甘蔗境佳。假節承恩驚度隴，時僕甫入關，奉命權督陜甘。

籌戎乏策愧平淮。難防吏舍穿墉鼠，誰縱郵田祭獸豺。安得五丁闢道路，年來番賊多由蜀中竄至，故云。雷霆一震埽塵霾。

次韻答蕭謙谷太守元吉

最羡門庭積慶餘，青臺早授五車書。淩雲綵筆騰金馬，視日花甎佩玉魚。犀角早推梁棟器，龍光直射斗牛墟。潞公留守方居洛，玉尺經過舁筍輿。

自慚遷地敢稱良，飄泊頻年迹靡常。得唱刀環無別望，已成弩末況非強。西陲歎我還留滯，南極知君應壽昌。想見怡園郡署園名公讌後，一罏燕寢正凝香。

槎河山莊圖劉燕庭廉訪喜海屬題

莊在東武九仙山之麓。東坡云『九仙山有二，在東武者，奇秀不減雁宕』是也，劉文正公曾大父西溪農部別墅在焉。文正公嘗讀書其中之錦秋亭。圖爲唐毓東岱作，王麓臺題，劉文清公有詩五首并序書於卷首。

舊傳海上多仙山，虚無明滅窮躋攀。誰知九仙在東武，仙家窟宅留人間。槎河之槎仙所繫，陰崖茆屋相迴環。錦秋亭前讀書處，古木蔥鬱蒼苔斑。山中宰相本仙種，出山高壓羣仙班。當其徜徉弄雲水，逕欲長臥深林灣。真靈位業帝所眷，肯使稷契投寬閒。朝陽鳴鳳在陰鶴，世有霖雨敷塵寰。故山頗恐猿鶴怨，欲尋畫裏扁舟還。作詩徵題付來許，歸夢長結雲松關。我家亦鄰九仙側，閩中亦有九仙山。常見玉女披煙鬟。在山清泉洗我耳，至今猶似聆潺湲。披圖自慨歸未得，空使山靈詈我頑。

曹丹山杰屬題詩稾

雙溪明月舊吟身，匹馬關山句又新。埽盡鉛華見風骨，悲歌狂嘯總天真。游蹤應笑住非住，吟草何論存不存。悟徹隴頭雲水活，底須留取雪泥痕。自名其集曰《存不存稾》。

姜海珊大令以余游華山詩裝成長卷屬題

真恐山靈笑我頑，白頭持節竟生還。煩君玉女峯頭問，可有移文到北山。

巖棲上人以詩求題率成與之〔一〕

聞道吳剛舊締緣，曾修月斧廣寒天。詩中多吳和甫學使評語并題詞。吾衰退盡生花筆，慚負推敲賈浪仙。

前宵吟侶集衙齋，四韻分題各寫懷。最是寒鐘清梵夢，枕邊詩味得來佳。昨課五華諸生，以《寒鐘》等題分詠，上人見而有作，余賞其「詩味枕邊回」之句。

補

爲助營齋誦《法華》，潮音散作曼陀花。近爲先室諷經，始識上人。何期合十參禪後，更玹吟壇手八叉。

半偈修持靜掩關，六時鐘磬彩雲間。上人居彩雲閣。箇中悟徹詩三昧，硯洗平泉綺語删。

校记：

〔一〕此詩《全集》據昆明西山華亭寺藏手書石屏録文，末署『道光丁未長至後族村退叟手題』。凡四首。《詩鈔》僅録存其第三首、第四首。其第一首、第二首依次補遺於後。

烈婦王孺人殉節題句

摩笄山，賢姬死，千載風徽照青史，不謂箴室之中亦有此。我爲作歌，諗諸君子。一解

婉娩弱息，產於龍番，幼事寡母以孝聞。三黨稱之，皆曰淑媛。二解

侍謫仙，挹風雅，萬里提攜入日下。女君已逝惟小君，注硯薰衣足瀟灑。逮事太夫人，禮儀無違者。三解

侍使節，莅句吳；襄内政，忘勤劬。東坡暴下，不可診矣。以身代之，神未允矣。玉棺既降，血淚盡矣。以身從之，乃熊經而殞矣。四解

大吏聞之，請旌如律。輝輝綽楔留南國，巾幗之光，閨門之式。五解

昆華百舍，魂歸來兮。藏於同兆，佳城開兮。小星有曜，長流光於夜臺兮。六解

寫韻樓拜楊文憲公像

伏闕批鱗再瀕死，杖血未乾行萬里。尚餘小築對蒼山，長奉真形照青史。翩翩公子溯新都，蚤歲才名重桂湖。桂湖在新都城内，先生少日讀書處。黄葉吟邀詩老賞，先生垂髫賦黄葉詩，爲季茶陵所賞。青苔句博相公娱。先生七歲擬古戰場文，有曰：『青樓斷紅粉之魂，白日照青苔之骨。』文忠少師深喜之。典墳賅洽時無匹，科目文章俱第一。舊史星文答帝咨，武宗閱天文書，星名注張，又作汪張。問史館及欽天監，皆莫知。先生曰：柳星也。歷引《周禮》、史、漢書以復。先皇實録資臣筆。《武宗實録》出先生手。無何大禮議朝堂，阿旨希榮鄙桂張。養士士能甘竄殛，先生伏闕時宣言曰：國家養士百五十年，仗節死義，正在今日。辭親親亦罷平章。時文忠議大禮，封還御批者四，執奏幾三十疏，以忤帝意罷職。荷戟初來金齒衛，未忘君國匡扶計。尋甸欃槍從削平，先生至滇，值尋甸、安銓等作亂，率僮僕以步卒百餘擊敗之。述其事作《惡氛行》。威州楊柳空摇曳。今樓上屏間刊《垂柳篇》，乃先生過楚雄作也。錦衣豎子嫉如仇，三十餘年瘴海留。馬角非無天語問，蛾眉難脱細

人謀。先生在滇，世宗每問楊某作何狀？近臣以老病對。先生有句云：『遷謫本非明主意，網羅巧中細人謀。』自知不作刀鐶唱，醉墨淋漓聊自放。胡粉蠻花恣冶遊，鳳亭魚穴隨供養。趙州王參議館先生於鳳儀山上，築亭曰『鳳嬉』。又鄧川石穴出魚肥美，先生題曰『丙穴』。碧嶢精舍海莊居，先生在昆明城西高嶢山下搆海莊，題曰『碧嶢精舍』。滇語以嶢爲橋。作記辨之。墨洗方池爲著書。安甯州有先生洗墨池。碧玉泉温春浴後，遥岑樓倚晚涼初。安甯有温泉，先生額爲『天下第一泉』。其上有碧玉樓，改名仰翁樓。又，王白菴太守於安甯城東建遥岑樓，爲先生講學之所。文忠謝以詩曰：『寄謝安甯賢太守，遥岑新建慰吾兒。』况復葉榆多勝友，海光禪室停裝久。感通緣締無極僧，感通寺在此樓後，僧無極卓錫之所。明太祖贈詩十八章，鐫於山門。先生慕無極道行，嘗於《點蒼山游記》中及之。轉注義商覺林叟。大理郡人李太守元陽，自號中溪覺林居士，乃與先生商榷《六書轉注》於此樓者。自署頭銜作老顛，丹鉛萬卷遺殘年。憑欄把袂同觀海，對酒悲歌欲問天。我知遺謫關天意，要與南人益才智。公恕能諧中土音，夷酋木公恕從先生學詩，先生録其詩百十四首，曰《雪山詩選》。土司之詩傳於中土自此始。禺山合作詩臺記。永昌人張禺山含，先生詩友也，築詩臺於保山城西，先生顔而記之。不然蒙段僅荒夷，風雅何人解主持。差同儋耳蘇和仲，便擬潮陽韓退之。又聞榷鹽與濬海，弊政胥因片言改。先生議罷安甯鹽牛税，又罷濬海丁夫。滇人感之。

風徽追仰三百年，先生歿於嘉靖三十八年，距今二百九十年矣。俎豆宜延億千載。我亦投荒未死身，重來持節沐皇仁。遭逢相較真逾分，學業無成愧問津。西南近喜幺麼盪，歸路登樓拜遺像。洱海長虹天半垂，班山初月林梢上。知有英靈駐此中，肯將勝蹟委蒿蓬。重新宗桷須吾輩，英齋觀察與同人鳩工庀材，重脩此樓。好爇旃檀禮寓公。昔從鉅集瞻風貌，先生集端皆有像。今之畫圖亦維肖。雪鬢霜髭寫旅愁，芒鞵竹杖添詩料。被髮何時下大荒，魂兮來止足徜徉。彩雲城郭長無恙，明月關山休斷腸。先生留滇詩云：『彩雲城郭那無迹，黑水波濤亦有神。』又，『腸斷關山明月樓』，即《垂柳篇》中句也。

和孫梧江學使毓溎〔一〕

九隆山翠鎖重重，蠻俗難馴舊段蒙〔二〕。媿乏龍韜攄勝筭〔三〕，翻叨鳳綍奬邊功。頻年芽蘖期除莠，半載馳驅笑轉蓬。臣力就衰天寵渥〔四〕，感恩長此惕微躬。

憶昨籌戎荷指南，驛亭官燭夜深談。司籤喜見攜銀鹿，折柬先勞騁玉驂〔五〕。幸滌蘭滄新浪淨，待懸藻鑑曙光涵〔六〕。者番重過龍泉地，憑仗詩禪八景參。彌勒縣龍泉寺有葉毅菴、汪雲壑、顧南雅諸前輩八景詩翰。

校记：

〔一〕此詩《全集》據故宫博物院藏林則徐手跡録文，題《梧江四兄大人以僕新被殊恩，枉詩見譽，讀之愧漢無已。依韶（韻）寄答，即希斧政》，署『同館弟林則徐拜稿』。偶有異文。

〔二〕『段』，《全集》作『蒙』。

〔三〕『竿』，《全集》作『策』。

〔四〕『天』，《全集》作『無』，疑誤。

〔五〕『東』，《全集》作『東』，疑誤。此句下有注云：『君有紀綱張福書記，翩翩且能跨馬疾馳，頃刻數十里。今春二月，君先停裝普淜，僕擬退舍以避，而張福施來，以君意力邀同住，是夕遂作聯床之談。今見其《菊影》諸詩，清麗可人，誠非蕭穎士不能有此僕也。』按，『住』字當誤，根據文意，當爲『往』字。

〔六〕此句下，《全集》有注云：『春間，君本擬按試永昌，僕與晴峯中丞以時值用兵，奏改來年歲科并試，已邀俞允。』

和吳清如主政嘉淦見賀五律二首〔一〕

舞羽頑難格，張弧徼始傳。蠻天開壁壘，瘴雨洗戈鋋。恩寵慚加秩，衰遲合避賢。白頭髟孔翠，笑倒晚花嫣。瀾滄江外路，戰骨積年寒。此日鋤非種，吾民悔異端。敢誇新冕服，曾褫舊鈎鞶。陳迹雞蟲似，憑君白眼看。

校记：

〔一〕『詮』，原作『銓』，誤。

題項易菴山水卷

墨林惜墨學雲林，抱硯文孫趣更深。紙尾漫云宗祕習，祖庭還遜妙明心。往見子京畫卷，有『孫男聖謩永保祕習』八字小楷，即易菴筆也。以畫品論，實駕墨林之上。作此畫時，年三十有五。

《朗雲》易菴集名新唱喜留題，那復青錢付小奚。香光嘗言：墨林書畫並佳，而題語多累。有乞其畫者，先以青錢遺小童，請爲免題。然則易菴題詠，可謂冰寒於水矣。嵋雪從子玉筍牆東從孫奎傳墨妙，好山都在范湖西。

戊申臘月十九日滇中節署招同人作坡公生日

宋家玉斧臨邊畫，惜公未作苴蘭客。豈知靈爽周八荒，肯使昆華絶行迹。文人到處爲公壽，直欲公身化爲百。我從益部占星文，獨信公神此來格。不聞莊蹻略地時，巴蜀滇黔同版籍。金沙江接芙蓉溪，老君曾度青神驛。但駕峩眉一片雲，飲馬滇池真頃刻。諸葛屯軍壁壘存，子淵奉使碑銘勒。各有因緣留此間，公來把袂非岑寂。彩雲城郭冬不冰，山茶花紅玉梅白。長松秀奪劉景文，佳茗芳逾王子立。憶公中年觴赤壁，鶴飛新曲來腰笛。我今正畜鶴一雙，昨甫得雙白鶴，畜於臥雲仙館。鶴聲穿雲亦裂石。憶公晚年儋州謫，換扇阿婆笑笠屐。今摹公像倩閨媛，不櫛婦姑推合璧。嚴比玉太守夫人王雲藍與喆嗣伯牙、郡丞夫人汪絢霞合摹《笠屐圖像》。真一香斟藥玉船，請公陶然永今夕。拜公公許文字飲，八百年後陪前席。羣公歡讌皆温克，聯吟我愧難爲役。萬里邊陲此會特，盛事傳聞誇爨僰。瓣香留此西南域，一年一度如廟食。恣公神游洱海與蒼山，豈徒左右雙峯耀金碧。

附

奉讀少穆宫保坡公生日詩雄深雅健灝氣流行洵足推倒一時開拓萬古驪珠獨得其餘皆紛紛鱗甲耳因述語次所及復成此詩以誌傾倒〔一〕　嚴廷珏

戊申臘月日十九，東閣官梅香乍剖。尚書設席集賓僚，敬酬一樽爲公壽。尚書族本孤山林，仙名相繼世所欽。古人以仙名者，惟逋翁與坡翁耳。書後一詩久傳誦，《蘇集》有《書逋翁詩後》之作。淵源千載成知音。爲言杭州稱福地，二十年間公再至。西湖惠澤蘇隄存，畫像家家修祀事。又言少時客燕臺，蘇齋壇坫方崔嵬。年年爲公作生日，得句羣推驚座才。嶺南舊憶公遷謫，兩載亦留雪鴻跡。正遇海氛籌筆時，悤悤未暇薦殽核。公雖未到玉關西，嶽降崧生日可稽。滿幅珠璣恣揮灑，要令生面開此題。是日出示伊犁《坡公生日詩》，實爲空前絶後之作。翩然旌旆移南詔，四野清平助歌嘯。值公生日又今朝，笛聲吹徹誰同調。坐中有客前致辭，湖上祀公有專祠。北國次公曾奉使，招要或者迴靈旂。塞外山川頗雄武，馨香未必神其吐。此間玉斧經親揮，當日趙家無片土。八州作督見於詩，公詩『莫待八州督』自注云：『吾前後典八郡。』九死不聞來滇池。俎豆莘莘越萬里，高寒紫府公安知。我云潮陽碑未碎，字字皆公所親載。其言神行如水然，日往地中無不在。使節前曾賦洞簫，威名猶共識天朝。公來若結雲霞契，乘鯉驂鸞未寂寥。公之真氣驚户牖，我覺去公猶未久。已摹笠屐成畫圖，還望晴空數星斗。相傳公爲奎宿。南飛一鶴仙乎仙，期公控之臨芳筵。天涯斯會非易得，我輩盍進瓊瑶篇。四坐吟聲聽未畢，簡師問道奇爭出。就中下筆如有神，尚書得意書偏疾。風月清談壓衆賓，更傳佳詠趁良辰。恍聞公亦掀髯道，從此應多擱筆人。

校记：

〔一〕此詩録自《小琅玕山館詩鈔》卷一〇。

十二月十九日蘇文忠公生辰少穆宫保師招集賓僚設祀宜園卧雲仙館賦呈二律以誌盛會〔一〕　嚴錫康

髯翁乘鶴去，宇宙尚留名。儋耳嘗遷謫，峩眉溯降生。千秋此初度，萬里有邊城。今夕平津館，梅花相對清。唱徹南飛曲，神來縹緲中。升香紅友滿，介壽紫裘同。遺像餘生氣，羣仙拜下風。尚書公後輩，一樣此精忠。

校记：

〔一〕此詩録自《餐花室詩稿》卷五。

己酉上元後二日邀程晴峯同年廖韻樓前輩保紹庭刺史李橋東楊平階兩明府萬壽寺看山茶花有作

滇中四時常見花，經冬尤喜紅山茶。奇觀首數塔密左，汛地名。樹大十圍花萬朵。官齋安得寸根移，但滌罌缾供折枝。縱饒座上徧斕色，那及園林爛漫姿。東君不祕傾城豔，春光盡許吾曹占。平生未惜馬蹏遥，肯使城南花事欠。昨宵小雨替清塵，步屧春風正及晨。禽語鉤輈催曙色，花旛摇曳約詩人。定光寺裏珊枝老，可惜今年開不早。菊瓣羣誇太極宫，太極宫亦在城南，有樹三株，花瓣似菊。還輸萬壽菴中好。菴即在塔密左。小板橋西路幾彎，牆頭先露半林殷。初疑日上榑桑麗，旋訝霜侵楓樹丹。須臾轉入摩尼殿，赭色迷天天不見。火繖高張祇樹林，楨珠遍照空王院。花氣清當雨後天，朝曦初映倍鮮妍。迸開新瓣濃於染，擎出高枝爛欲然。最宜佛座東偏看，銀海光摇紅不斷。誰抛朱絹樹頭纏，豈熾洪鑪林下煅。花光遥撲碧雞闗，欻换燕支塞外山。鶴頂投林翻覺淡，鵑聲嘑血枉留斑。迴思火樹明前夕，似有仙人向空擲。天女淩虚散作花，轉教桃李無顔色。江南我憶衆芳尋，赤玉丹砂亦滿林。梵行寺有端明詠，寺在揚州。拙政園經祭酒吟。園在蘇州。吴梅邨有《山茶花歌》。寶珠色相猶輸此，卻到邊陬歎觀止。合將南詔號朱天，不負行縢一萬里。醉劈雲牋字翦霞，聊憑綺語寫穠華。花神若與詩爭豔，籠取紅紗勝碧紗。

附

己酉上元後二日少穆宫保師招同僚佐往城南萬壽菴看山茶作歌紀盛呈宫保兼示同人〔一〕　嚴錫康

昨宵春雨開新霽，尚書出郭占豐歲。隨侍郊南作俊游，高軒偶向茅菴憩。菴門晝掩修篁斜，中有一樹紅山茶。雨淋日炙雪霜逼，開時壓倒人間花。乍看若錦幛，顔色爭丹砂。再看若火繖，擎出仙人家。芙蓉城闕豁然半空闢，絳雲紫霧交相遮。幾疑此身騎鶴天台去，赤城山畔披朱霞。琉璃燈摇萬盞艶，瑪瑙盤積千重奢。目炫神迷歎奇絶，不能畫取空咨嗟。滇南茶花豔天下，如此奇葩覺尤寡。托根惜非名勝區，金勒鈿車鮮過者。譬彼奇士淪澗阿，晦明風雨獨寤歌。又如佳人老空谷，零落徒傷隨草木。持較此花蹤跡同，年年榮悴荒村中。今朝得逕上公駕，花神含笑臨東風。更喜招邀及吾黨，酒樽茶榼恣奇賞。不攜袁粲笻一枝，誰問阮孚屐幾緉。軒軒車蓋門前停，爨童蠻女觀且驚。老樹成精二百載，品題始獲騰芳名。吁嗟乎！召伯棠，武侯柏，百世人猶思手澤。尚書德業追二公，兹游亦應留勝蹟。歸驄卅里明斜陽，官齋入坐搜枯腸。聊作長歌替花幸，吟魂猶繞花之旁。

校记：

〔一〕此詩録自《餐花室詩稿》卷五。

送傅雪樵士珍宰武城

君本干霄姿，鷙鳥中一鶚。未及摶風翔，十年一氈託。需才會有時，大冶精金躍。蠢爾瀾滄西，頻歲風波惡。釁由累葉滋，譬以分類各。七校紛爭雄，九州鑄成錯。始猶民相殘，漸謂吏可弱。長橋欻斷渡，纍囚擅解縛。斯宜膏斧鑕，敢緩礪鋒鍔。所愧料敵疏，安得籌邊略。君真古脩期，戎冠駿鸃著。上馬琱戈横，下馬露布作。遂使剺面人，羣慝歸簫勺。事定仍拊循，道路振木鐸。君恩重酬庸，剖符許釋蹻。謂茲絃歌邑，鄒魯風如昨。君誠學道者，庶與民偕樂。平生康濟心，每歎吏風薄。及今身自爲，誠求切民瘼。害馬亟屏除，驅雞勿驚愕。張弛猛與寬，政刑簡而約。得人在訓士，化豈不古若。抗心希前賢，神明譽奚作。慚我老病軀，臨歧悵離索。願聞循吏績，差挽末流虐。他時海上鷗，長盼雲中鶴。

題趙秀峯廷俊太守春明餞別圖

鋒車西指蘭津渡，萬疊蠻山撲妖霧。朅來小憩妙香城，頗憶故人隔雲樹。下苑經過迹已疏，金臺追餞亦模糊。義山寄同年詩：『下苑經過勞想像，東門追餞又差池。』何期南詔風塵外，卻見東華主客圖。羨君脱繡歸榆社，蘭玉森森繼風雅。膝前撰杖盡荀陳，夢裏題襟况終賈。我亦同君賦鹿鳴，回頭弱冠舊諸生。圖中人本春明侶，記取嚶嚶求友聲。鬚眉老輩相輝暎，不數蘭亭擅觴咏。萬里依然履舄新，卅年猶想冠裳盛。一鞭明日玉龍關，還望蒼山積翠間。但祝雲泉人矍鑠，永餐芝朮駐朱顔。

題楊平階沃州歸餞圖

漫記分符入剡中，宦情如夢太匆匆。飛鳧人喜來仙吏，失馬天偏試塞翁。輿誦那憑官顯晦，政聲猶在浙西東。君看兩漢循良傳，論定何須進退同。攀轅收涕轉歡呼，一笑歸裝石也無。但使斯民懷直道，底須吾輩合時趨。鼓擑卻是迴帆穩，棋斂非因換劫輸。華岫煙霞昆海月，故鄉何止愛蓴鱸。卅載秋風沆瀣緣，重逢把袂又三年。即今桃李顔非昔，况我桑榆景自憐。臥理未能應納節，卜居無定且歸田。披圖棖觸分襟感，白首臨岐倍黯然。

題趙述園光祖横琴待鶴圖

閱道焚香事告天，琴心遥待引胎仙。那須杜宇催歸唤，早是情移指下絃。

三年聯轡此邊城，各唱驪駒宦篋輕。雲絮飛揚休悵望，四山還起萬松聲。

伽藍寺見牡丹

石磴危泉抱曲欄，四山雲撲寺門寒。東風一夜春光透，剛到花朝見牡丹。

附

戊申仲春從林少穆制府則徐出師永昌道經定西嶺伽藍寺看牡丹制府有詩題壁依韻奉和〔一〕　嚴錫康

薄暮停鞭坐石欄，禪房深鎖碧陰寒。花神也識旌旗過，先倩東風放牡丹。

校记：

〔一〕此詩録自《餐花室詩稿》卷五。

輿縴

山行也學上灘舟，牽挽因人不自由。一綫劃開雲徑曉，千尋曳入洞天秋。漫疑負弩經巴蜀，便當浮槎到女牛。不爲絲繩留正直，此身誰致萬峯頭。

寓意深遠。

相見坡

誰鑿三重岡，亘此一長綫。相去十里中，行人屢謀面。初如鮎竿升，漸學蟻磨旋。每轉必數折，一折輒百變。乍登第一坡，欲下劇兢戰。後望趾反高，俯睨巔或顫。中坡勢稍平，溪橋間堤堰。左挹右拍肩，豁然顧盼便。三坡妙結束，屹立石如煉。曲過嶺七盤，巖逾闗四扇。行久仍在坡，往復疑有戀。如擊常山蛇，首尾互蜿蜒。更如繞樹鵲，三帀不知倦。以此悟戎機，連絡陣勢炫。前茅及中權，後者賈勇殿。儻作壁上觀，巡列目不眩。又悟佛説法，慧照三界徧。了了去來因，豈徒現在現。普觀一切衆，如夢如泡電。嗟哉羈旅客，殊鄉復異縣。參商分東西，伯勞與飛燕。憐爾不如坡，坡猶能相見。

描寫盡致，謝康樂遊山諸作，恐尚未能及此。

奇語妙思，得未曾有。

一粒粟中，現大千世界。如是如是。

己酉九月自滇歸閩同人贈言惜別途中賦此答之〔一〕

恩叨再造愧兼圻，敢道抽簪學息機。壯志不隨華髮改，孱軀偏與素心違。霜侵病樹憐秋葉，風勁邊城澹夕暉。重鎮豈宜容臥理，乞身淚滿老臣衣。

五華山接點蒼秋，卅載鴻泥兩度留。昔喜龍門騰士氣，謂己卯典試事。今勞虎旅破邊愁。池西督師事〔二〕。濟艱幸仗同舟力，定遠還資曲突謀。莫恃征西烽火息，從來未雨合綢繆。

此邦父老共忘形，高會曾誇六百齡。今春與晴峯同年、邀滇中耆舊脩禊，會者八人，合六百有二歲。贈句韻聯新舊雨，臨歧踵接短長亭。鑄金敢聽爐香奉〔三〕，勒石休磨盾墨銘〔四〕。但祝彩雲常現處，文昌星映老人星。

黄花時節别苴蘭〔五〕，爲感輿情忍涕難。程緩不勞催馬足，裝輕未肯累豬肝。膏肓或起生猶幸，寵辱皆忘臥亦安〔六〕。獨有恫瘝仍在抱，憂時長結寸心丹。

校記：

〔一〕詩題，《篤舊集》作《留别滇中同人》。

〔二〕『事』，據《篤舊集》補。

〔三〕此句下，《篤舊集》注云：『省垣爲余設香火，已力阻之。』

〔四〕此句下，《篤舊集》注云：『池西鐫碑，亟令除去。』

〔五〕『花』，原作『金』，據《篤舊集》改。

〔六〕『寵辱皆忘臥亦安』，《篤舊集》作『寵辱皆空意自安』。

附

林少穆宫保引疾歸出示滇中留别諸同人詩四首敬題其後〔一〕

陳偕燦

公忠身許濟時艱，引疾歸來忍置閒。天下安危韓魏國，蒼生霖雨謝東山。籌邊策合傳重譯，論蜀文曾定八蠻。最是碧雞坊外路，瀕行猶軫念痌瘝。

召棠郇黍衆情欽，小范文章蔚翰材。謂長嗣編修。調鼎功宜虚左待，匡時才豈異人任。入山猿鶴烟蘿古，跋浪鯨鯢瘴海深。莫便草堂開緑野，徵車早慰九重心。

校记：

〔一〕此詩録自《鷗汀漁隱詩續集·春雨樓近詩》。

答姚春木寄懷原韻

雪窖投荒荷賜環，勞薪依舊逐塵寰。籌邊乏策慚持節，卻病無方合閉關。敢喜雁門蹄漸復，終愁虎旅技誰嫻。歸田轉幸無田好，豈必桑麻十畝閒。

憶別南樓越十春，詩來喜我被恩綸。誰知按部青門日，已是頹顔白髮人。害馬縱經祛六詔，嗷鴻猶記憫三秦。多君新著《潛夫論》，謂近作《續運川米議》。移粟江湖爲活民。

袁午橋禮部甲三聞余乞疾寄贈依韻答之

星星短鬢笑勞人，回首光陰下阪輪。敢惜殘年思養拙，難祛痼疾劇傷神。安心屢愧承温詔，兩奉恩旨，皆令安心調理。止足原非羡逸民。辜負君恩三十載，况從絶塞起羈臣。

除書頻忝姓名標，自入關來未入朝。謬向蠻方開節鎮，猶聞洋舶逞天驕。瀾滄昨歲鴞音革，珠海何年蜃氣消。病榻呻吟憂未了，殘燈孤枕警中宵。

枉贈新詩字字清，氣和溟海掣長鯨。遥知晝日趨三殿，逕欲迴瀾障四瀛。激宕聲情緣感事，輪囷肝膽喜論兵。吾衰才與官俱退，輸爾豪吟劍槊横。

身似閒僧退院初，維摩丈室闇踟躇。養痾只合頹然臥，懷舊真慚迹也疏。但得支公憐病鶴，肯同趙壹賦枯魚。願君早擁南天節，或許相逢退食餘。

次家嘯雲樹梅見贈韻

瀛壖有奇士，才望重南金。將種論勳遠，儒門殖學深。雄文騰劍氣，雅詠寫琴心。猶抱隆中膝，低徊梁父吟。

相逢話疇昔，感事愧疆臣。瘴海頻年劫，冰天萬里身。膏肓此泉石，擾攘幾風塵。憑仗紆籌策，知君筆有神。

和陶蓮生廷杰贈行原韻

敢道膏肓石與泉，沈痾深恐悮籌邊。頹顔合署三休叟，病骨原殊九轉仙。飄泊身曾經絶域，棲遲恩許惜殘年。儻云止足初衣遂，卻是家無負郭田。

西風匹馬别昆明，叢桂留芳菊有英。也觸故園三徑想，欲尋孤艇半篙撑。名場回首升沈幻，客路銷魂歲月更。獨有停雲勞悵望，柴桑一老最關情。

使君壁上早懸琴，空谷頻年金玉音。健步游行徵道力，高懷跌宕入詩心。吟來妙句知無敵，飲我醇醪匪自今。訪戴未能徒太息，劍河爐岫隔雲岑。

者番長作天涯别，屬和猶慙意莫伸。兩地蓴鱸誰得味，半生芻狗悔重陳。太沖早擬吟招隱，王翰偏難許結鄰。閩海黔山遥問訊，縱非聯襼也情親。

題長恩書室

己酉歲暮，寓南昌百花洲養痾。鄰有以書來售者，自言本閩之平和人，先世游江右，遂家新昌焉。莊姓，名肇麟，木生其字。爲余溯各著述緣起，便便然如數家珍，迥非洛陽、西川各書賈所能彷彿。余既以『長恩』顔其室，復題一律於左。

牙籤萬軸絶纖塵，滿室芸香著此身。奇籍早經銀鹿校，元機更養木雞馴。謨觴傾處多知已，古綆收來好度人。試聽琳琅説金䶬，瀉如瓶水口津津。

百花洲春行追和錢文端公原韻

湖波灩灩漾銀塘，水榭亭亭出粉牆。潑翠林巒涵鏡影，踏青羅綺簇衣香。輕橈乍過游魚躍，短櫂斜分宿鷺藏。駘蕩春光游更好，莫因消夏始招涼。

沿隄屐齒印苔斑，對客凭欄意態閒。蓮認宿根紅欲迸，柳舒新眼緑難攀。疏櫺曲檻文人筆，淺黛微波倩女顔。我在畫中連月住，憑誰摹作米家山。

蔡香祖大令廷蘭寄示海南雜著讀竟率題

君家瀕海習風濤，涉險歸來氣亦豪。天許鴻文傳域外，驚魂纔定亟拈毫。

大化遥霑古越裳，君以乙未秋航海歸澎湖，遭風飄至越南，因紀其事。未通華語解文章。天朝才士來增重，嚮答詩筒侑客觴。

椎結爭迎互筆談，南交風土已深諳。回看渤澥來時路，曾歷更程八十三。

縞紵情敦感異鄉，卻金仍自返空囊。早教越石知清節，肯羨西都陸賈裝。

歸尋驛路指中原，桂管藤州取次論。喜是倚閭人健在，爲言翦紙悮招魂。

始信神州稗海環，總憑忠信歷人寰。瀛壖會有澄清日，憑仗紆籌靖百蠻。

陳樸園大令喬樅屬題其尊人恭甫前輩鼇峯載筆圖

海内經師歎逝波，鄉邦文獻苦搜羅。匡劉未竟登朝業，何鄭俱休入室戈。神返隱屏生豈偶，編傳左海好非阿。者番歸訪金鼇岫，倍感前型教澤多。〔一〕

校记：

〔一〕陳喬樅輯《鰲峰載筆圖題跋》末注云：『則徐庚寅在里中，與恭甫前輩别。甲午在吳門，得凶赴，爲位而哭。嗣頗聞同里諸縉紳于纂修通志事，意見參商，已成巨籍，幾欲盡廢，心甚異之。兹乞病歸里，擬與同人重謀剞劂。適舟過弋溪，樸園年大兄出此圖屬題，意多所感，言難盡傳，因櫽括爲詩一首。吾鄉讀書種子，幾如廣陵散矣，可勝喟然。樸園其諒吾意而教之耶？林則徐拜識。』

家薌溪孝廉昌彝母吴孺人一燈課讀圖〔一〕

九死爭儒業，三生衍珓爻。春暉懷績室，夜課記書巢。母範垂彤管，兒身識紫胞。縱遭懸磬窶，肯使納楹抛。倚市謀交豇，牽車議欲淆。牕虚書似葉，井哭經成茅。薌溪幼時，族老欲令舍業服賈，孺人力爭不獲，自投於井，族衆拯出之，薌溪始得業儒。激切閨中志，研摩大雅交。宫牆瞻俎豆，儀器訪陶匏。孟晉須爲力，詅癡那許嘲。范滂佳傳讀，表聖妙詞教。『阿母親教學步虚』，司空表聖句也。偶倦蓼先折，將明柝正敲。蟲吟催唧唧，雞唱雜膠膠。古本蓮翻朵，心葩竹解苞。遂盈九經庫，盡飫百家肴。樸學羣賢讓，名篇衆腕鈔。方鳴文囿鳳，待起墨池蛟。歎息摇風木，淒涼付電泡。機絲虚月下，燈焰闇林梢。經幔留韋逞，身衣感孟郊。行看花誥錫，親捧出螭坳。

校记：

〔一〕此詩《射鷹樓詩話》（卷一四）録存，前有林則徐撰小序，云：『林母吳太孺人，吾家薌溪孝廉生母也。年二十一，歸太翁卿雲先生。先生以家計故，航海遠遊。孝廉方髫齔，端重不苟言笑。太孺人教之嚴。七歲從學宫觀釋菜歸，太孺人問之曰：「兒見殿上高座之聖人乎？見若四配兩廡之賢人乎？是皆古之讀書窮理、仁義道德中人，兒當學之，科名身外事耳。」以故孝廉即能知立志。稍長，出就外傅。有族人謀使孝廉學賈者，太孺人爭之力，不得，則自擲于井，援而甦，議亦寢。孝廉既得卒業，益自奮，邃經學，博極羣書，尤精《三禮》。年甫冠，聲譽大起。道光二年三月之朔，太孺人年五十三以疾卒。彌留語不及其他，惟切切以立身行己詔孝廉。於是孝廉益深脩克勵，品學日優。道光己亥，以副貢生舉於鄉，六上公車未售。庚戌秋，從京師歸，出其所繪太孺人《一燈課讀書》屬題。余固重母之賢，又深羡孝廉之種學積文，有成母志也，謹題五言二十韻於後。』

雲左山房詩鈔 附卷

曹儷笙相國師七十壽詩〔一〕

首列班行冠百僚，久承恩禮歷三朝。韋平世業忠門啓，韓范崇勳相籙標。趨禁許乘都護馬，綴衣特賜侍中貂。祇今溥海歌清晏，五色卿雲在絳霄。

黄山白嶽早鍾祥，阿鳳清聲落九閶。綺歲調羹詩有兆，髫辰奪錦賦生光。長江日暖鯤鱗化，朵殿風高鶚翼翔。從此紬書盡中祕，藎臣經濟始文章。

回翔禁省荷榮遷，麐角聲華重木天。帝識蘇瓌真有子，人看李白本如仙。珊瑚結網收名士，鐘鼓扶輪仰大賢。僂指星軺凡幾度，冰壺朗澈玉衡懸。

盛事陔南介壽卮，重闈珩佩記當時。官書共促趨朝駕，子職翻違問寢私。頻向江湖思魏闕，早看柤梪肅家祠。登車便有澂清志，萬里雲逵一羽儀。

游歷華階禮數優，周官六職試鴻猷。人倫自擅無雙品，地位應居第一流。漢殿星辰依上相，商巖霖雨契旁求。自從名姓金甌貯，披拂春風到十洲。

往年小醜警萑苻，密運戎機協廟謨。兩翼車旂環赤縣，百神雷雨拱黃圖。星馳露布爭傳捷，雲偃靈臺早獻俘。君奭保釐功不細，坐行籌策奠中區。

紫光復見畫圖新，睿藻親題賚老臣。天闕九重留覺相，雲臺四七證前身。采芝漫羨商山叟，撰杖真誇洛社人。海內耆英尊大耋，壺中歲月紀恒春。

丹華緑字炳星雲，寶籙成書重策勳。榮比桓生非藉古，文如韓子信無羣。翠毛影傍金鑪絢，雞舌香從粉署熏。任子邀恩真異數，況兼桂苑有清芬。

酬知報國兩難言，桃李春官感舊恩。敢爲良材收大匠，差欣小草託清門。頻年自悵青霄阻，隔歲曾親絳帳温。每爲蒼生籌利弊，燕臺風雪夜開尊。

十年密勿掌綸扉，朗曜奎躔傍紫微。書亥喬齡還矍鑠，生申令旦有光輝。羅家宅裏琪花滿，謝傅庭前玉樹圍。愧比李生工擪笛，當筵一奏鶴南飛。

校记：

〔一〕詩題，《小草》作《壽草相國師七十（七律十首）》。

潘雲浦封翁奕雋八十壽詩（一）

金貂門第錦堂春，嘉樹連雲蔭大椿。八座起居延老福，三朝歲月養閒身。公卿海内誇名父，冠蓋江東祝壽人。代是雍和翁矍鑠，皓眉華髮畫圖新。

雅與西湖有夙緣，雪泥鴻爪憶從前。重來就養居官閣，幾度尋春放畫船。衣鉢祖庭傳再世，栴檀香界話初禪。試吟桃李新陰句，未許於陵美獨專。

愛日陳情帝鑒之，循陔重譜白華詩。教忠本自承庭誥，錫類端由荷聖慈。正爲朝廷褒孝治，非關邱壑寄遐思。怡顔忘卻彈冠貴，猶是湔衣扇枕時。

謝草田荆共嘯歌，壎篪伯仲髮皤皤。大蘇得句聯坡潁，小阮娱親憩澗阿。虎阜登臨探勝蹟，鶴洲酬唱寫天和。饒他真率耆英會，爭比天倫樂事多。

茂才遷固蚤知名，六十年來歲月更。誰識香山老居士，依然魯國舊諸生。芹芳昔日思鸞噦，棣萼前番賦鹿鳴。佳話流傳徧吳會，弟晜稽古荷殊榮。

玉樹芝蘭雨露滋，亭亭茁秀長孫枝。早登祕省揮吟管，暫返鄉園介壽卮。鏡裏芙蓉堪接蔭，階前芍藥每題詩。紀羣盛事人爭羨，世掌絲綸在鳳池。

四葉同堂世所稀，壺天日永駐春暉。吹笙手晉三升爵，戲綵身披一品衣。籙註長生仙有骨，詩成自壽佛忘機。桃花萬樹爭含笑，環向尊前著錦緋。

平生私淑仰金昆，一瓣心香在德門。未及追隨聯沆瀣，卻因絡繹證淵源。壽靄正見南弧曜，高會欣開北海尊。自愧天涯違子舍，望雲何以答椿萱。

校记：

〔一〕詩題，《小草》作《潘雲浦封翁八十壽詩（七律十首）》。

蒲城王定九協揆鼎七十壽詩

中和節啓樂熙臺，帝錫蕃釐壽讌開。爛漫天書光相鏡，氤氲仙醴酹春杯。函關雲氣瞻西極，閣道星文炳上台。杖國年高偏卻杖，拜恩剛自講筵來。

梁山華嶽早鍾英，世業青箱舊有名。槐樹生庭占列戟，梅花得句兆和羹。觿辰射策摛金管，簜節掄才握玉衡。合與珂鄉傳盛事，蒲城相籙繼韓城。

度支管領一星周，更總雲司典爽鳩。贊畫戎機心翼翼，平章鈞軸度休休。師干攝職兼三輔，節使巡行半九州。四十年來中外望，濟時真作巨川舟。

文昌上宿本前身，降卯剛宜二月春。家慶已聞鳴和鶴，謂喆嗣登賢書。戎功曾見像圖麟。平定回疆，紀功繪像。樓臺欲起仍無地，藥石全捐若有神。指去年病起事。復旦卿雲盈尺雪，喜逢熟西慶生申。

寄和李石梧撫部癸卯文闈即事原韻〔一〕

三持文柄九能該，公甲午典蜀試，乙未校禮闈，旋視學粤東。此日賓興節府開。地喜鍾靈瞻太華，場名選佛現如來。八千人士摶鵬奮，是科多至八千二百餘人。百二關山候騎催。元禮龍門今再覩，豈徒身擅謫仙才。

平時疾苦憫蒼生，到此開顔問鑑衡。雲水舊將雙眼洗，蓬瀛新結寸心盟〔二〕。聚來韋杜城南客，題就慈恩塔上名。奎壁光臨三五夜，粉廊聽徹盡秦聲。

一麾天漢締初緣，歍歷封圻恰五年。公戊戌典郡漢中，壬寅開府全陝。愛士襟期開廣厦，憂時心事警吹鞭。願教騏驥空羣出，莫負夔蚿著意憐。揀取西京班馬筆，銘勳留待勒燕然。

秣陵三度棘闈中，壬辰、甲午、乙未江南文闈，皆余監臨。猶記朱書押牓紅〔三〕。丹桂一枝仍抱月，白蓮千朵早摇風。衹今雪窖孤蹤老，卻聽霓裳舊詠同。憑仗金天擎砥柱，河聲嶽色古來雄。

校记：

〔一〕此詩《全集》據北京大學圖書館藏手跡録文，題作《撫部石梧先生寄示〈癸卯文闈即事〉詩，次韻奉答，即請是正》。

〔二〕此句下，《全集》注云：『兩主司皆館後輩。』

〔三〕此句下，《全集》注云：『牓頭大書中字，例由監臨丹筆親題。』

附

癸卯監臨陝西鄉試有作〔一〕　李星沅

莘筦籲俊八埏該，陝右龍門訣蕩開。河嶽神奇原間出，漢唐人物此重來。奎躔自合珠杓轉，文戰奚容畫角催。硃墨縱横千萬卷，不知誰是掞天才。

愛士真令歡喜生，宗工品藻妙提衡。冰壺静對皆仙侣，香案分行有舊盟。卻憶錦官成往跡，偶從櫻宴得知名。擁旄無那慚清影，坐聽春蠶食葉聲。

宦游三至信前緣，棖觸名場十六年。磨蝎劇難忘矮屋，聞雞猶恐著先鞭。箇中滋味渾如昨，衆裏升沈祇自憐。今夕故鄉搔首望，阿連辛苦尚依然。

廣寒金粟糝秋中，試揭元鐙墖頂紅。大好樓臺宜貯月，本來關節不通風。新涼露冕三更永，高詠霓裳一曲同。願拓齊賢當日榜，快心入彀盡英雄。

校记：

〔一〕此詩録自《李文恭公詩集》卷六。

李梅生公子杭秋捷再疊前韻爲賀〔一〕

玉出荆山天網該，用子建語。珂庭瓊樹報花開。剛從八水登賢後，快覩三湘送喜來。淡墨標名門第貴，泥金飛帖驛程催。君家真有魁三象，早與安排鼎輔才。公子題名第三。

丹穴歸昌肖所生，靈鍾嶽麓接南衡。摳衣口授青臺籍，問絹心符白水盟。公望公才人早器，臣文臣筆帝知名。拜恩合上焚香表，已兆金坡玉佩聲。

蘂珠宫觀結仙緣，難得蜚騰在妙年。犀角眼中看脱穎，龍文頭地快加鞭。硯傳祖澤成人泣，字記婆留大母憐。此日北堂聞喜處，含飴馨膳倍欣然。

趨庭遥計入關中，好趁春韶踏輭紅。定識登瀛輝蠟炬，待看升座隔屏風。公山正禮應連舉，次君亦應試。懷祖義之敢漫同。乙未僕監臨文闈，亦於撤棘後得舟兒秋捷之信〔二〕。兩世承恩皆特達，薦文奚羨草元雄。

校记：

〔一〕此詩《全集》據北京大學圖書館藏手跡録文，題作《和前詩後喜聞公子秋捷，復疊前韻寄賀》。末署『少穆弟林則徐拜草，時癸卯冬至後四夜在伊江謫所呵凍書』。

〔二〕注文，《全集》作『乙未秋闈，僕在江南監臨，亦於撤棘後得兒子汝舟鄉薦之信』。

梅生公子聯捷南宫選入詞館三疊前韻爲賀〔一〕

選造三升一氣該，金門射策爲君開。洞庭秋月題詩後〔二〕，朵殿祥雲唱第來。青鎖家聲鼇背接，紅綾闗宴馬蹏催。筍班卻共雙松茂，夕秀朝華識楚才。是科楚産，僕識四人。君齒最少，陳小舫在壯齡，魏默深、王子壽兩君則三十年來名宿也〔三〕。髫齡著論玉溪生，弱冠傳文陸士衡〔四〕。茅蕝宜占連步上，芸香真締夙心盟。一封詔注南宫籍，七曜躔符北斗名〔五〕。棖觸當年塗抹事，舊科十七忝虚聲〔六〕。辛未至今十七科，僕當時亦列二甲四名。

家世登龍信有緣，兩番燒尾恰辰年〔七〕。高岡翽鳳先舒翼，空谷名駒又著鞭〔八〕。譜系欣將佳話續〔九〕，才華肯受要津憐。不因人爵脩天爵〔十〕，仰繹丹毫倍懔然。是科覆試命題，以得人爵棄天爵示儆。

正是觥稱絳幔中，泥金帖暎綵衣紅〔十一〕。起居八座如天福，著作三清有父風。擁節頻教修表謝，連枝都許策名同〔十二〕。方壺身到知非小，和句重覘筆陣雄〔十三〕。

校记：

〔一〕此詩《全集》據上海圖書館藏《林少穆詩稿書札》録文，題作《梅生太史聯步蓬瀛，三疊尊甫中丞〈文闈即事〉前韻爲賀，並希和政》。末署『同館弟林則徐拜稿，時甲辰立秋後一日，伊江戍所識』。詩多異文。

〔二〕『題詩』，《全集》作『傳吟』。并注云：『君去歲在楚闈賦《月滿洞庭秋》一詩，格調絶美。』

〔三〕注文，《全集》作：『是科榜中楚産者，僕識四人焉。君齒最少，陳君小舫亦在壯齡，魏默深、王子壽兩君則三十年來名宿也，聞其晚遇，爲之囅然。』

〔四〕此句下，《全集》注云：『樊南十六著《才論》《聖論》，華亭三十作《文賦》，君冠後入庠食餼，二十舉鄉魁，故云。』

〔五〕此句下，《全集》注云：『君列二甲四名，於進呈時降爲第七。』

〔六〕『七』，《全集》徑改作『六』。注云：『辛未至今十六科，僕當時亦謬列二甲四名，故及之。』誤。

〔七〕此句下，《全集》注云：『謂壬辰、甲辰。』

〔八〕此句下，《全集》注云：『白駒、空谷是科帖題也。』

〔九〕此句下，《全集》注云：『《詞林典故》一書，於祖孫父子同館者，皆詳其世系，以爲玉堂佳話。』

〔十〕『爵』，《全集》均作『壽』。

〔十一〕此句下，《全集》注云：『四月廿二日太夫人七秩慶辰，喜報先五日至。』

〔十二〕此句下，《全集》注云：『諸弟皆甚英發。』

〔十三〕此句下，《全集》注云：『君於舊臘見和四律致達，末署小方壺作，僕已珍藏之。今夏寄此詩，亦欲以木瓜致瓊瑤耳。』

寄酬石梧相懷之作四疊前韻〔一〕

十樣鸞箋衆妙該，詩筒珍重浣薇開。秋風鏁院重臨日，舊雨陽關疊唱來〔二〕。絶幕正愁書劍老，寒衣仍付翦刀催。何期天末懷人句，萬里傾心到不才。

回首中原百感生，導河籌海費盱衡。搴茭沈玉誰輸賦，昧雉刳羊屢請盟。曾憶金隄襄保障，謬思樓艦樹威名〔三〕。白頭潦倒雄心退，始悟聞雞是惡聲。

長安西笑似前緣，八口僑居已兩年。杜曲桑麻看植杖，灞橋楊柳記停鞭。豬肝累友原非分，鹿脯療妻亦可憐。蔭得暍人依樾下，薄雲高義此巋然。

玉堂歸省恰秋中，燭撤金蓮照眼紅。鶴髮重幃長愛日，龍門庶士正傾風。頻叨手詔箕裘勉，公於梅生太史春捷、館選，兩表謝恩，俱硃批獎勵〔四〕。豫擬頭銜節鉞同。喬木世臣真不忝，伏雌安敢媿飛雄。來詩有『簪裾久接世臣風』之語，心甚愧之。

校记：

〔一〕此詩《全集》據北京大學圖書館藏手跡録文，題作《奉酬石梧中丞大人見懷之作，四疊前韻，寄請教正》。署：『道光甲辰九月二十五日，伊江謫所晚聞修拙齋中，年愚弟林則徐手稿，並希梅生太史指瑕是幸。』

〔二〕此句下，《全集》注云：『是科公又監臨陝闈，闈前以詩見寄，仍疊癸卯監臨原韻。』

〔三〕『樓艦』，《全集》作『珠蒲』。

〔四〕注文，《全集》作：『公於梅生太史春捷奏謝，奉朱批：「殿試朝考名次俱高，甚有出息。」又於館選奏謝，奉朱批：「勉勵訓導，立品爲先。」華衮之榮，爲從來所未有。』

寄酬梅生見贈五疊前韻〔一〕

聖主籌邊智勇該，新畬頻報塞垣開。荷戈權作輶軒使，負耒原從隴畝來。荒徼得蒙耕鑿利，勞蹤敢憚簡書催。詩人貽我瓊瑤什，紀事端資珥筆才。

稂莠嘉禾不並生，田萊區畫要平衡。南東疆理思成憲，帶礪提封溯舊盟。中外總期無曠土，兵農何必有分名。迢迢一片龍沙路，待聽扶犂叱犢聲。

開闢真教悟夙緣〔二〕，只愁衰白是殘年〔三〕。虎頭舊日懷投筆，馬腹而今悔著鞭。異類犬羊能向化，窮邊鴻雁總堪憐〔四〕。鋒車過處喁喁望，嵍面花門亦帖然。

知君還到玉堂中，九陌花開帀地紅〔五〕。帝籍正看耕禹甸，邊屯也許入豳風。降康長冀豐穰詠，鳴盛咸歌福禄同。西域偏行三萬里，斯游我亦浪稱雄。

校记：

〔一〕此詩《全集》據北京大學圖書館藏手跡録文，題作《梅生世大兄館丈以僕奉使回疆，復用該開韻寄贈。五疊前韻奉酬，即希教正》。末署『道光乙巳孟陬燕九日，同館弟林則徐脱稿於高昌旅社』。

〔二〕此句下，《全集》注云：「辛丑夏，僕於鎮海招寶山求得一簽，首句云：『天開地闢結良緣。』知爲赴新疆之兆。」

〔三〕『是』，《全集》作『屆』。

〔四〕『總』，《全集》作『倍』。

〔五〕『九陌花開帀地紅』，《全集》作『九陌花開爛漫紅』。

石梧復有寄六疊前韻答之〔一〕

雪海冰山化宇該，風行回鶻八城開。豈徒款塞稱賓服，盡樂芸田詠子來。見説解刀牛欲買，似聞布穀鳥先催。羈臣猶荷皇華遣，聖世寬仁少棄才。

白髮蕭蕭太瘦生，棲遲惟戀舊蓬衡。儻容病鶴孤山放，準結閒鷗淺渚盟〔二〕。學稼未成農已老，當官豈羨稷爲名。無端謬附屯田使，愧聽車鈴替戾聲。

疊枉詩筒締墨緣，雲泥見憶感頻年。殷勤勸叱王尊馭，衰朽慚揮祖逖鞭。穡事勉期臣力盡，民依總荷帝心憐。勞薪畢竟成灰槁，爝火餘光那復然。

豐穰屢報羨關中，積貯充盈窖粟紅。四野膏濃苗仰雨，兩年化治草從風。縱成塞下營田議，難與岐西井地同。垂穎鋪菜皆政澤，提封五馬久稱雄。

校记：

〔一〕此詩《全集》據北京大學圖書館藏手跡録文，題作《石梧中丞年大兄大人以徐有履勘回疆墾田之役，仍用該開韻贈詩見勖，亦疊前韻寄謝，即蘄粲政》。

〔二〕『準』，《全集》作『誰』。

石梧移撫吴中七疊前韻奉寄〔一〕

繁會三吴政賦該，記曾滁籀大藩開。攀轅在昔留難住，移節而今喜再來。詣闕觚棱前席接，過江鉦鼓峭颿催。東南半壁闕宸念，簡擇端推間出才〔二〕。

上籌國計下民生，酌劑難平燕雀衡。卮漏竟無終日計，羹埋誰作指天盟。未遑積貯因輸賦，競逐紛華爲務名。敗絮笑將金玉飾，仗公實政黜虚聲。

粃糠前度話因緣，三仕江東憶十年。未與嗷鴻迴菜色，難除害馬愧蒲鞭。連檣飛輓終無策，比户追呼劇可憐。最是禾棉將熟候，別風淮雨聽凄然。

春暉聞尚駐秦中，舊部仍瞻宋幔紅。南國棠移當夏日，北堂萱到待秋風。禁中燕許家聲繼〔三〕，吴下周文襄湯文正治績同。屈指制函歸掌握〔四〕，三江坐鎮總師雄。

校记：

〔一〕此詩《全集》據北京大學圖書館藏手跡録文，題作《前詩尚未繕寄，聞中丞調撫吴門，七疊前韻，再呈教正》。署『道光乙巳天中節，年愚弟林則徐在西域於闐旅次脱稿並書，擬寄至西安，轉遞吴門，不知何時始達，尤不勝遠道懷人之感云』。

〔二〕『簡擇端推間出才』，《全集》作『簡畀端推間數才』。

〔三〕此句下，《全集》注云：『公由西安入覲，適哲嗣梅生太史蒙恩留館。』

〔四〕『屈指』，《全集》作『轉瞬』。

石梧五十初度八疊前韻寄祝

仙佛前身福慧該，登瀛十載節樓開。方壺早擁祥雲住，猗舫重迎愛日來。公於吴門節署搆竹屋，曰『猗舫』，奉太夫人游賞。桐葉閏添知壽永，是年閏五月。荷花生晚借詩催。六月廿四日爲蓮花生日，公早一旬。聲華籍盛年華富，天語親褒有數才。御批公疏有

『年富才明，學優品正』之語。

玉笥峯高溯挺生，芙蓉紫蓋應璣衡。長庚入夢天人見，太乙臨壇水月盟。粵蜀輶軒頻得士，江淮草木盡知名。湘東三管從頭記，金石猶聞擲地聲。

吏事餘閒結墨緣，不將絲竹遣中年。簿書電埽無留牘，輸挽星馳似著鞭。拔⿰貴巠强宗驚角折，飄蓬舊侶感心憐。白頭愧我邀青眼，每展緘題一靦然。

春秋鼎盛日方中，四代堂開戲綵紅。萱閣歡增慈母壽，蘭階榮接侍臣風。中和樂職三台耀，位業真靈萬福同。唱到南飛雲際鶴，節旄高擁大江雄。

雲左山房詩餘　附卷

賀新郎 題潘星齋畫梅團扇顧南雅學士所作也

驛使曾來否？正江南、小橋晴雪，一枝春透。誰向故園新折取，寄作相思紅豆。休錯怨、丰姿清瘦。數點花疏饒冷韻，待宵闌、獨鶴來相守。香雪海，漫回首。合歡扇在君懷袖。最多情、團團明月，邀來梅友。不待巡檐頻索笑，已共臞仙攜手。且漫擬、逃禪楊叟。南雅學士詩中有此語，故及之。但按《醉花陰》一闋，君有《醉花陰》詞，答人題畫梅作。問幾生、脩到能消受？紙帳底，夢回後。君又有畫梅紙帳。

念奴嬌 題潘星齋藤花館填詞圖

緑陰庭院，有垂垂纓絡、香風滿架。一種芳情消不得，譜就吳歈親寫。宿酒纔醒，疏簾半捲，新曲翻來乍。幺絃按否？還他明月良夜。　更羨錦織迴文，軒題寫韻，一樣耽風雅。笑拍吟肩聯句出，雙影翩翩花下。鏤月裁雲，偷聲減字，待繡香羅帊。小紅低唱，隔簾鸚鵡休駡。

買陂塘 題潘紱庭午年午月午時生詩册

想前身，兼修仙佛，得來清福如許。宫衣疊罷香羅雪，恰是郎君初度。攜角黍，趁蒲酒，酣餘繫看紅絲縷。階前玉樹，正夏日陰濃，薰風披拂，送入木天去。　怡情處，綵服翩翩起舞。對牀還共聽雨。華年慘緑雙連璧，秀絶紫芝眉宇。推定數，有奇格，安排命坐三重午。他時記取，亥歲三公，酉年曲蓋，且喫懶殘芋。

壺中天題伊小沂江閣展書圖

江天空闊，看滄波萬頃、明月千里。高閣憑欄閒展卷，洗眼幾重雲水。排闥青山，打頭落葉，都入狂吟裏。風牀讀罷，鈎簾宿鷺驚起。最憶文選樓前，平山堂下，少日趨庭地。大塊文章憑付與，交徧過江名士。手澤今留，頭銜舊换，仍戀青燈味。廣陵官閣，更添多少吟思。

附

壺中天和少穆中丞韻題伊少沂江閣展書圖（一）　葉申薌

是誰老手，寫江閣摹取，當年錦里。獨抱遺編臨檻曲，放眼參觀雲水。高樹盤空，小溪横彴，俯仰乾坤裏。晝長人静，茶煙一縷初起。笑我書癖空耽，頻年奔走，硯席安無地。羡爾身宜邱壑置，名下原無虚士。四壁蕭然，一經傳得，嗜此醰醰味。臨岐題贈，吟懷聊慰離思。

校记：

〔一〕此闋録自《小庚詞存》卷二。

百字令 乙未春蘇州定慧寺建蘇公祠落成適石士宗伯由浙還朝余與同人餞於祠中之嘯軒屬黄穀原作雅集圖别後宗伯成長句見寄余未及和今歸道山令嗣淮生來索乃爲補題

吳門高會，是髯仙去後，重聯主客。三百年來無此樂，何減羽衣吹笛。散髻斜簪，高歌舉琖，醉埽千人石。風流跌宕，君身自是仙骨。　今日粉本傳看，比黄公壚下，河山長隔。爲問乘風歸去者，天上是何宫闕？酒賦徒留，賓筵竟渺，俛仰空陳迹。楓橋隱隱，飛來還見明月。

金縷曲 題劉西堂驚濤收釣圖

夙負淩雲氣。更爭誇、雙丁兩到，奪標連轡。弱水瀛洲違咫尺，墜落簿書叢裏。

看珠海、汪洋無際。緑綺調琴花作縣，剎那間、羊角中流起。波浪惡，乃如此。收綸卻羨蒓鱸美。算隨身、書囊硯篋，辦裝容易。穩坐青氈堪嘯傲，載酒人多問字。差勝似、征帆馳駛。顧我風塵頻鞅掌，望臨津、何日扁舟艤？題畫障，動歸思。

月華清 和鄧嶰筠尚書沙角眺月原韻

穴底龍眠，沙頭鷗靜，鏡匳開出雲際。萬里晴同，獨喜素娥來此。認前身、金粟飄香，拚今夕、羽衣扶醉。無事。更憑欄想望，誰家秋思。憶逐承明隊裏，正燭撤玉堂，月明珠市。鞅掌星馳，爭比輭塵風細。問煙樓、撞破何時，怪燈影、照他無睡。宵霽。念高寒玉宇，在長安里。

附原詞〔一〕

島列千螺，舟横萬鷁，碧天朗照無際。不到珠瀛，那識玉盤如此。劃秋濤、長劍催寒，倚峭壁、短簫吹醉。前事。似元規嘯詠，那時情思。卻料通明殿裏，怕下界雲迷，蜃樓成市。訴與瑶閶，今夕月華煙細。泛深杯、待喝蟾停，聽畫角、恐驚鮫睡。秋霽。正三人對影，不曾千里。

校记：

〔一〕此闋《雙硯齋詞鈔》卷下收録，有題記云：『中秋月夜，偕少穆、滋圃登沙角礮臺絶頂晾樓。西風泠然，玉輪湧上，海天一色，極其大觀，輒成此解。』詞中用字略有不同。如『聽畫角』，《雙硯齋詞鈔》作『嗚畫角』；『正三人對影』，《雙硯齋詞鈔》作『記三人對影』。

喝火令和嶰筠前輩韻

院靜風簾捲，篁疏月影捎，閒拈新拍按瓊簫。惹得隔牆眠柳，齊嫋小蠻腰。自闢清涼界，斜通宛轉橋，家山休悵秣陵遥。翦取吳紈，寫取舊煙梢。喚取幽禽入畫，對舞雲翹。

附原詞〔一〕

風細筠初脱，雲輕葉慣捎。小樓何處喚吹簫。恰似青蛾翠袖，扶醉舞纖腰。邀笛前時步，垂楊舊日橋。萬竿煙雨故山遥。一樣含漪，一樣弄鳴梢。一樣黄昏月下，如雪鷺雙翹。自注云：廨東小軒十笏，修篁一叢，兀雨摇煙，娟好可念。瀹茗相對，翛然有故園之思矣。

校记：

〔一〕此闋《雙硯齋詞鈔》卷下收録，題記作：『廨東小軒十笏，修篁一叢，戛雨摇風，娟好可念。瀹茗相對，翛然有故園之思矣。』詞中用字亦略有不同。『雲輕葉慣捎』，《雙硯齋詞鈔》作『雲輕月慣梢』；『扶醉舞纖腰』，《雙硯齋詞鈔》作『扶醉舞招腰』。

高陽臺和嶰筠前輩韻

玉粟收餘，罌粟一名蒼玉粟。金絲種後，吕宋煙草曰金絲醺。蕃航别有蠻煙。雙管横陳，何人對擁無眠。不知呼吸成滋味，愛挑燈、夜永如年。最堪憐、是一丸泥，捐萬緡錢。　春雷欻破零丁穴，笑蜃樓氣盡，無復灰然。沙角臺高，亂帆收向天邊。浮槎漫許陪霓節，看澂波、似鏡長圓。更應傳、絶島重洋，取次迴舷。

附原詞〔一〕

鴉度冥冥，花飛片片，春城何處輕煙。膏膩銅盤，枉猜繡榻閒眠。九微夜爇星星火，誤瑶窗、多少華年。更那堪，一道銀潢，長貸天錢。星楂恰到牽牛渚，嘆十三樓上，暝色淒然。望斷紅牆，青鸞消息誰邊。珊瑚網結千絲密，乍收來、萬斛珠圓。指滄波、細雨歸帆，明月歸舷。

校记：

〔一〕此闋《雙硯齋詞鈔》卷下收録，有異文。「明月歸舷」，《雙硯齋詞鈔》作「明月空舷」。

金縷曲 春暮和嶰筠綏定城看花〔一〕

絶塞春猶媚。看芳郊、清漪漾碧，新蕪鋪翠。一騎穿塵鞭影瘦，夾道緑楊煙膩。聽陌上、黄鸝聲碎。杏雨梨雲紛滿樹，更頻婆、新染朝霞醉。聯袂去，漫游戲。謫居權作探花使。忍輕拋、韶光九十，番風廿四。寒玉未消冰嶺雪，毳幕偏聞花氣。算倏了、邊城春禊。怨緑愁紅成底事，任花開、花謝皆天意。休問訊，春歸未？

校记：

〔一〕鄧廷楨《綏定城看花》，即《金縷曲·偕少穆同遊綏園》，《雙硯齋詞鈔》卷下收録。附後以供參考。

金縷曲偕少穆同遊綏園〔一〕

怕説春明媚。掩閒門、枝横瘦緑，苔生荒翠。忽漫招攜聯騎去，爲訪柳疏花膩。把細徑、春痕穿碎。一角牙旗風外展，敞銀屏、淺酌蒲桃醉。催羯鼓，蔗竿戲。俊遊卻話當時事。黯漂零、幺絃十八，紅橋廿四。未必尊前愁暫祓，轉教花銷英氣。枉自擬、山陰修禊。雁柱華年真一夢，問嚄鵲、可解離人意。春漸老，勸歸未。

校记：

〔一〕此闋録自《雙硯齋詞鈔》卷下。

又寄黄壺舟

淪落誰知己。記相逢、一鞍風雪，題襟烏壘。同作羈臣猶間隔，斜月魂銷千里。愛尺素、傳來雙鯉。爲道玉壺春買盡，任狂歌、醉臥紅山觜。風勁處，酒鱗起。來詩有『風勁紅山起酒鱗』之句，余極賞之。烏絲闌寫清詞美。看千行、珠璣流轉，光盈蠻紙。蘇室才吟殘臘句，承録示《坡公生日》詩及和余除夕之作。君所居曰『步蘇室』。瞬見緑陰如水。春去也、人猶居此。褪盡生花江管禿，怕詩人、漫作雲泥擬。君和余句云：『詩才無謫有雲泥。』讀之甚愧。今昔感，一彈指。

買陂塘癸卯閏七月

記前番、明河如練，一雙星影纔渡。者回真算天孫巧，不待隔年來聚。誰作主？任月帳、雲屏再綰同心縷。翎尼解事，看兩度殷勤，毛衣禿盡，填出舊時路。含情處，脈脈一襟風露。天涯棖觸離緒，追歡早把芳時誤，此夕匏瓜如故。愁莫訴。怕再上鍼樓，又被黃姑妒。何時歸去。盼白鶴重來，玉笙吹破，或與子喬遇。

雲左山房試帖 附卷

賦得好竹連山覺筍香得山字

嗜筍偏成癖，篔簹未忍删。生機頻看竹，香氣覺連山。節想龍孫抱，枝憑鳳尾攀。驚雷芳意逗，過雨翠痕斑。到眼雲千疊，歡心玉一班。煙梢浮動處，風籜有無間。餐後休思肉，聞時合破顔。客參禪悦否，試對此君閒。

賦得樹德務滋得滋字

建樹須明德，脩途務在兹。因材原必篤，有本莫如滋。夜氣爭消長，冬心善護持。懋哉誰邁種，勤止既敷菑。智水根苗茁，情田灌溉施。四時柯不改，百穫穀能貽。幹事推貞者，芸人笑舍其。培成叨聖澤，廣運頌丕基。

賦得一卷冰雪文得文字

一卷名山業，飄然謝俗氛。瀟湘聊小隱，冰雪此高文。字挾嚴棱起，詞披密屑紛。頭銜清寫照，牙慧豔流芬。壺滌生花筆，函排積絮紋。凍痕敲楮認，真味嚼梅聞。縷繪冬心託，聰明淨界分。何如鼇禁直，灑翰徧煙雲。

賦得文昌氣似珠得珠字

紫極文昌曜，中宵望氣殊。六星光映斗，一色貫成珠。璧府精芒射，璇源的礫俱。媚川雲漢倬，照乘帝車扶。擿豈龍淵接，穿應蟻磨趨。胎光分月暈，盤影轉天樞。上將台躔應，餘輝列宿無。璣衡欽聖治，呈瑞協珍符。

賦得書名玉杯得杯字

書味醇稱董，名篇記玉杯。其章追琢貴，此義酌斟來。言玷磨應盡，謨觴妙畢該。一瓻奇未借，三雅祕誰開。目醉琳琅地，心傾麴糵才。殺青霏作屑，浮白美於回。入夢吞爻比，銜華樂聖推。衢尊天醴沃，上壽奉金罍。

賦得卷簾燒燭看梅花得簾字

窗前梅正放，休卻夜寒嚴。欲照頻燒燭，相看試卷簾。銅荷摇眼底，銀蒜動眉尖。索笑横波漾，披香夕燄添。幾枝邀入座，一穗助巡簷。鉤挂花魂定，燈挑酒力兼。開疑延睇燕，光欲澹明蟾。拚得西湖醉，冰姿信手拈。

賦得露似珍珠月似弓得江字

月露高秋夜，凭欄俯大江。珠光騰遠渚，弓勢湧奔淙。仙掌纍如貫，波心射未降。囊盛堆琲百，潭印訝弦雙。潛窟鮫嘑誤，疏林鳥夢慺。瀉盤仙佩解，激箭浪花撞。滴瀝應還浦，彎環恰挂窗。香山詩思在，寒氣逼銀釭。

賦得書味夜燈知得燈字

誰共耽書癖，熒熒夜一燈。似知三味永，相對十年曾。茹苦清輝吐，回甘樂趣增。名山神鬼對，老屋雨風仍。料得生花喜，應無嚼蠟憎。淺嘗滋我愧，同嗜讓君能。破睡胸中在，留光眼底騰。盎然清趣領，脩録悟傳僧。

賦得石磴瀉紅泉得紅字

潮聽泠泠響，麻源路已通。試攀巖磴碧，恰瀉澗泉紅。琴筑千峯裏，丹砂一噴中。山門霏絳雪，石罅漾晴虹。絶壁驚捫蘚，飛流欲映楓。濺泥成渥赭，嗽玉染玲瓏。豔奪霞標建，濃經旭景烘。者番茶夢熟，已隔輭塵風。

賦得遠峯隱半規得規字

南亭宵佇月，峯遠得來遲。霽色含千嶂，棱痕隱半規。遥青排闥送，微白隔雲窺。蟾影刀頭露，螺鬟鏡底虧。缺隨坡斷續，光逗樹參差。倒印弦疑滿，將昇魄未離。彎環松徑度，破碎竹林篩。看到團圝後，層岑影又移。

賦得敬實不求華得誠字

應事俱崇實，升禋更致精。浮華徒外飾，肅敬本中生。尚質陳明水，居歆重太羹。德馨昭降格，神聽貴和平。南澗湘蘋意，西鄰瀹菜情。儻難符萃假，莫漫告豐盛。有廟歌匏爵，于郊異稷牲。齋心通肸蠁，千福荅皇城。

賦得吹萬羣芳悦得哉字

羣籟高秋入，登臨亦快哉。方千情共悦，吹萬物因培。清竅憑虚發，歡心應響來。豫鳴調槖籥，咸感暢埏垓。扇喜揚仁奉，襟真挹爽開。動之君子德，樂只聖人孩。大塊原噫氣，馮生合阜財。盛時敷雅化，綏屢頌熙臺。

賦得萬木無聲待雨來得來字

萬木濃陰護，雲容頃刻催。不聞天籟響，惟待雨聲來。隔樹紛鋪靄，前山伹殷雷。圍青森野竹，蔭緑靜庭槐。美景消林薄，狂飆息水隈。交柯無落葉，繞屋絶飛埃。急點跳珠未，重痕潑墨纔。須臾農望慰，聖澤遍埏垓。

賦得古硯微坳聚墨多得多字

試墨宜佳硯，淋漓手自磨。古邀名士愛，坳聚客卿多。活眼沈雙鴝，旋紋注幾螺。割雲開淺暈，瀉露走圓渦。點認紅絲潤，痕隨黑玉拕。筆花濃著瀋，燈影蘸生波。妙製疑銅瓦，奇文稱臼窠。拈題寒夜詠，微涷又輕呵。

賦得一字拔人得人字

一字非疏署，山公此拔人。士能登諤諤，語不藉陳陳。兩石强甯挽，千金價足珍。遨榮逾袚衮，行恕記書紳。增損懸門待，推敲入座親。師尊齊已拜，朋正漢童神。宏奬風流得，評題月旦真。矧逢軒鑒朗，特達荷恩新。

賦得百穀權輿得輿字

百穀奚資始，欣當夏日舒。作甘惟稼穡，得氣此權輿。蓺黍盈堪累，飛糠析豈虚。錙銖籌糝粒，輻輳趁新畬。粟獻同操量，禾生祝滿車。播曾歌俶載，食不歎無餘。恰秉灰炱令，應占億秭儲。農功欽肇敏，羣勸服疇初。

賦得四時和謂之玉燭得時字

浹宇游和氣，咸欽帝授時。玉光符朗潤，燭照驗雍熙。斡運虞環協，昭融燧炬施。測圭占正景，燦斗準渾儀。輯瑞衡齊政，調鈞火紀師。坤珍原待闡，離見本無私。庇穀嘉祥應，燔柴禮祀宜。式如瞻聖度，揚烈炳昌期。

賦得冬夏播琴得琴字

西南嘉穀植，冬夏土膏深。生意疑吹律，方言記播琴。犂翻流水調，鍤響衆山音。涼月寒畦佇，薰風暑隴侵。種黄桐計茂，眠緑稻連陰。一撥農家譜，三登爨下心。成虧頻望歲，解阜合聞吟。六氣調虞軫，綏豐愜聖襟。

賦得練迹校名得官字

黜陟嚴三考，循良勵庶官。練餘成迹著，校彼令名難。治效宜臚實，公評亦並觀。戴星徵吏績，仰雨證輿歡。善最稽逾密，神明謽罔干。心堪於水監，口或有碑刊。履憲同求愜，絃聲豈浪彈。矧逢垂拱日，廉察法常殫。

賦得井收勿幕得收字

井爻居上吉，時出豈淹留。象異無禽舍，功從勿幕收。轆轤歸腕底，障翳揭泉頭。掬月秋欄敞，披雲夜甕浮。瓶隨深處挈，綆任古來脩。守器符頻調，娛賓轄禁投。九三偕用汲，二八竟飛流。睿藻宣羲蘊，恩波溉被周。

賦得民生在勤得興字

宵旰求依切，因循詔示懲。生之惟德大，勤止則民興。勸士陰須惜，明農粒各登。日中通賈利，月試考工能。作所思無逸，持心懔有恒。於嬉荒並戒，克儉美同稱。象驗忘勞悦，功求補拙增。敉甯瞻黼座，釀化洽蒸蒸。

賦得歲豐仍節儉得仍字

盛世常崇儉，豐饒未敢矜。劭農民已裕，節用聖相承。播穫新畬富，輸將舊貫仍。財惟均九式，歲不侈三登。去汰原非吝，持盈貴有恒。倉箱歸實貯，土木戒繁興。總爲知依切，從教積慶增。樸醇皆向化，長此應休徵。

賦得冬日可愛得和字

一樣曈曨日，經冬便足多。天教寒者暖，人愛氣之和。但得喧頻負，無煩凍屢呵。氄毛憐昧谷，晞髮趁陽阿。真覺温如纊，翻驚疾似梭。行蹤宜北陸，畏景異南訛。丹珥皇朝瑞，黄棉野老歌。離暉欽久照，獻曝荷恩波。

賦得月傍九霄多得秋字

何處多明月，皇都一色秋。高懸霄漢路，恰傍帝王州。上界諸天接，清輝特地留。九重金闕啓，三五玉輪浮。法曲聆霓羽，寒芒射斗牛。影鋪閶闔滿，人訝廣寒遊。萬里情雖共，千潭景盡收。少陵吟左省，那比直螭頭。

雲左山房佚詩　卷上

葉縣

此間例著令公賢，父母能慈吏亦仙。今日政聲論遠近，楚民籍已豫州編。
好龍龍肯與君親，便信風雲會有神。麟鳳共知希世物，但教創見也驚人。
名論不磨。
我已兼旬別上都，朝天亦欲借飛凫。卻詢當日神仙履，可脱人間一網無？
妙語解人頤。

爲秦琴山題清微女道人畫蘭册

繡佛熏香得畫禪，滿襟清露寫芳妍。人間愁絶瀟湘景，棖觸秋心到梵天。

好句欲仙。

西風萬里賞心遐，珍重諸仙散後花。留取國香長結佩，莫教芳草怨天涯。

嘲僕

奚囊萬里從輪蹄，消受塵埃面目黧。但免當關謀嚇鼠，不妨失睡懶聞雞。胡盧一笑癡難賣，餉餟千場醉似泥。無那主人歸索米，累伊仍齧翰林虀〔一〕。

妙語解頤。

校记：

〔一〕『翰林』，《林則徐詩集》《全集》均作『太常』。

題新安曹相國師花洲餞别圖和蘇齋先生韻圖爲分宜萬上遴於嘉慶丙寅年作

秀擷章江艤棹遲，還朝俄聽履聲移。承恩未作三年客，師視學江西兩載，即擢工部尚書。述德兼推兩世師。太夫子文敏公先視學於此〔一〕。去日匡廬真識面，歸來蘇圃合留詩。即今水木清華地，百花洲亭匾曰『水木清華之館』。猶憶台垣擁節時。中正和平，亦風亦雅。

鎖闈清迥倚湖東，明鏡三洲在眼中。江西貢院在東湖之東，則徐去秋典試畢，嘗登明遠樓望百花洲。奉使敢矜衣鉢付，溯源深仰鑒衡公。芰荷餘豔圖虛碧，桃李新蹊匝軟紅。恰值祖庭增盛事，青藍先後一門同。則徐丙子秋試所録，多由師視學時識拔之士。丁丑師校士南宫，聯捷春榜者，又出師門。昨循故事，引門下生入謁，師出此卷命題，適添一段佳話也。風韻不凡。

校记：

〔一〕書眉原注：『注中太夫子之稱，畢竟未典，應易之。』然終未改易。

題陳芝楣都轉三世傳硯圖

墨雲舒卷護書巢，三世陶泓訂石交。鸚鵡洲前淩健筆，江波蟠起研池蛟。警策之筆，拔地倚天。

萬石君兼即墨侯，早傳清白裕孫謀。繡衣此去端溪近，話到三生石點頭。

題馮笏軿紅杏枝頭春意鬧圖

風光駘蕩遊絲嫋，燕子簾櫳亂紅繚。雨聲消息昨宵多，翠幙銀幡趁清曉。冶情催起詠花人，萬疊濃雲擁一身。女伴攀枝呼及第，歌兒張宴號爭春。郎君得意拈毫笑，擬與古人結同調。小宋風流綴麗詞，大馮點染開新照。史書插架讀三唐，才華依希接選郎。宋景文小字。醉紅迷金供索句，遊蜂舞蝶惹同狂。絳綃漬透胭脂膩，一色妖燒鬬明媚。瞥眼都成碎錦坊，何人權作探花使。詩成把酒爲花歌，紅暈平分杏靨酡。百褶衣緣霏霧重，九天珠玉落風多。畫樓東畔摇紈扇，忽觸明霞飛片片。短几還宜貼地張，後堂盡許褰簾見。卻憶京華首重回，曲江新宴待君開。豈因春色家園盛，翻厭尋芳陌上來。我有瀾言爲君道，今年花似去年好。圖中人已面紋粗，祇恐流連被花惱。三生慧福孰能兼，占盡韶華頗不廉。悟徹優曇天女散，不知趺坐一枝拈。

薰香摘豔，唐人中近温、李一派。

此種在集中為别調。

善戲謔兮，不失風人之旨。

題李海颿宗傳海上釣鼇圖

男兒置氣狎龍虎，四海八荒若庭户。興來遊戲凌滄洲，蹴踏煙波作漁父。天風蕩蕩瀛東來，三山滉漾金銀臺。潛虬無聲老蛟臥，巨鼇騰出何雄哉。怒濤拍山山疾走，群鼇戴山不見首。翻身吹沫海風腥，霹靂一聲忽驚吼。此時英雄奮臂肘，神物會須落吾手。雲爲餌兮月爲鉤，冰練掣兮風絲柔。榑桑枝頭一竿掛，珊瑚網底千綸收。須臾萬壑互噓吸，乾坤蕩摩鬼神愁。鼇身軒昂作人立，銜鉤爲君出窟宅，天吳海若留不得。爰爲告曰：鼇兮鼇兮，汝之生也如有神，自從女媧斷足立四極，歷三萬載誰能馴？穆王駕鼇不汝役，武皇斬蛟不汝瞋；雖有昌黎驅鱷、太白騎鯨，惟汝不可以威伏而力爭。噫！蓬山嵯峨兮，弱水澄清。吾將濯足兮，策汝以行。

沐日浴月，驅濤湧雲，真是大手筆。

雄壯之概，咄咄逼人。

袁子才謂題圖詩多不必作，向深不以為然。似此等詩，天仙化人，不可思議，直是青蓮復生。必傳之作，豈猶不當存耶！

題羅次垣明府升梧夢影圖

蕊珠宮中宵冥冥，戴筐魁斗聯六星。駢羅禄籍收英靈，將擷蘭芷升之庭。朱衣老人側耳聽，濳下塵界馳雲軿。寰中一生髫齔齡〔一〕，玉樹皎皎衿青青。讀書讀律如瀉瓶，琅函萬帙當窗欞。倦來隱几燈火熒，仙風吹下清泠泠。導之乘雲躡鳳翎，翩然不解誰所令。天門詄蕩開重扃，今夕何夕登王廷。上方祕笈光瓏玲〔二〕，示爾神識爾敬聆。摳衣再拜心感銘，歸來顧影虛亭亭。十載羲娥移晦暝，一朝聲價騰青萍。南宮注籍千佛經，神君姓字書御屏。鳧飛南來揚江舲，仁風披拂膏雨零。忽悟夢境皆真形，放衙被裡魂忪惺。君才槃槃新發硎，鯤鵬雙幻搏滄溟。一日千里如奔霆，丹成九轉無留停。三刀何足稱前型〔三〕，腹上應比生松丁。况聞天道鼓有桴，吾曹隨寓忘餖飣。還君此圖餘芳馨，使我欲夢不欲醒。

此詩從東坡脱胎，妙在遺其貌而得其神髓。

校记：

〔一〕眉批：「髫齔齡」三字，有本否？」

〔二〕眉批：「瓏玲」是聲，似與光字不貫。與「玲瓏」稍異。」

〔三〕眉批：「稱前型」三字應再鍊。」

梁芷鄰觀察章鉅五十初度寫報閏圖寄祝並系以詩是年閏七月

玉瑲昭華已奏功，鶴飛一曲趁清風。仙心合擬淮南子，壽骨遥推河上公。秋是八千還遇閏，詩成五十未稱翁。用放翁句。看君直節長承露，驗取高岡百尺桐。

用典妙能雅切。

東阿旅次贈龔閬齋觀察麗正〔一〕

分符曾忝鄭公鄉，君杭州人。鄰照還瞻召伯棠。任江南上海道。東閣誰知遲捧袵，北轅纔喜共停裝。壬午四月入都，始晤君於山東逆旅。班荆野店三更月，待漏爻閭五夜香。引見召對皆同日。最羨承恩頻顧問，一門華萼總聯芳。君召對時，蒙垂詢賢昆季甚悉。有約歸程共首塗，薊門回望賦卬須。一從目極停雲久，幾夕心懸墮月孤。同日出都，忽又相失。桑下佛緣經信宿，蘆中人影認模糊。相逢笑指東阿道，仍許周行示我無。予以阻雨留東阿，而君始至。

友誼纏綿，詩中畢露。

校记：

〔一〕詩題上原批『删』字，故《詩鈔》不録。

周石芳師六十壽詩甲申二月

聖代隆文藻，儒宗擁節旄。祥精鍾嶽麓，清望屬湘皋。江中春暉麗，弧南夜彩高。壽人蘄綰綍，佳士溯薰陶。憶荷先皇澤，榮簪秘殿毫。書紬皇甫謐，燭撤令狐綯。禁漏鏘珂珮，宮花顫錦袍。題名金管擅，作賦玉音褒。度已嚴繩墨，隨人恥桔槔。秋心擷芳茝，晨饌斥邪蒿。東觀華資歷，南齋異數叨。三天資講習，九列任翔翺。考禮陳雞次，談兵肆豹韜。霜寒感烏哺，雲起待鵬遨。更畀戎樞掌，旋兼啓事勞。清型知共凜，直節孰能撓。赤白丸方試，蒼黃議忽遭。本期馴雀鼠，誰料沸蜩螬。得失忘華組，輕閒載短舠。棐忱頻戀闕，清夢偶游濠。薄蝕霾終散，含貞菜可芼。蒲輪仍賁帛，楓陛正懸鞀。甘澤霖重霈，狂沙浪已淘。對揚新笏版，嚴整舊衣䄍。試數掄才地，彌欽朗鑑操。琴材能賞爨，瑟瓚總歌髦。汾水蛟珠拾，岷江藺縠繅。奇觀廬阜漫〔一〕，壯采廣陵濤。甲歲皇華始，丁年筆陣鏖。不才甘退舍，何意謬魁曹。大冶人堪鑄，單門氣亦豪。選樓奇造鳳，文海釣連鼇。敢謂傳衣鉢，良由荷覆幬。謁容裝[illegible]館，贈有吕虔刀。沆瀣淵源合，房師沈鼎甫先生，亦出夫子門下。風塵日月慆。胥江重負笈，吳艇屢揚篙。趨步慚驊騄，文章報雁羔。問奇仍載酒，索句漫題餻。愛士心常切，憂時首更搔。鶴糧輸蓋俸，鴻澤靖哀嗷。化雨宏滋物，和風厚飲醪。扶鳩初刻杖，䴂雉已流膏。芝朮和雲種，松篸拔地牢。壽華開若木，春醴進仙桃。絳帳莊鴻案，丹山振鳳毛。三台占汁緯，九疊奏琅璈。鸞紙金花燦，龍書玉簡弢。修齡衍旗翼，懋績媲伊咎。枚卜資調鼎，封圻佇建翮。頌詞惟紀實，掞藻媿風騷。

校记：

〔一〕『漫』，後改作『瀑』，又復如初。

楊雪茱秋窗滌筆圖

平生自笑文章俗，枉怪中書老而秃。腐儒未解棄毛錐，鈍腕終愁負不律。如君妙筆抽秘研，應自江郎夢中出。毫端那有纖塵凝，漫向秋窗費湔滌。憶昔十五二十時，鬥敲銅鉢吟新詩。雲藍紙薄寫宫體，鮮似閩山紅荔枝。同時獻賦與秋薦，皎若玉雪看風姿。每抽花簟隸新事，到眼森碧瑶林枝。京國十年數相見，南北耑分鴻與燕。峨峨閶闔開九重，執戟郎官值殿前。羔羊退食歌威遲，古緑蕭疎上寒面。西山朝來氣正爽，拄笏巡檐日千遍。白雲樓頭秋復深，資君旦夕成高吟。琴材笛材左右種，清風飄飄吹美襟。廟堂贊治俟丹筆，散髮那許遺朝簪。君不見，梧桐可棲竹可食，鳳皇千仞揚清音。

吳菘圃協揆涵恩歸櫂圖〔一〕

玉殿辭榮早，金隄鞏績堅。王尊真作障，疏廣且歸田。繡野開芳墅，虚舟濟巨川。熙朝誇盛瑞，元老在林泉。及此看圖畫，星芒暗尾箕。還從卸帆日，想見覆甌時。軒冕空山夢，江湖魏闕思。全家涵帝澤，斯意後人知。

校记：

〔一〕詩題上原批『删』字，故《詩鈔》不録。

題延尚衣緑竹圖照

東南之美會稽竹，左右檀欒看不足。尚衣使者寫得之，徑欲移居入篔谷。自是君身有仙骨，用杜句。稱此千竿萬竿緑。披衣攬卷花露濃，坐聽瓶笙茗初熟。奇礓三尺繡蒼蘚，涼卉千莖散紅縠。哦詩終日逍遥遊，不用繁音沸絲月。去年江左苦歲儉，編户流離感炊玉。吾方守土拙籌計，估舶闗津拜仁粟。君懷育物如吹筠，誰獨閒情寄林麓。國風詩人詠淇澳，更附韓宣頌嘉木。鳳凰那不翔高岡，竹實生時下來啄。

寒溪相傳酇侯追淮陰處

一去人驚國士無，重來帝僅小兒呼。早知異日烹功狗，何事臨歧縶白駒。逝水無情雲變幻，大風有恨血模糊。至今夜雨寒溪漲，道阻猶嗟我馬瘏。

虛白道人住持武侯祠三十年手編祠墓圖志裒然成帙喜其用心之勤詩以贈之

比似南陽結草廬，道人有道此中居。二千尺愛祠堂柏，三十年通宰相書。欲附大名垂宇宙，善推奇陣護儲胥。演八陣圖甚精。請看黄石仙蹤近，同是功臣命不如。子房辟穀處，近在留壩之紫柏山。

中秋夜宿鳳縣署齋與方六琴明府飲得詩二首用六琴原韻

一尊邀月泛觥船，重結衙齋信宿緣。活水暗添池半畝，好山斜抱屋三椽。良宵難得晴如晝，清吏偏饒酒似泉。話到桑麻情倍永，勞心端賴使君賢。

凉露如珠濕桂叢，簾波樹影漾玲瓏。吹簫擬引鳴岡鳳，南岐山有鳳鳴其上，故縣以鳳名。灑翰慙非戲水鴻。明府以紙囑書。破夢每驚牕月白，酡顔仍對燭花紅。中夜月色爛然，余疑已曙，起坐對燭，覺酒氣猶醺醺也。明朝大散關前道，匹馬題詩憶放翁。

甘三滋蒼從陳秋坪文游有年秋坪歸道山貧而無子滋蒼經紀其喪葬且爲立孤歲時周恤之所藏受業圖繪秋坪丈坐石上已立而侍執弟子禮甚恭師亡十餘年而瓣香之奉歷久不諼是可敬已秋坪丈爲餘父執文章氣誼久爲後進所推許拜觀此圖不能無詩〔一〕

烏虖先生長已矣，遺像乃猶見於此〔二〕。侍其旁者甘氏子，事師如生師不死。在三之義澈終始，昔年學經並學史，餘事兼傳詩畫髓。師言吾無隱乎爾，聚沙而雨石投水。又言生也果佳士，緩急之間足吾恃，生死交情衆莫比。吁嗟乎。騎鯨仙人去一紀〔三〕，一綫之延亦僅耳。後事如絲賴君理，報師九泉師亦喜。君亦心喪慟難已〔四〕，手持此圖淚盈紙。滋蒼滋蒼我所韙，風義如君今有幾。

校记：

〔一〕此詩甘澍輯《陳秋坪先生遺稿題詠》亦收録，有異文。

〔二〕『像』，《陳秋坪先生遺稿題詠》作『德』。

〔三〕『騎鯨仙人去一紀』，《陳秋坪先生遺稿題詠》作『秋草衰墳今一紀』。

〔四〕『亦』，《陳秋坪先生遺稿題詠》作『猶』。

和馮笏軿六十自壽詩

銀河如練桂花秋，老鶴銜來碧海籌。才子前身是明月，詩家清福付扁舟。幔亭會近笙歌沸，陶舫君所居齋筵開水竹幽。一曲南飛懷自寫，倚聲吾欲夢黄州。

神駒一出馬羣空，齠齔先驚筆陣雄。幼時試輒冠軍。千首詩傳《稊米集》，君所著詩。卅年榜掇蕊珠宮。嘉慶戊子領鄉薦。鶯花眷屬君有此圖神仙姤，石墨琳琅棟宇充。試檢秘文蘄曼壽，延年字合署飛鴻。

看花興懶豈逃名，廿年未上公車。門祚須君一力撑。雞肋難抛禺筴計，鴿原常篤移華情。頭銜薇省虛前席，心事芸牕對短檠。爲道彈冠今未晚，春風管領老書生。

蘭話堂深集屨綦，羣公觴詠祝梨眉。多生最與詩緣密，少飲偏於別趣宜。蓬閬秋清雲氣護，芝田宵潤露華滋。君看玉樹年年盛，何止羲之有獻之。

題梁吉甫舍人載書圖

簪筆翩翩直五雲，鄴侯緗帙手親分。壓船虹影滄江貫，插架芸香畫省熏。除是汗牛無長物，喜教巢鳳誦清芬。詞頭倍信文章貴，草就黃麻即典墳。

藜光照案藥翻階，萬軸牙籤取次排。觸手香生曼華館，君所居室。等身藏憶太平齋。尊公所居曰心太平齋。函開宛委風吹袂，夢入鄉嬛月滿懷。倘許一鴟頻借讀，百城權擁眼重揩。

題李潤堂龔伯秋柯草堂圖〔一〕

淩煙照耀丹青色，偏寫幽情愛泉石。人世浮沈幾草堂，故山鶴侶猶相識。筆妙非從六法尋，胸中自貯好山林。庭柯颯颯秋風響，正讀楹書起壯心。

校记：

〔一〕詩題上原有墨批『删』字。

題李潤堂龔伯秋林逸興圖

將軍好武復能文，驥子蘭筋本軼羣。寶氣難爲藏匣劍，素心偏似在山雲。秋林自埽風千葉，瘦石還添竹二分。久别卻於圖畫見，要期麟閣策奇勳。

題張雲巢直指青選明月送行圖〔一〕

虹橋垂柳餞筵開，一别揚州首重回。明月不隨江水去，使星還擁節花來。次公高蓋承新寵，召伯甘棠認舊栽。漢室牢盆天下計，力扶衰敝仗雄才。

除書同荷主恩偏，才拙何堪合避賢。去夏居憂在籍，蒙恩簡淮鹺，呈請大府代奏辭免。敢學王陽迴折阪，早推祖逖著先鞭。政成禹筴風斯偃，吟到官梅月又圓。獨有三山留未得，攀轅父老悵閩天。

校记：

〔一〕詩題原有『即送赴兩淮直指任』，後删去。

老鷹崖

健翮何年脱臂鞲，摟身天外獨昂頭。平蕪灑血呼難下，華嶽留尖見亦秋。老樹枝疑森鐵爪，彩霞光欲閃金眸。平時搏擊何須爾，傳語山靈早化鳩。雙管齊飛，妙在映合自然，故殊凡手。

雲左山房佚詩　卷下

恭和御製〔一〕

全材七載備秋卿，淑問恒思協允明。日近龍光恩倍渥，春聞鳳紀序初更。蓼蕭肆雅霑醲澤，葵藿傾陽荅至誠。瑞雪喜符三白侯，辛祈元穀兆豐盈。

校记：

〔一〕此詩録自莫友棠《屏麓草堂詩話》卷三。鄭麗生《雲左山房佚詩》收録，《全集》未收。

鄭少谷先生詩册爲陳望坡中丞題〔一〕

法王微狩忘朝昏，八黨柄國崇夷髡。豨龍毒甚銜花鹿，天寳正德難殊論。先生憂時抒孤憤，抗疏拜杖披天閽。遲清歸來見初志，行吟蘭芷搴荃蓀。草堂瓣香有真髓，黄河冰色非知言。細律靡以硬語掩，豈直感事聲爲吞。兹册署年毅皇末，江湖每飯猶思存。書如杜評亦瘦硬，豪端跳趴棱可捫。我從觽辰識公筆，冰清本是公詩孫。南湖一臥風雨夕，蟠扁瞻肅桑苎園。中丞真鑒復□此，秘以篋衍同璵璠。晉安風雅定有繼，敢云無佛聊稱尊。

校记：

〔一〕此詩録自《林則徐詩集》。原係鄭麗生據手跡攝影本迻録。原無題，末署『望坡中丞大人命題，即乞誨定，林則徐呈稿』。今題目爲鄭氏所擬。

題生公石上論詩圖〔一〕

談詩如説法，索解入三昧。空靈有錘煉，船山先生評君詩如此。真諦出肝肺。當時神劍遇，不惜唾壺碎。點頭片石知，挽手兩人對。今宵夢山塘，南飛酒誰載。寥寥廣陵散，渺渺青霞佩。喜君吟身健，勿使詩力退。

校记：

〔一〕此詩録自《全集》。原據蘇州滄浪亭回廊壁手跡刻石録文，有題款云：『道光乙未四月，京江行館題，應子堅先生屬，即正，少穆林則徐。』以下各詩，均録自《全集》，不一一注明。

五虎門觀海〔一〕

天險設虎門，大礮森相向。海口雖通商，當關資上將。唇亡恐齒寒，閫安孰保障。

校记：

〔一〕此詩原據林昌彝《射鷹樓詩話》（卷三）録文。

寄悼書田先生〔一〕

先生精醫不言醫，酒酣耳熱好論詩。小滄浪館昔聯襼，題箋鬥韻相娱嬉。韶華彈指逾五載，我歷荆襄青鬢改。别來未寄尺素書，只道靈光巋然在。今逢姚令共泛舟，始知君亡蓉城汙。欲招黄鶴一憑弔，楚天木落空悲秋。惟君推解遍鄉里，鴻雁哀鳴少流徙。清門累世澤孔長，何况克家多令子。雲旗摇颻泖水東，簳山山色長葱蘢。豈徒方技足千古，盛業應歸文苑中。

校记：

〔一〕此詩原據《何書田印譜》録文。

題明張忠烈公遺像〔一〕

聖代重褒忠，謚典光泉壤。耿耿心不磨，臨風每弔往。憶昔明季時，張公人共仰。卅城不日收，中興如指掌。一木竟難支，精忠委叢莽。至今展遺容，神姿何英爽。焚香一再拜，靈風起虚幌。

校记：

〔一〕此詩原據中山大學歷史系提供《林文忠公書札墨寶》影印件録文。末署『東冶林則徐敬題』。

文軒大兄大人誨畫〔一〕

天下幾人學杜甫，誰得其皮與其内。劃如太華當我前，跛牦欲上驚峭崪。名章俊語紛交諭，無人巧合當時情。前生子美衹君是，信手拈得俱天成。

校记：

〔一〕此詩原據首都博物館藏手跡攝影件録文。

敬題悔木老夫子大人集後即送還里恭求誨正〔一〕

鴻跡天涯百感侵，倚樓詩思雜仙心。楚騷漢樂兼才筆，海日江潮入醉吟。婆尾畫圖三管豔，折腰官味十年深。香山司馬今華髮，手寫新詞庋二林。

甘棠陰護七閩天，判牘餘閒記擘箋。官閣爐香聞擊鉢，射堂燈影落吟鞭。九原月旦傷知己，一瞥風花淡世緣。李露桐中丞撫閩中，師以政績、文章最爲賞識。中丞去職後，師六賦歸興矣〔二〕。松菊未荒歸詠好，頭銜原不詡鶯遷。

穠華時節轉蹉跎，再踏紅塵起浩歌。臺憶黄金情感舊，家傳白璧手重摩。蕭閒琴鶴原清吏，得失蟲雞付夢婆。燕市酒酣頻擊築，西風獵獵助長哦。微名弱冠忝終軍，多荷憐才祓濯殷。榕嶠樞衣曾問字，薊門揮麈更論文。曉風殘月詞誰續，潭水桃花影又分。記取十聯屏上句，金華遥盼出山雲。

校记：

〔一〕此詩原據趙睿榮《悔木山房詩稿》卷首録文。署『甲戌九月三日受業林則徐呈稿』。

〔二〕『六』，疑爲『亦』之訛。

道光壬辰四月小庚年老前輩大人過任城出庚午雅集圖重摹本見示並屬題句燈下草草應命不值一粲〔一〕

廿年鴻雪此重摹，省識高陽舊酒徒。休對清樽悲白髮，應憐宿草感黄壚。倦遊倍憶鄉園樂，真面猶堪主客呼。何日四公同握手，圖中存者蓮渚、芷林、硯樵、小庚四君子。更聽春鳥唤提壺。

有客披圖自倡酬，如攜舊侣共扁舟。豪情激宕驚□□，妙句推敲合拍浮。過我重攜□□酒，酌君應上謫仙樓。□□□□山味，何礙頭銜署醉侯。

校记：

〔一〕此詩原據林家溱藏手跡録文。

宫保尚書雲汀老前輩大人六十壽詩〔一〕

重鎮南平半壁雄，良臣幹國奏膚功。上以手詔褒公，有『幹國良臣』之諭。許身稷契經綸大，度世佺喬位業崇。弧宿聯輝依斗北，海籌添算耀江東。廿年開府垂名久，纔是平頭六十翁。

長沙太尉溯茅封，八翼飛昇近九重。宗派流通紅藿水，紅藿山下有藿草溪，稍折而至陶家灣，即公所居。地靈祥起紫華峯。紫華峯又名仙女峯，在安化縣之東，三峯並立，中峯獨高。即看崖有陰功號，公家南有陰功畬。早信人宜間氣鍾。石是印心心是印，生前星宿已羅胸。

清芬名德重資江，貽轂親培玉樹雙。虎穴投書驚早避，事見先公《萸江集》中。龍文落筆健能扛。離離蘅杜三秋佩，采采芙蓉七澤艭。積慶源深身未遇，豫知門第啓麾幢。

儲精降昴應昌期，鶴立松昂骨相奇。早兆商霖蘇暑暍，見《英江集》中二子名字説。還舒趙日愛冬曦。生於冬月。絳紗曉侍談經塾，白紵宵吟勵志詞。聞説秋風同鶚薦，蟾宫消息報先知。嘉慶庚申鄉闈，公與先公同薦而獨雋，先公早得夢兆。

瀛洲草緑早鶯飛，禁柳毵毵又染衣。射策金門懸日月，抽毫玉署散珠璣。蓮燈憶撤承明直，萊彩曾因定省歸。直使勳名垂汗簡，親承庭誥果無違。先公有放榜日示公詩云：『須看千古登科記，幾個勳名焕汗青。』公誠無負斯言。

梯棧連雲奉簡書，青天萬里壯遊初。斗間秋訪仙人石，益部星占使者車。英蕩遠持冰鑒澈，參苓親採藥籠儲。西川吟草輶軒記，集著驂鸞總不如。

柏府蘭臺夜集烏，鐵冠峨柱耀清都。朝陽翽鳳排雙闔，避道花驄出九衢。青鎖黄門叨夕拜，丹墀紫禁記晨趨。早知謀國經猷遠，獻納先幾協廟謨。公爲科道時，疏凡十餘上，其中如緝捕匪徒、三急五宜、請端吏治之源、參奏吏部重讖及陳湖南旱歉情形等疏，尤爲讜直之言，彈劾不避，屢蒙仁廟嘉奬。

鎖院分衡玉尺齊，南宫深處月華低。荆山奇璞光先剖，赤水神珠目不迷。日下芙蓉榮作鏡，春官桃李燦成蹊。郡今中外爭輝映，都憶龍門舊品題。奎玉亭總憲、程恕堂方伯，皆公分校禮闈所得士。

東南秔稻轉江淮，帝遣巡行曰汝諧。官舫宵停堅腹澤，神祠晨謁肅心齋。五千樓艦波光動，卅六湖陂鏡影揩。籌運更聞陳四事，積儲深繫藎臣懷。

豸繡巡邊氣壯哉，鼉叢兩度陟崔嵬。銅梁樹色高行部，玉壘山光擁外臺。路轉三巴卿月朗，阪馳九折峽雲開。想當叱馭褰帷日，已信精誠達上台。

帝簡皋蘇臬事陳，並門重兄古風淳。晉祠流水含膏澤，虞阪單車賴拊循。芟舍塵清棠勿剪，圜扉雨潤草皆春。開藩滌籀恩稠疊，未及移旌到七閩。調閩臬，未之任即擢皖藩。

南國旬宣露冕勤，節樓坐晉撫三軍。中樞管領紓籌策，安徽撫部例兼提督。左藏清釐杜糾紛。在皖清查各屬倉庫，奏定彌補章程，皆報可。氣蓋皖山天削柱，潤敷黃海嶽興雲。大猷從此宏康濟，要樹封圻第一勳。

中澤鴻嗷水氣昏，辛勤撫字活黎元。封章半寫窮簷淚，振貸頻邀御廩恩。庭下帶圍思閱道，殿前圖畫有監門。鴉軍更遣消螟螣，田祖何須秉畀煩。在皖振荒，全活無算。又飛蝗爲鴉所食，吏民神之。

直上塗山絶頂看，宣防規畫衆流安。芍陂興溉田俱沃，樊惠穿渠績不刊。萬井桑麻回秀色，一源桐柏障狂瀾。廉泉貯作荒年穀，露積能生蔀屋歡。登塗山，策全淮形勢，因築堤治陂，民被其利。又倡捐籌備義倉，經畫尤詳。

憶承温詔萬方頒，忠義宏羅奏牘間。盡使貞魂光俎豆，長留浩氣重河山。藻蘋行潦揚芳烈，椒荔清風起懦頑。更採圖經編地志，千金《吕覽》有誰删。道光元年，詔祀歷代忠貞，公悉以名上，疏列最多，繼復表彰勝代殉節諸臣，遍訪貞婦烈女，悉請旌表。安徽省志之修，亦自公倡之。

茂苑俄看節鉞遷，剪江東下一帆懸。來蘇舞隊盈吳會，望歲歡聲動海壖。澤國正嗟沈竈日，金隄方議塞河年。此時宵旰殷南顧，偉畧匡扶屬大賢。

重臣規畫贊中朝，飛輓雲帆蜃霧消。碣石但循滄海轉，析津誰道薊門遥。真看鵬運搏溟渤，未覺鯨波蕩沃焦。十潊放洋商舶穩，早教紅粟太倉饒。國朝海運，自公創行由崇明之十潊佘山放洋直達天津，毫無阻礙。

渺渺煙波震澤包，三江舊跡未應淆。安流直導吳淞下，餘勢全趨滬瀆交。斥鹵分腴成樂國，原塍錯繡畫春郊。仍傳望海籌昏墊，美利還思濬白茅。

運河畚鍤手親操，坐看連檣轉萬艘。畫鷁旌旗雲際下，乖龍鱗甲窟中逃。曲阿城映湖光合，京口潮來海氣高。今日蓄宣成法在，誰知區畫費焦勞。蓄丹陽練湖，濬丹徒横閘通江之路，運道以濟。

冠加孔翠燦峨峨，儀羽彯纓映玉珂。鼇首三山初日耀，鴻毛萬里順風多。圓光預擬聯雙璧，清德惟思詠五紽。偉績不慚華衮獎，高岡梧鳳矢卷阿。豈徒大纛與高牙，邁等宫銜又拜嘉。早並疑丞稱夾輔，遥知才望重承華。韋皋出鎮平漳領，韓滉酬勳僕射加。總爲泰交符一德，天教姓字入籠紗。

八洲作督紹前光，江北江南控制長。筐篚三邦修職貢，弓刀十部肅戎行。氛消瀛海萑苻靖，軌順河渠竹箭防。一事前籌勞借箸，新添霜鬢爲鹺綱。

艱巨頻年併力營，天心獨鑒此丹誠。雌黄詎肯摇浮議，貞白惟思答聖明。考績詔隆華衮獎。道光十三年京察，嘉以辦事實心。十七年京察，嘉以辦事勇敢。趨朝恩錫介圭榮。兩番述職諮前席，計日都經月魄盈。九年、十六年兩番入覲，召對皆十餘次。

天書親捧出彤庭，甲第長凝御墨馨。臣詡石湖榮賜牓，帝嘉高密世傳經。貞珉萬古輝雲漢，絶壁千尋炳日星。奕葉祥貽忠孝印，堯文羲畫泐岩扃。乙未冬覲，御書『印心石屋』額以賜，恭摹泐石。

公望公才帝股肱，成名彪炳豈心矜。折衷羣策奇功就，立斷當機大勇能。寵辱不驚磐石固，渟涵無際海波澄。茶陵相業東山績，先後三奇合並稱。

即論文字亦千秋，大集觥觥入選樓。直以雄才凌屈宋，還將餘事壓曹劉。光騰蓬閬三山壯，氣挾江河萬古流。到處登臨濡大筆，墨緣都許雪鴻留。

後塵曾步忝瓊林，賦政還依棨戟臨。培塿豈能瞻泰岱，滄溟何意納涓涔。勳高倍仰汪汪度，寄重同懷翼翼心。此日鄰光慚接跡，台雲翹首佇爲霖。

千尺喬松黛色參，萬家生佛祝東南。青霄老鶴瞻裴令，紫氣猶龍識李聃。羹向鼎中斟雉美，脯從筵上擘麟甘。長生報來傳輿誦，更有温綸沛澤覃。

歲歲天題福壽兼，康强逢吉久同占。家惟積善多餘慶，世亦蒙庥各引恬。樹背堂宜融洩樂，齊眉籌共唱隨添。階前鸞鵠看停峙，貽穀長承雨露沾。

南飛曲奏壽杯銜，想見掀髯興不凡。温擬溯洄通一葦，難抛簿領掛孤帆。祥雲佳氣看鍾阜，甘雨神功接傅巖。聖代雍熙公矍鑠，連圻吴楚慶和諴。

曩甲午秋，則徐在江南闈中，撰座主曹太傅文正公八十壽詩，體用上下平七律三十首。公見而賞之。則徐因言：『公之勳望豈在太傅後。他日晉鼎臺，登耆耋，亦當持是爲壽。』公曰：『此言可踐乎。』笑而頷之。今歲冬仲，值公六十攬揆之辰，敬憶前言，不揣弇陋，撰成七律三十章，郵稿致祝。雖瓦奏匏宣，未足揄揚百一，而公華齡方盛，枚卜行膺，所以述景祐而頌蕃釐者，正未有艾，請以兹言爲左券也。道光十七年歲旅疆圉作噩長至前十日，臺館後學林則徐識於武昌節署。

校记：

〔一〕此詩原據陶用舒提供之《陶氏族譜》卷八録文，並參校長沙陶成龍家藏鈔件。今據《資江陶氏七續族譜》重校。

謝嶰筠前輩餉荔枝〔一〕

蠻洋煙雨暗伶仃，忽捧雕盤顆顆星。十八娘來齊一笑，承恩真及荔支青。

校记：

〔一〕此詩原據林則徐《己亥日記》録文。按，道光十九年四月初四日載，『鄧制軍遣弁送荔支來，其色尚青，口占一絶謝之』。

和韻三首〔一〕

力挽頽波隻手難，齋心海上禮仙壇。樓臺蜃氣還明滅，欲棹歸槎恐未安。

敢辭辛苦爲蒼生，仗節瀛壖愧擁兵。轉得虚聲馳域外，百蠻傳檄謬知名。

一葦安能縱所如，思鄉惟望抵金書。欲知雙鬢新添雪，恰切江船握別初。

校记：

〔一〕此詩原據上海金氏武藏手跡原件録文。

奉送澤軒二兄大人入關用嶰筠前輩韻即正時癸卯子月望日〔一〕

九重恩重一身輕，七載馳驅萬里程。就日欣移專閫節，望雲知慰倚閭情。行看翠羽金花爛，况羡藍田玉樹生。兩子皆穎悟。遥計拜恩三接後，還膺閫帥領邊城。

校记：

〔一〕此詩原據吉林省博物館藏手跡原件録文。末署『愚弟林則徐拜草』。

梅生太史寄示春闈試卷讀至白駒空谷試帖賞其寄託之深聊復效顰二首録奉噴飯知必笑其倒繃孩也〔一〕

漫道駒能縶，高蹤未易親。青山空谷路，白馬素心人。翔影巖前月，鞭絲樹外塵。峯回千里足，雲掩五花身。徑豈終南捷，才堪龔北掄。食苗曾永夕，吹黍待回春。夙負馳驅志，今爲草莽臣。閒天方考牧，行地要騏麟。空谷高賢去，名駒白似人。不汙真皎皎，靡及舊駪駪。大隱原隨地，孤行已絶塵。入山風骨勁，載道雪毛勻。伴鷹寒長放，爲龍性轉馴。據鞍雖矍鑠，伏櫪任沉淪。誰道騅難逝，應憐駿有神。徜徉聊秣馬，請謝九方歅。

校记：

〔一〕此詩原據上海圖書館藏《林少穆詩稿書札》手跡攝影件録文。末署『覽後乞付丙丁，恕不署名』。

梧江先生按試在途因見菜花盛開憶及敝署東偏之菜花樓且詢及碧雞臺側新拓數弓擬歸來過從銷夏先以絶句見寄即扣原韻奉邀並政〔一〕

碧雞臺畔拓荒莊，準備披襟共納涼。藥籠知君搜採遍，閒看秋士踏槐黄。妙筆新詞點石欄，舊吟應笑小蟲寒。何期拂卻塵埃滿，替寫蘭亭换骨丹。

僕於戊申春仲督師永昌，過趺跏寺見牡丹已開，口占一絶，不知何人書於屏間。次年春，梧江學使按試過之，以詩字顯然不類，輒書易其處，且見和一絶，並跋其後。感此盛意，仍用前韻報謝。己酉病月下浣，館愚弟林則徐漫草。

校记：

〔一〕此詩原據故宫博物院藏林則徐手跡光盤録文。

梧江學使四兄大人將以中元日按試省東同人先期奉餞學使與僕及晴峯中丞約先往東郊同游黑龍潭繼出西郭泛舟近華浦飲於大觀樓下即事二首録奉是正並乞和教兼邀中丞同作〔一〕

玉鑑懸秋欲采風，郊原連轡訪龍宫。松杉過雨垂髯碧，魚鮪跳波弄眼紅。攬勝莫辭衣袂濕，臨歧肯放酒杯空。老梅認取陳根在，卅載鴻泥一夢中。黑龍潭有唐梅二株，嘉慶己卯徐使滇中尚見之。一株已枯，而旁出小莖引一大株，猶極蟠鬱之盛。今此株亦只剩枯根尺許，爲之慨然。

筍輿穿轍郭東西，載上舠輕息馬蹄。雨後濃園花四壁，水邊香綻稻千畦。欄干百尺横波立，樓閣三重壓樹低。合乞文星留墨妙，長言休讓昔人題。大觀樓有百八十言長對，故云。

校记：

〔一〕此詩原據故宫博物院藏林則徐手跡光碟録文。末署『竢邨弟林則徐漫稿』。

又題嘯雲叢記二首〔一〕

兩粤兵戈尚未除，幾人籌策困軍儲。如何叱吒風雲客，絶島低頭但著書。

矮屋三間枕怒濤，狂歌縱酒那能豪。馳情員嶠方壺外，甚欲從君踏六鼇。

校记：

〔一〕此詩原據何丙仲藏手跡原件録文。

題敬和堂筆訓爲陳時夏妻作〔一〕

漫天風雪一燈青，檢點遺篇見典型。柳下蓋棺夜作誄，機前畫荻有傳經。父書能讀慈魂慰，母訓長留信史馨。墓草故山霜露冷，應嗟予季尚飄零。時孺人季嗣崇華留滯青門，捧筆訓謁寓邸。

校记：

〔一〕此詩原據民國《長樂縣志》卷二〇録文。

疏影樓遺草題詞〔一〕

縹緲慈雲隔絳紗，獨留彤管寫瑶華。宣文經訓班昭史，併作珊瑚筆底花。

蚤時官閣侍魚軒，無那悲風動脊原。賦到招魂腸欲折，苦心調護爲金萱。

南海薰香得畫禪，棋聲深院門茶天。更饒帶草聯新句，譜入�篇字字圓。

辛勤畫荻感春暉，珍重遺編合浣薇。五袴政聲八叉手，大都風旨式慈幃。

校记：

〔一〕此詩録自《疏影樓遺草》卷首。

附師友詩

哭侯官林尚書二十二韻庚戌十月十九日辰刻卒於潮州普寧途次〔一〕

姚椿

閩海龍臺鎮，潮江鰐浪顛。哲人嗟委化，烈士痛迍邅。義酌經權合，才期鉅細全。謀惟資內斷，奸必破中堅。夷市穹樓矗，蠻邦密箐聯。方期廓氛霧，遽見拆星躔。几杖猶扶掖，干戈詎弃捐。五旬愁翰札，千里隔山川。雷電陰霾噎，冰霜歲暮懸。未嘗羊祜藥，誰贈繞朝鞭？醉鼻奔狂象，蒙頭墮跕鳶。羣邪私快意，天道必懲愆。倉卒彭亡日，辛酸屈逝年。疑須良史訂，文待後人傳。昔作諸侯客，曾窺從事賢。輸心傾晝夜，刮目遞音箋。楚國揮毫席，梁園置醴筵。鄒枚同晉接，申穆共留連。車笠論交悳，烟宵列坐遷。荷戈公塞外，槖硯我江壖。幾度浮雲變，頻番缺月圓。屯田逮羌隴，乘傳歷秦滇。磊落名臣策，温良志士篇。迹覊王贛馬，心亟謝公船。故里期安堵，危途暫息肩。已無支俸鶴，猶寄買山錢。孤介曾何益，遭逢竊自憐。開尊頻莞爾，展字輒愴然。郢匠宜停斲，牙生定絶絃。無籌紓白屋，有淚徹黄泉。靈爽終殲賊，離憂欲問天。薤歌誰最激？泖水和潺湲。

校记：

〔一〕此詩録自《通藝閣詩遺編》。

哭林少穆制府同年〔一〕　黄培芳

經綸一代仰名臣，去臘猶傳聞訊頻。公歸途遇粤人，猶寄聲問訊。王命肅將殲小醜，將星中隕在前津。千秋敢忝爲知己，四海應難覓替人。羊杜風猷今已矣，南交巷哭有黎民。

校记：

〔一〕此詩録自張維屏《松心詩集·草堂集》卷二。

林少穆節使歸櫬南來詩以哭之（一）　楊慶琛

髫齡雛鳳便飛聲，六十年中内外名。磨盾雄才曾倚馬，投鞭壯志欲屠鯨。赤心朝有賢臣頌，青史人思太傅清。今日輀車來遠道，謝雞萊竹不勝情。

回憶歸來春日晴，憂深桑梓苦經營。威名遠訖華夷界，韜略能驅左右兵。兩粵干戈思命帥，九重綸綍寄專城。忠忱力疾兼程去，一柱天南手獨擎。時粵匪蠢動，上命公爲督師大臣，公聞命即日力疾就道。

太息河魚困寢興，公舊患脾泄之症，以輿中勞頓復作。積勞藥餌竟無靈。伏波未裹沙場革，公啓行時，徐松龕中丞奏報，有『以遂平生馬革之志』等語。諸葛先沈將壘星。力瘁尚思蘇水火，令嚴猶自肅風霆。公念萬民水火，兼程馳至潮州途次時，病已深，猶挑壯勇，發條教，嚴紀律，禁騷擾。浩然正氣還天地，賸有丹誠照汗青。

少小盟交賦斷金，璧芹蟾桂更聯吟。彦方每事成人美，鮑子當年知我深。半載幸逢鄉國聚，二毛相顧雪霜侵。忍聽留守過河恨，涕泗漣如痛不禁。

星斗蒼茫何處尋？公疾革，隨侍公子揮淚默禱，公回顧曰：『星斗南。』軍門還盼節麾臨。崔琳居里餘騶笏，清獻傳家只鶴琴。隔歲我頻揮老淚，去秋哭梁茝鄰中丞之訃。蓋棺公不負初心。飾終典重哀榮備，聖主酬庸賁玉音。

校记：

〔一〕此詩録自《絳雪山房詩續鈔》卷一。

聞少穆宫傅賜謚文忠敬賦一律〔一〕　楊慶琛

恩遇三朝徹始終，徽稱曠典錫文忠。百千世後流芳地，四十年來盡瘁躬。名以相償知行大，心原不貳況功崇。春秋人拜歐蘇外，别有新祠祀我公。

校记：

〔一〕此詩録自《絳雪山房詩續鈔》卷一。

馬鞍山拜林文忠公墓下作〔一〕　楊慶琛

跨鶴乘螭不可期，精神如水復奚疑。風雲氣鬱山邱重，雨露恩深草木知。定論千秋憑史在，易名一字與公宜。我來手擷溪毛薦，三步還深腹痛悲。

校记：

〔一〕此詩録自《絳雪山房詩續鈔》卷二。

輓福州宫傅林文忠公〔一〕

殳慶源

大星忽隕愴忠魂，帝念勞臣拭淚痕。萬里乞身原宿疾，卌年清宦尚衡门。天知裴度功尤偉，詔許韋皋子拜恩。一死公應難瞑目，還思露布達宸閽。

天使喧傳帥桂州，王程敦迫急星郵。甲兵自具胸中富，幃幄專資閫外謀。墮淚碑空留峴首，傷心功未立壺頭。出师欲報恩重重，願斬楼蘭志莫酬。

一代勳名史册光，判餘題句尚珍藏。爭謳浙水三千士，嬾種成都八百桑。海上仙龕歸白傅，病中遺表痛南陽。三吳更重荒年政，民隱敷陳淚萬行。

玉節河東凛玉壺，參軍幕府許歌呼。烟云萬變沙千刼，進退三朝澤滿途。魏尚云中調藥裹，韓琦嶺外握兵符。儘多知遇生平感，地下文殊歎我無。

校记：

〔一〕此詩録自《小栗山房詩鈔》卷四。

哭少穆先生用前韻〔一〕　桂超萬

出師中道駐錫鸞，痛失人間第一官。贖願百身星祭葛，供教千社象雕檀。高談去日遺音在，偉略今時再見難。此後望碑長墮淚，閩山羣作峴山看。

校记：

〔一〕此詩録自《養浩齋詩續稿》卷二。

聞少穆先生賜謚文忠志感用前韻〔一〕　桂超萬

恩綸飛下九霄鸞，褒卹孤忠勸百官。偉績史書金匱竹，崇祠民爇玉鑪檀。狂秦用間傾頗易，回紇投戈服郭難。嘆夷天津訴狀，用間也，然服其清忠。被讒行時，單舸過夷船旁，不害。天壽若留文潞國，殊方都指異人看。

校记：

〔一〕此詩録自《養浩齋詩續稿》卷二。

歸途痛念林文忠公不已再疊前韻八首兼以紀事即寄楫之汝舟聽孫聰彝心北拱辰三公子〔一〕

桂超萬

百鳥從來愛紫鸞，岡陵空祝惠慈官。嘘枯祭地千門筍，施德窮黎衆衲壇。釋衆以布施爲壇。十四省中雙淚下，公勷歷十四省，九重天上一心難。尋常鯉信忠肝露，深夜挑燈子細看。

天上天仙去跨鸞，記叨賜物出清官。西江金椀烹黄茗，南詔花珉嵌紫檀。垂露羲書珍重久，仁風謝扇奉揚難。公賜普洱茶、大理石、描金茶椀、自書紈扇。以長者命，不敢辭。最愁大樹摧殘後，平亂何人拭目看。

公撫吴門祀伯鸞，清風坐我及同官。政如農父教除秕，吏似貞媛戒折檀。南土河渠疏鑿盡，公興孟瀆、劉河、海塘、白茅河等處水利。北方溝洫倡興難。還籌國用論行鈔，公議行鈔以充度支，興北方水利以紓漕困，皆不果行。翦燭欒臺畫樣看。超後宰欒城，公節經過，談至夜深。

一自霞漳送八鸞，曾招我客作材官。東平劉上舍長恩，從至潮州，命帶鄉勇。風聞盜散潢池梃，膽落車馳尚父檀。東粤盜聞公來，黨爲一散。返旆驚回司馬可，還魂活起卧龍難。只應簜節經行處，都把棠枝鄭重看。

撫琴傷逝奏離鸞，回首殊遭勝美官。節建晉公偏引愈，才慚宗慤願從檀。慤從交州刺史檀和之克林邑。夢魂戀闕常思報，學術匡時豈畏難。如使圭璋天上達，敢貪松菊醉中看。公欲超贊理軍務，擬至粤東陳奏，而歿於潮。

微禽争學倦飛鸞，避瘴炎方故棄官。兩度夏秋，皆熱病三月。慣見披衣宜苧葛，誰知改火到槐檀。人傳山寇如毛集，我作村農奮臂難。忠勇惟公靈不滅，神兵天降舉頭看。

夷煙許市亦仇鸞，堵絶公爲鐵面官。此是斷腸真毒草，奈何逐臭當香檀。法誡雷厲威長克，財阜風熏用豈難。我擬罪言申禁令，終嫌越俎背人看。辛丑春，貴侍郎曼請弛煙禁，超擬疏稿劾之，請加嚴禁，寄京未上。

善人積慶見雛鸞，蘇軾青年太史官。仲海從軍茹畝芑，季常作棟是園檀。舊勳門第崇高易，名宦兒孫繼述難。先德君恩真罔極，及時圖報老眸看。

校记：

〔一〕此詩録自《養浩齋詩續稿》卷二。

同安林嘯雲上舍樹梅參謀文忠公戎幕因事遲行亦蒙和韻寄贈詩至而大星隕矣慨焉答之〔一〕

桂超萬

欲教隐鵠附翔鸞，報國何曾受一官。良策救時知杜牧，奇兵貯腹陋王檀。王檀，梁將，欲以奇兵襲晉，未克。東山雲出瞻依衆，南斗星摇壽考難。試問登龍傾膽後，更誰相馬略皮看？

校记：

〔一〕此詩録自《養浩齋詩續稿》卷二。

辛酉春末拜祭林文忠公祠墓後傷感成詩即柬其三公子聽孫員外聰彝〔一〕　桂超萬

我去南閩歸南江，閲十二年如急瀧。世事高岸變深谷，重來春夢回蕉窗。憶昔尊公事西討，霞漳迎候停麾幢。掌握勝算羣策集，肩擔重任崇鼎扛。希文行帳蕘夫侍，腹中兵甲同摐摐。粤東巨盗望風散，勢驅豺虎猶驅尨。傷哉刼運不能挽，落鳳坡前星隕龎。滋蔓東南久糜爛，乾坤大半皆羿逢。我無樂土避險難，建河亂石穿孤艭。忽聞蹂躪到汀郡，三山亦復成危邦。山上見碑泣叔子，拜告用鑰陳蘋茳。明水一勺印心跡，還求仙佩來瑽瑽。張巡作厲安賊滅，蘇緘報怨交人愯。英靈在天志在國，願糾天將馳戈鏦。微忱默禱若有應，雲際直下追風駹。君亦天才意承考，醉我醇醪傾玉缸。胡瑗薦之行大用，合掃塵障清紛哤。時胡潤芝宫保以聽孫薦達天聽。

校记：

〔一〕此詩録自《養浩齋詩續稿》卷五。

輓林文忠公少穆制府四首〔一〕

張祥河

命將王師寄，當官服廟謀。妖氛看粤嶠，噩耗忽潮州。事業躬先瘁，英雄淚盡流。易名泉下慰，願學本蘇歐。

鬼焰吹漫海，人言塞漏巵。根株除殆盡，反間計誰施？斷港青瑶疊，焚巢火艦馳。可堪當日事，和戰兩端持。

吾吳公久任，災歉歲侵尋。巡問常單騎，輸將動萬金。典牛風復古，擔粥法傳今。豈但文章伯，翹才愜士心。

日下論交日，先生玉筍班。好詩出襟袖，同癖話湖山。敭歷八州督，悲歡卅載還。西江寓書在，發篋夜潸潸。

校记：

〔一〕此詩録自《詩舲續稿·北山之什》。

林制府文忠公〔一〕 陳世鎔

文忠出塞日，我正在胥次。供張只循例，枳棘邀鸞栖。一宿甚簡略，來日賦《載馳》。淩晨往餞送，公謂乞暫稽。夜來將就臥，見子圍幛垂。秉燭拭倦眼，乃是登華詩。大雪湧蓮跗，玉女故弄姿。下土有何人，能與之游嬉？絶頂五千仞，一笠紅衫披。境是神仙境，辭亦神仙辭。我非神仙徒，羽化無由知。且録詩一紙，絶域以自隨。録畢鷄已唱，頗覺神疲羸。暫假一日駐，否泰占蓍龜。發其篋中作，二圖命我題。我於《伴月》卷，賜環預爲期。二圖：一《關隴訪碑》，一《邊城伴月》。乙巳果入關，南坡與偕歸。公子亦親熟，燕見時欵扉。談元更説易，偶一流先機。盱豫我無悔，勞謙公莫違。黄河水東注，張宴送征騑。東坡誓江水，公亦思息機。旋聞有手示，招我與相依。庭堅有息壤，可營屋一規。更買田百畝，以爲八口資。我知公之身，天下爲安危。明農雖有願，非公所能爲。我相亦勞碌，那得相追陪。銅柱雖已樹，樓船方誓師。不幸賜言中，公竟終輿尸。鏡帆聞亦逝，使我增愴悲。既爲天下痛，亦以申吾私。不知老天意，大任將屬誰。公自雲貴任内平定苗蠻，即乞疾歸。已蒙俞允，先以書抵六安州牧，屬買田宅，招余同居。旋奉粤西視師之命，未至而薨。

校记：

〔一〕此詩録自《求志居集》卷二十。

林文忠公輓章四首〔一〕　陳池養

矍鑠真能老據鞍，載驅長道敢盤桓。誰知嶺外平羣盜，不得軍中有一韓。嵐氣噴雲溪水惡，星芒墮地日光寒。可憐百粵聞公至，猶望霓旌下急灘。

民甘酖毒信堪愁，散盡黄金苦漏卮。市舶若能明約束，軍州猶得賸膏脂。風飄大厦嗟何及，浪撼長隄竟不支。遂使和戎成恨事，傷心已是十年時。

置身卿相起孤根，不負吾君特達恩。幕府多才羅俊傑，家山無地著林園。欲迴入海波流靡，信有擎天柱石尊。遺愛遠追羊叔子，遥知墮淚遍中原。

文章爾雅玉堂仙，倏忽於今四十年。公已大名垂宇宙，我還長嘯卧林泉。風塵迴首燕臺日，雲雨談心閩海天。深痛嘉謨誰入告，何能支絀濟金錢。近獻《鈔法末議》七則，承公許可。

校记：

〔一〕此詩録自《慎餘書屋詩鈔》卷五。

林少穆大傅輓詩〔一〕　陳偕燦

八桂干戈日，三朝社稷臣。登車猶力疾，拜表已忘身。出處關天下，安危繫此人。何當悲《薤露》，遺憾滿征塵。天地黯無色，原頭夜落星。一生完大節，九死出邊庭。公曾戍西域。古驛燈微碧，荒郊草自青。故鄉遥隔處，風笛怨郵亭。籌邊霜鬢老，功罪更誰論。時事至今棘，臣心清夜捫。夢臨豺虎穴，血化杜鵑魂。尚賁沙場恨，馳驅亦主恩。廢置吾衰矣，勞公數過從。愛才如僕射，高臥愧元龍。公在籍時，屢辱枉過。青史足千古，丹誠動九重。平生知己感，雪涕泠殘冬。

校记：

〔一〕此詩録自《鷗汀漁隱詩續集·春雨樓近詩》。

炯甫隨林太傅柩歸由嶺南途中寄詩悵然有感即用送從軍原韻答之〔一〕 陳偕燦

刁斗聲寒落葉飛，新詩傳唱寫弓衣。從軍作客悲王粲，化鶴還鄉感令威。千里關河空襆被，一天風雪捲征旗。旅懷棖觸吟心苦，看遍梅花寂寂歸。

校记：

〔一〕此詩録自《鷗汀漁隱詩續集・春雨樓近詩》。

林文忠公輓詞〔一〕 張應昌

名臣身共國安危，身謫身亡並繫之。縱冠追懷忠嗣貶，渡河恨阻汝霖師。滿襟自灑英雄淚，踵武誰堪大將旗？劫厄蒼生同一哭，思公豈獨治平時。

是憲爭推文武才，孔明景略意恢恢。籌災一疏吳民泣，庇厦千間儉府開。美謚歐蘇輝史乘，新祠楚越薦樽罍。深爲四海千秋惜，非僅蘭父自寫哀。

校记：

〔一〕此詩録自《彝壽軒詩鈔》卷六。

林少穆宫保則徐輓詞〔一〕 吴振棫

事過清議在，身退嗣皇知。疏薦名逾重，軍興病敢辭。灰釘徵驛舍，牲醴重鄉祠。烽燧何時息，翻愁報荅遲。

雲龍逐蹤跡，往往在西南。詞翰憑人乞，風波變色談。死忠臣願慰，繼業後人堪。美謚褒榮極，平生信不慚。

校记：

〔一〕此詩録自《花宜館詩鈔》卷一四。

弔林少穆制軍則徐督師粤西未到而逝〔一〕 馮詢

安危方賴忽神摧，蓋世勳名遂一時。三殿疊傳哀痛詔，九州重立去思碑。悲風慘淡生寒磧，落日蒼茫照大旗。咫尺鬱林飛不到，警鴞聞鵬恨誰知。

不應論過但論功，踪跡平生感慨同。未定指揮留隱憾，轉因磨折見孤忠。北韓南郭名兼有，怨李恩牛事不窮。回首玉門關外路，敝車羸馬黯霜風。

鄉國飄零去就輕，無諸臺上挹風清。制軍籍閩。不貪鐘鼎張良病，重拜旌旗魏尚行。鎖鑰北門仍重寄，琴棋東墅奈蒼生。君恩未報身先死，聞上遺章涕淚横。

豐碑珍重比璆琳，謚法分明勒古今。一代文章燕許手，三朝忠藎范韓心。謚文忠。英雄獨傳榮於衮，滄海諸公淚滿襟。想見褒功明主意，爲籌昌後轉沈吟。

校记：

〔一〕此詩録自《子良詩存》卷五。

哭林少穆先生〔一〕

蘇宗經

慶雲望望起三台，會見濡枯好雨來。誰料狂風旋打散，頓教厄運未能回。一生報國心都盡，此日酬恩志不灰。西粵萬民齊下淚，何人平亂似公才。

校记：

〔一〕此詩録自《儷江詩草》卷一二。

謁永郡林文忠公祠堂〔一〕 王發越

天威全仗我公來，瘴雨蠻煙頃刻開。金齒肅清新氣象，弓衣整暇舊風裁。東山已遂歸田樂，北闕還資勘亂才。多少蒼生胥待命，星輝何竟隠中台。公奉詔討粵西寇，薨於潮州。

捷書三月奏膚功，籌策安邊談笑中。四海知名惟太傅，一朝上謚幾文忠？本朝謚『文忠』者，傅公而後僅公一人。雍雍魏國垂紳度，藹藹元臣吐哺風。丞相祠堂齊保岫，渡瀘而後獨推公。

校记：

〔一〕此詩録自《南游吟草》卷四。

輓林少穆宮保〔一〕　魏杰

草竊紛紛盜賊起，退暇制軍受恩旨。帶病南征庚戌冬，鞠躬盡瘁忘生死。弔君經濟棟樑材，德被四方萬民紀。弔君疾惡本如仇，翦逐逆夷皆披靡。從來大將多畏譏，立功難動天顔喜。謫遷犯難入邊疆，邊疆黎民皆赤子。教民耕種報國恩，開墾田園興耒耜。蒼天原不負忠良，復起奔勞平交趾。急流勇退老年時，幸得乞骸歸故里。誰知荔浦賊猖狂，九重降詔仍驅使。可憐未捷將星沈，死後芳名驚遠邇。大德昭昭終有成，忠心耿耿真無恥。吁嗟乎！死生有數貴得時，君之名節雙全矣。古來英傑有幾人，前後出師垂青史。

校记：

〔一〕此詩録自《逸園詩鈔》卷一。

林少穆宮保輓辭〔一〕　符兆綸

一死足千古，百年能幾人。論功同裹革，抗疏誰批鱗。公以言事戍西域。大事安危繫，窮荒涕淚頻。終知主恩厚，盤錯念孤臣。

邊徼烽煙急，關津霧露寒。不圖全首領，到底奉心肝。專閫將誰寄，蒼生且未安。蕭蕭朔風厲，大樹漫摧殘。

歷官十四省，民望總能孚。縱使峨眉妒，終難薏苡誣。冰天迴節鉞，瘴海隱方壺。誰識籌帷幄，恂恂氣自儒。

門巷陳平隘，車頻長者來。公得少香丈所上詩，即日造訪。時艱誰養士，身退尚憐才。八寨風雲變，三山草木哀。送公纔幾日，月冷浦南臺。

校记：

〔一〕此詩録自《卓峰草堂詩鈔》卷八。

晚矦官林公〔二〕　王柏心

推轂頻陽起將兵，元戎輿疾赴南征。方看甲洗天河水，誰道星沈漢相營。劍氣蛟龍猶鬱勃，陣雲蛇鳥尚縱横。天涯遥哭嚴公櫬，閩海悲風卷旆旌。

萬里長城屬一身，崎嶇持節靖烽塵。九邊獨任安危計，四海追思老大臣。尚有威稜鷩蜃鱷，豈無圖畫重麒麟。出羣才略今誰匹？文武威風見此人。

輪臺孤月照丹衷，曾向闕門歎轉蓬。尸諫傷心史魚節，謂王文恪。謗書流涕樂羊功。新傳詔旨褒殊績，舊荷先皇察至忠。白首騎箕更何恨，征蠻恨未奏膚功。

行隄殖穀救民饑，方略均爲岳牧師。君實姓名傳婦孺，晉公勛望播華夷。不登台輔人情惜，得配烝嘗祀典宜。贈卹禮文輝道路，皇情猶自不勝悲。

餘事生平擅表牋，每聞章上舉朝傳。營平曲折屯田奏，諸葛忠勤作牧篇。東閣風流思往日，西州涕淚灑他年。希文事業諸郎在，好繼功名國史編。

校记：

〔一〕此詩録自《百柱堂全集》卷一三。

侯官林文忠公〔一〕　朱蘭

忝司楚北學，小草珠露溥。入都復别公，公言洋政難。治河方奏績，遠戍臣力殫。滿朝誰尸諫？隻手障雲端。六詔將星墜，海内發長歎。

校记：

〔一〕此詩録自《補讀室詩稿》卷一〇《感恩懷舊詩七十六首》。

輓林文忠〔一〕　汪士鐸

海上歸來宦槖空，負戈萬里復從戎。玉關田賦三司外，金齒功名百戰中。畢竟蒼生思謝傅，果然天子用温公。大星一墜英雄恨，五管烽烟照嶺紅。

校记：

〔一〕此詩録自《悔翁詩鈔》卷一〇。

林少穆師自里居拜命督師桂林卒於廣東途次詩以哭之〔一〕　宋晉

詔書敦迫起東山，憂國應知淚眼潸。纔佩虎符扶病出，竟教馬革裹屍還。旄頭瞻已犨酉破，箕尾神來八桂間。聞道西平重領節，何時凱唱慰天顏。

校记：

〔一〕此詩録自《水流雲在館詩鈔》卷六。

少穆先生薨於普寧詩以哭之〔一〕 林昌彝

將星一夕隕天墀，父老環轅動地悲。妙算夙嫻擒虜策，英魂長繞出師旗。蠻方共喜驅雕鶚，瘴海何期失虎貔。劉祖云亡韓范渺，中原誰爲振瘡痍？

校记：

〔一〕此詩録自《衣讔山房詩集》卷六。

星斗南十三章輓林文忠公三字，公彌留語也。見令嗣輩訃書。 顧淳慶

星斗南，招公魂，故吏慟哭西州門。天柱傾折愁崑崙，側身南望淚潺湲。公之靈兮何方存？

星斗南，叩天閶。鼎湖攀髯從軒皇，孤忠上訴風浪浪。鞠躬盡瘁臣所當，出師未

捷心彷徨。願驅鬼伯誅欃槍，元功迅奏來帝旁。

星斗南，望京華，詔書旁午頒臣家。帝令力疾鉏長蛇，敢辭骸骨埋蟲沙。運籌濡筆心如麻，哀鳴伏枕長咨嗟。

星斗南，瞻列星。白榆歷歷雲冥冥，騎箕上返層霄青。參旗井鉞扶威靈，元戈截取蚩尤腥。

星斗南，燭南斗。文章魁柄屬公手，忠誠勃發元氣厚。詩詞東坡文歐九，揮毫落紙星辰走。易名文忠公無負，上與歐蘇同不朽。

星斗南，自南閩，坤靈間氣鍾元臣。仙霞直下滄江濱，翼以旗鼓山嶙峋。昔年維嶽生甫申，今兹峻極歸公神，靈之來兮閩山春。

星斗南，臨三江。東漸海澨西豫章，北訖淮徐南錢塘。嵯符漕節遥相望，高牙大纛連圻疆。公歸不復心慘傷，南州父老悲未央。

星斗南，照南荆。南荆自昔邀雙旌，我公攬轡謀澄清。湖湘上下波不驚，八州都督今同聲。

星斗南，粤之東。鯨鯢跋浪滄溟中，公言辦賊宜火攻。運謀密勿風不通，樓船餤沃麻膏紅。佛山一炬光熊熊，從來報國維公忠。

星斗南，盡流沙。輪臺萬里西荷戈，冰天雪窖悽明駝。墾闢荒土甘消磨，至今充國屯田多。

星斗南，度玉關。金雞詔下歌刀環，惟天鑒汝臣心丹。先撫金城後長安，輕車熟路何所難。偏災會逢民食艱，籲天號呼血淚斑。

星斗南，被滇雲。稱戈蠻觸何紛紜，尋仇搆禍絲糾棼。朝廷命公策三軍，公言要使玉石分。忍教盡作崑岡焚，三旬格命章殊勳。

星斗南，桂之樹，征車南指炎州路。餐風宿露衝煙霧，馬足不容暫留駐。誰云臣身疾已痼，苟利國家遑自顧。五丈原頭雲日暮，大星奔墜驚軍戍。耿耿有懷何處吐，星斗南兮欲誰訴。

飾終令典降九閽，天心惻愴天語温。諭賜祭葬復予謚，湛恩沛澤延後昆。思公念公公可聞，中原冠帶同聲吞。公之靈兮何方存？星斗南，招公魂。

校记：

〔一〕此詩録自《鶴巢詩存》。

輓林少穆先生 王廷俊

鑾烟寒壓嶺頭梅，一鶴沖天去不回。先生嘗爲其太公暘谷封翁繪《飼鶴圖》，屬鄰谿孝廉題。萬衆愛同慈母德，三朝望重老臣才。星沉大海蛟鼉伏，月黑邊營鼓角哀。未掃欃槍心未死，英魂猶繞陣雲來。

校记：

〔一〕此詩録自《射鷹樓詩話》卷一一。詩題係整理者所擬。

林聽孫聰彝公子泣述宫保公有苟利國家生死以豈因禍福避趨之之句訶爲詩讖愴念不已因用之字韻疊成五首〔一〕 劉存仁

重臣憂國心如日，想見新詩脱口時。豈料龍髯攀欲絶，時國制未期。竟教箕尾悵先騎。將星一殞易簀時有『星斗南』語天容慘，子雨誰敷澤國悲。愴絶孤寒齊下淚，雲車風馬竟何之。

拜疏淒涼説出師，指天臣口等期期。臨終口授遺摺，經余代録，而語音蹇澀不了了，尚以未及出師爲憾。嗚呼！忠矣！三朝知遇猶遺憾，片語彌留不及私。盡瘁一生長已矣，公忠兩字孰能之！靈旗痛把欃槍掃，兩粤英雄總淚垂。

回思詩讖訝前知，初七夜和桂丹盟觀察詩，有『浮沈終覺酬恩晚』之句。歲在龍蛇厄運悲。河務三篇師賈讓，公曾著有《西北水利》一書，嘗擬屬余襄校。陛辭十事媲元之。公途中爲余言前查辦粤東海口事，途次疏累上，深蒙宣廟嘉納，不料何以中阻也。冰天雪窖屯田日，前在伊犁，旋奉命查勘回疆八城墾地，聽孫、心北兩公子隨侍，備嘗荼苦。公言及輒爲酸鼻。竹楗茭樁督堰時。公嘗督高家堰祥符工。進退一身關廟社，公廿年前題西湖李忠定公楹帖語，余嘗請付刻，蓋公自況也。西湖靈爽兩淒其。今夏屢隨杖履，宴遊西湖李公祠。

感遇酬恩悵已遲，自慚何德足堪之。紆騶屢屈嚴公騎，捶策深增羊子悲。謂翁次竹太守及其弟玉甫公之愛甥也，與余友善。勗我成名期不朽，十二夜在詔安行轅治文案，通夕不睡。將登輿矣，以人役未齊，深談良久，述少時清苦狀，勗存仁自勵。哭公大義豈關私。鼓鼙將帥聲淒咽，半壁西南竟孰支？公薨後，十九、念七、初三三次廷寄，旋閩粤兩督飛章入告，請旨簡放大臣，靈輀抵潮，知有署廣西撫之命，而公均不及見矣。

口不能言意答之，余性樸訥，公諒其誠，晉侍之下，有敬無跼。不才常恐累公訾。焦桐甘爲知音死，病驥難禁伏櫪悲。韋相門高原繼迹，公長公鏡帆太史、次聽孫、次心北兩公子，均砥節勵行。武侯食少不關醫。公堅不服藥，病亟服淡薄數劑，不效。靈旗莽蒼悲風起，萬口爭傳遺愛碑。

校记：

〔一〕此詩録自《屺雲樓集》卷五。

臘月九日宫保卒奠之辰焚詩以祭〔一〕　劉存仁

釃酒化成淚，焚詩染作灰。關心天下計，太息古今才。叔子碑猶在，王郎歌莫哀。生芻聊一奠，風急困龍媒。

敢附青雲契，雲泥感喟深。文章期報國，山水遇知音。青史各有託，大星今已沈。西征諸將士，南望總沾襟。

聞説觀音寨，風聞粤匪嘯聚觀音寨。妖氛急掃除。干戈猶未已，消息近何如？日月催行役，風雷督運儲。精靈如報主，兵火静郊墟。

有詔從天下，哀榮到里閭。褒忠宸鑒切，初九日戌刻，在同安欽奉十一月十二日上諭，有『辦事認真，不避嫌怨』語。死事特恩除。有旨：『蔭三子，俟服闋，來京施恩。』計日迎丹旐，同聲哭素車。騎箕乘傳去，長與護儲胥。

校记：

〔一〕此詩録自《屺雲樓集》卷六。

上巳同人禊飲小西湖議祀林文忠公於桂齋詩以紀之〔一〕　劉存仁

聯蘗剛逢禊飲辰，風流衮屐倍傷神。自闗桑梓留公論，豈但湖山作主人。盃酒怕邀花地月，屬粤東。弓衣愴唱柳營春。祓除迅把妖氛掃，不獨元規扇底塵。

校记：

〔一〕此詩録自《屺雲樓集》卷六。

輓少穆师林文忠公〔一〕　賈洪詔

帝自青宫念若臣，即家强起靖峯塵。共知方叔真元老，不愧汾陽此大人。四夷名高驚蜃鰐，三朝恩待畫麒麟。一腔心血酬明主，雪鬢臨危敢愛身？

賊聞公起願投戈，星隕南天可奈何。此後益廑宸慮遠，同時誰道將才多。紅崖列陣威猶在，黑錯銘功字不磨。聖主聞鼙思壯士，洗兵安得挽天河。

寵辱身經默不言，生平事待蓋棺論。伏波去尚留銅柱，定遠生能入玉門。還職兼圻知最久，易名兩字道何尊。宣公但向忠州死，福備如公是國恩。

校记：

〔一〕此詩録自《葆真齋集》卷六。

林制軍則徐〔一〕　楊彝珍

邕管芭蘖牙，莽興戎馬亂。殺氣吹湘衡，勢欲延江漢。親詔起元老，寒疾方失汗。躍馬不須扶，盡瘁王家難。走卒有喜色，健兒化驕悍。蚊蚋何足掃，犬羊叱行散。寒原遽隕石，天地失昏旦。羣盜走相慶，縱横略無憚。洞庭血横流，江介多滋漫。黎元困水火，衣冠陷塗炭。厭亂思耆耇，聞鼙浩悲歎。猶憶揚歸帆，遲我沅江岸。一見推國器，不當老文翰。爲郎屈白首，百年強過半。已分委泥塗，何能備楨幹？感舊且懷賢，淚落不能斷。

校记：

〔一〕此詩録自《移芝室詩集讀本》卷一《九哀詩》。原有小序云：喪亂以來，知交多故，感念存殁，怛焉傷懷。作《九哀詩》，以時日先後爲次，非有他也。

林文忠公輓詩〔一〕　潘曾瑩

川嶽鍾間氣，松筠標勁姿。巍巍文忠公，文武才兼資。公幼讀經史，偉矣千秋期。簪筆入承明，鳳集高梧枝。淵淵真性情，裔裔古文辭。圭璋異凡品，早受特達知。夙抱經世略，霖雨覘設施。吾吴秉節地，德政頌保釐。民生藉培養，撫之如嬰兒。謂宜固元氣，寒暑泯怨咨。士風賴整飭，經師兼人師。謂宜崇正學，樸實挽澆漓。國事若家事，纖悉罔或遺。歐歷十四省，終始一不欺。公昔返鄉里，養疴南山陲。加惠及桑梓，籌畫咸得宜。一利有未興，病如渴與飢。豈以林壑懷，而忘民物思。出處境則異，忠愛矢不移。今皇嗣統初，圖治日孜孜。粤西方用兵，宵旰廑瘡痍。命公往剿賊，桓桓總虎貔。士氣百倍振，父老拜旌旗。先聲破賊膽，威望韓范推。慷慨竭心力，遂覺形神疲。僉謂宜節勞，暫息周道馳。公曰兵貴速，行矣何可遲。剋日掃欃槍，勿使蔓草滋。死生誓報國，吾力猶未衰。公志日益奮，公病已不支。大星落前營，慘澹陰風悲。煌煌易名典，峩峩諭祭碑。精神貫金石，大節真無虧。公昔贈我詩，珍若琳瑯貽。勖我以道德，勿務春華摛。文章本經術，期望兼箴規。公績在旂常，公名勒鼎彝。遐哉緬令望，感激交涕洟。

校记：

〔一〕此詩録自《小鷗波館詩鈔》卷五。

林文忠公誄詞〔一〕　貝青喬

一代新朝政，歡聲動紫樞。世方開運會，公遽殉馳驅。王事嗟何亟，臣身信已劬。竭誠天北闕，留憒海東隅。烟毒財傾府，兵塵火走艫。戎勳將唱凱，吏議竟罹辜。犀照然臨渚，狼奔納入郛。金牌逮節鎮，鐵券錫羌奴。割地紛開市，尋盟擅縱俘。先皇遺誓箭，嗣主奮威弧。四罪終遭褫，羣工爲辨誣。風雲拱繡陛，日月麗瓊都。連牘爭延薦，臨軒特允俞。宸衷堅倚重，衆望切來蘇。解紱初歸里，徵書早在途。禮隆心倍藎，食少體成臞。病榻調停藥，雕輪促駕蒲。進思陳稼穡，處肯戀枌

榆。適警潢池叛，宜加涿野誅。使臣齎尺東，私第拜兵符。力疾趨灘水，行營過粵
禺。救圍遑敢緩，醫國奈先痡。夜冷飛星隕，秋高大樹枯。武鄉臨表泣，宗澤渡河
呼。氣短騰槽馬，聲揚集幕烏。讖成坡落鳳，妖長戍鳴狐。藤峽懸軍待，榕城返櫬
扶。應知藐躬瘁，翻覺厚恩孤。黼座精求治，盈廷顯作模。健旋時局轉，雄振武功
膚。頌勒浯溪石，詩賡慶曆圖。中興欣有象，良弼契尤孚。特召頒三節，顓征賜百
旅。聖襟垂扆俟，神馭跨箕徂。幸值龍飛瑞，虛承驥率需。昌期真負負，大用祇區
區。迴憶巖疆靖，咸蒙閫澤敷。莅官嚴篚篋，弭盜肅萑苻。寒畯揚眉盛，編氓鼓腹
娛。年饑忘菜色，春暖護棠株。去謫荒郵遠，旋看沃野蕪。鼠殘郊食黍，鴻餒澤棲
蘆。餉迫西陲給，糧疲北漕輸。江鄉空杼柚，河溢費茭芻。島户潛營窟，山猺莽負
嵎。和戎多魏絳，攘狄少夷吾。再起籌帷幄，初經爟火荼。旌麾新色變，鐃吹故音
喁。按部民歌袴，迎師路挈壺。敵驚纔碎膽，天奪倏捐軀。裹革終鑾甸，攀髯繼鼎
湖。九原遺憾在，四海替人無。杜厦多才彦，韓門有豎儒。罷駑充下駟，啄菢及羈
雛。灞上曾磨盾，階前復濫竽。三年親棨戟，萬里歷嶔嶇。喜躍聞傳檄，依投願執
殳。偏教私設位，何自祭當衢。扼腕聽輿論，推心惜廟謨。宏材施未盡，千古怨洪
爐。

校记：

〔一〕此詩録自《半行庵詩存稿》卷六。

輓林文忠公〔一〕　周沐潤

公諱則徐，閩侯官人。由翰林洊至督撫。久任吴中，多惠實，尤篤意荒政。官兩湖，上書萬餘言，極論夷菸之害，遂移節粤中治其事。以失旨落職，戍伊犁。中途赴河南勘工賑粟，事畢之遣所。旋起督陝甘雲貴，因病歸。今上改元，適粤西弄兵，命公受欽差大臣關防，兼程進剿，則未抵軍而大星落矣。先君受知最深，沐亦蒙青睞，乃敢哭以詩。

百粤風高一柱頹，皇衷震悼萬方哀。將星慘淡中台拆，妖霧倉皇八桂開。馬葛未聞銅鼓震，甘陳枉報玉關回。朝廷鄭重方西顧，若箇安邊是異才。

滿殿侯王共拍肩，長沙對策正青年。子雲漫以文章重，永叔惟憑政事傳。天下安危皆己任，一生憂樂半民先。君聽河漢江淮地，萬衆傳看一大錢。

立朝真有大臣風，抗疏憂民達帝聰。減糶救荒文彦博，緩刑召福段思恭。循聲早播聞天鶴，哀響全消遍地鴻。直是歐蘇公繼起，勳名豈亞傅文忠。

蒼生何以免爲魚，水利農田畫國儲。六井曾開蘇學士，三江重濬夏尚書。朝廷疾苦咨前席，耆老傳聞載後車。已與東南籌食貨，更從西北講河渠。公著《西北水利書》。

元戎握節又登壇，一令旌旗變色看。爲國理財非得已，與民療病敢艱難。時辦禁烟事。禁中韜略談頗牧，海外威名懾范韓。不是潢池輕一炬，茶黄新賜大還丹。

萬鬼倉儜覘虎門，蓮花洋外列烽屯。開門豈敢延眉賊，閉户還應責耳孫。若使檻車徵鄧艾，何愁海島縱孫恩。怪公身佩湛盧劍，不斬尼須報至尊。

識得風波是玉成，臣心豈有不平鳴。九邊府庫全輸賊，四海創夷未解兵。宰相無才持大計，君王流涕遣長征。夷氛未靖黄流決，又愜蒼生借寇情。

君恩盤錯意何如，教讀河渠數卷書。糯粟十年容矯節，魚龍萬里避歸墟。東南赤子傷離别，左右賢王問起居。生恐邊霜侵鬢色，又看潞國返征車。

秋雲吹盡月華開，萬里江山使節催。六詔天迎生佛到，五凉人拜令公來。若論臣志屠鯨在，欲識君恩跨象回。卧病著書閒歲月，邊形兵略一時裁。

止戈天子改元年，花落東山卧病天。手詔重煩公立馬，羽書屢報寇窺邊。珠厓秋月光華滿，銅柱春風氣象千。藤峽未摧摇膽落，大名先已動山川。

蒼蒼成敗豈能知，傳檄韓王正誓師。王事馳驅身不恤，臣年衰老病難支。栽棠十省留遺愛，飲水三朝結主知。禍福死生都不問，九原含笑看屠鯢。公赴軍途中，有『苟利國家生死以，豈因禍福避趨之』句。彌留時，猶念『星斗南』三字而終。

罷固無功用未成，天心豈不愛長城。心肝報國多餘恨，史册論才少定評。叱馭王尊忠竟死，蓋棺先軫面如生。肯將賊虜貽君父，長使灘江怒不平。

校記：

〔一〕此詩録自《復素堂詩四集》卷四。

林督師薨〔一〕　馮志沂

恩禮應無恨，民生劇可哀。奪公何太遽，辦賊正須才。錮疾緣幽憤，高名集衆猜。故鄉方款敵，魂去莫歸來。

校記：

〔一〕此詩録自《微尚齋詩集》卷一。

哭林文忠公〔一〕　潘曾綬

一生憂樂總關民，德被三吴活萬人。能使魚龍歸澤國，不教鴻雁泣江濱。買牛久已推龔遂，卧轍爭看借寇恂。兩字青天遺愛在，輿歌到處迓陽春。

春風曾度玉門關，先帝知公早賜環。畢竟李綱終爲國，未教謝傅暫還山。幕移西域懸雙節，檄下南荒動百蠻。一紙璽書重拜命，匆匆騎尾泣行間。

封圻廿載矢精誠，胸有貔貅百萬兵。慷慨平戎饒將略，艱危報國慰輿情。魏公偉業文兼武，諸葛忠魂死亦生。典重易名邀帝鑒，歐蘇千古竟齊名。

曾記論文細琢磨，吴門小住屢經過。癸巳小住吴門，公見予《西北水利議》，以爲今日之急務。金城世重趙充國，銅柱人思馬伏波。白髮丹心圖畫在，清風明月淚痕多。大星一夕前營墮，枕上猶聞唤渡河。

校记：

〔一〕此詩録自《陔蘭書屋詩二集補遺》。

廣哀詩其一〔一〕　張芾

嗚呼林文忠，則徐，欽差大臣，前雲南總督。四海久屬望。特詔總師干，中道遽凋喪。公由閩赴粤，薨于普寧。公死緩須臾，滅賊未可量。縱寇遂至今，懷公增悲悵。

校记：

〔一〕此詩録自《屑玉叢譚二集》。

道聞林督師薨〔一〕　王拯

嗣主新承籙，先聲好築臺。羣思據鞍壯，誰謂落星哀。自古多遺恨，當時亦僅才。南征望諸將，裂眦不歸來。

校记：

〔一〕此詩録自《龍壁山房詩草》卷三。

輓宫傅林文忠公〔一〕

薩大滋

斗南一夜大星沈，公臨終號星斗南者三。黯黯愁雲鎖海陰。天不留公原定數，死難得地未甘心。鼠狐猖獗魂猶激，猿鶴倉皇憾獨深。王事劬勞臣職苦，此身還想壯生擒。公以出征粤西，終於普寧縣。

武鄉籌筆峴山碑，多少棠陰赤子思。趨避真無關禍福，死生終爲荷艱危。公有句云：苟利國家生死以，豈因禍福避趨之。千秋事業憑公論，一代才名結主知。謚法歐蘇成鼎立，閩南豈獨冠清時。

校记：

〔一〕此詩録自《望雲精舍詩鈔》。

輓林文忠公〔一〕

薩大文

聖主龍飛寵眷新，逐臣感激已忘身。功名南宋李忠定，籌策前明王守仁。四海婦嬰諳姓字，九夷君長慴威神。酬勳俎豆周天壤，千古南閩一偉人。

校记：

〔一〕此詩録自《荔影堂詩鈔》卷上。

同日祭林文忠公祠祠在忠定公祠旁〔一〕　林振棨

千載才名兩鉅公，九京無憾讓文忠。東南底定仍全盛，家祭真堪告乃翁。是日公後人咸集。

校记：

〔一〕此詩録自《小謨觴詩存》。

太傅林文忠公輓詞〔一〕　嚴錫康

薄海欣傳起潞公，俄驚星墮粵江東。九重知遇名原大，萬里專征死更忠。峴首從今思惠政，壺頭惜未竟邊功。楓宸有詔深褒卹，思禮三朝見始終。

望重朝廷柱石臣，封疆卅載歷艱辛。家貧并乏門容駟，貌古曾看閣畫麟。百戰聲威真蓋世，一生憂樂盡關民。試將青史論勳伐，近代如公有幾人？

灘江逆寇正披猖，聖主資公作保障。文武才兼裴晉國，安危身繫郭汾陽。何期碧落騎箕早，莫慰蒼生望澤長。此去也應遺恨在，西陲未及掃欃槍。

鯫生難忘受恩知，往歲征南幕府隨。書記自慚誇杜牧，剡章屢荷薦元之。春風還冀重逢日，卿月偏無再見期。痛絶半雲腸斷後，西州門尚在天涯。

校记：

〔一〕此詩録自《餐花室詩稿》卷七。

輓林文忠公四首〔一〕 錫縝

《遂初》未賦璽書頒，盡瘁三朝力已孱。大事艱難誰可屬？此生治亂本相關。鈞天遽下巫陽詔，劫火横飛象郡蠻。知與不知齊墮淚，旌旗慘澹鳳凰山。公力疾奉詔討粵西賊，未至，卒於潮州。

龍沙萬里戍伊涼，曾迓高軒賦短章。絶域功名悲定遠，眉山父子託歐陽。壬寅夏，公戍邊，家大人官西安參將，始以縝見公。軍容細柳看持節，幕府蓮花有瓣香。乙巳，公入闗，攝總督剿番，命縝繕奏章。若使漢廷充國在，先零敢復掠河湟。

八瀌曾傳長史師，敢書狂草醉臨池。正心自有誠懸筆，墮淚難忘叔子碑。公手臨《皇甫誕碑》一册見惠，縝爲刻石於陝。此後猶將崇世享，向來原不以文爲。一篇大雅《崧高》什，無限生民没齒思。

感媿交縈寄苦吟，哀詞未敢託知音。八年自負陶鎔意，一世公無醉飽心。海國圖曾傳粉本，魏默深據公《四洲志》爲《海國圖志》。銕圍山半有棠陰。最傷社稷臣難得，不在平生恩遇深。

校记：

〔一〕此詩録自《退復軒詩集》卷一。

星斗南〔一〕　　吴觀禮

斗南一人大星墜，内訌外寇乃馴致。帳中自呼星斗南，騎箕天上迴戎驂。平生未快屠鯨手，力挾豐隆海西走。島夷千載未祠神，遂震威靈薦圭卣。中奉歷朝天可汗，惟一个臣在廡右。寫金教識麟鳳姿，覆盃肯饗蒲萄酒。漢民掠買歲幾千，惟神護持拊摩久。豈無虐死爲鬼雄，會當搏噬奮功狗。吁嗟乎！男兒生不遑請纓，死將叫閽與帝爭。不共戴天寧反兵，穢人何物來要盟。衆仙排雲孰可使，須駿馬監傅介子。黿茲就戮匈奴臣，笑斬樓蘭目壯士。靈旗既下犁鞬城，視我將星東北指。朮赤遺封生虎狼，包藏禍心越疆理。神力驅除冰海頭，銅柱拓邊還萬里。異姓藩開奇渥温，世扞牧圉承皇恩。聲教四訖彌海垠，一洗諸派婆羅門。神兮歸來配烝礿，丹青自有淩煙閣。

校记：

〔一〕此詩録自《圭盦詩録》。

詠史四首其二〔一〕　尹耕雲

詔書日夜起廉頗，輿疾勤王奈老何。五丈隕星臣力盡，三軍吹律死聲多。中原蹂躪驚蛇豕，故壘荒涼失鸛鵞。自古勝兵由勝將，征南舊部淚滂沱。

校记：

〔一〕此詩録自《道咸同光四朝詩史》甲集卷二。《十朝詩乘》録此并言『盖谓文忠』。

哭宮傅家文忠公四首〔一〕　林直

九重丹日鑒孤忠，三度温綸眷遇隆。方冀籌邊資上將，遽驚過嶺失元戎。易名詔予歐陽謚，録後恩嘉許遠功。人世哀榮今已極，更從兜率溯蒼穹。

中外宣勤四十秋，行旌到處起吟謳。初償漢相懸車願，又遣羊公建節游。報主真如文潞國，出師還比武鄉侯。傷心炎海猶傳箭，破敵何人握勝籌？

文章經濟世無倫，閒氣南天篤降申。德業三朝留史册，哭聲一日遍軍民。盈門彪固推家世，繞帳韋平慶後人。聞道宣公多奏議，莫教遺稿付沈淪。

年來開閣喜追從，公自滇歸，招予掌記室，因得請業焉。何武風流再世逢。物外狂能容阮籍，人前名遍説林宗。文章入幕珊瑚貴，軍令行杯琥珀濃。往事即今渾似夢，幾番回首淚沾胸。

校记：

〔一〕此詩録自《壯懷堂詩初稿》卷七。

林少穆太傅輓詩〔一〕　郭籛齡

山斗非徒重八閩，才兼文武品超倫。三朝恩遇隆千古，四海安危繫一身。豈意馳驅勞赤舄，竟傳哀誄出黄巾。聞賊中爲公設祭，文曰：『公，天民也，民之天也。公在，則民於萬死之中猶有一生之望。公死矣，民不得不爲盜以死。嗚呼！公竟長逝耶？公竟長逝耶？嗚呼哀哉！尚饗。』原頭星落殲軍務，西顧誰清戰伐塵？

昌黎豈諛墓中人，軍旅忙時病裹身。却爲故交傳盛德，忍從絶筆想嚴親。百年風木悲何極，兩世金蘭誼更真。最是城南揖别處，不堪重到止經旬。

校记：

〔一〕此詩録自《吉雨山房詩集》卷一。

贈太保林文忠公則徐〔一〕　譚獻

林公出閩中，溟渤與懷抱。留侯如婦女，富貴致身早。瓊厓氣蕭森，珠澥流浩淼。中有英吉利，揚飊颸風矯。流毒阿夫容，奇技時辰表。歷宦公鎮粤，憂心惄如擣。鑿舟沈侏𠑊，縱火燔輕窕。奇計出精誠，豈徒尚智巧。安坐制千里，威名被百草。得公三四輩，猾夏敢紛擾。吁嗟棘上蠅，瑾瑜不自保。功成竟下吏，出塞乃集蓼。中朝王相國，尸諫遺疏稾。同時兩藎臣，悲歌向蒼昊。天高雨露降，歸朝雙鬢皓。無端桂林郡，潢池弄兵狡。即家畀金印，出車奉征討。黄霸再適潁，歡呼擁父老。前旌粤東境，渠魁檻車轑。傳聞賊中議獻韋正乞降，公薨，復擁之逸。風霜一何酷，瘴癘竟相撓。老臣死勤事，七十不爲夭。大呼恨蜂屯，不瞑志電掃。浮雲下閶闔，翩翩白旟旐。烽燧日夜飛，從此豺狼飽。

校记：

〔一〕此詩録自《國朝詩鐸》卷一二，係《哀二賢詩》之一。

輓林文忠公〔一〕

王 廷

爲養沈痾返舊林，忽傳天上詔書臨。使車敦促躬俱瘁，戎馬倉皇寇已深。塞北生還承主眷，斗南遥盼繫臣心。酸風淒斷西涼笛，萬里龍堆託苦吟。

校记：

〔一〕此詩録自《樵隱山房詩鈔》卷四。

弔林文忠公有序〔一〕

宣昌緒

公秉心忠亮，能任大事，有古大臣風烈。庚戌秋，粤事漸棘，廷議屬公。時公疾未瘳，再以疏辭。上倚公甚，詔即家，授公欽差大臣印，護諸軍進討。公力疾拜命，行卒於道。緒海隅下士，未嘗一見顔色，而公生平大節昭然共見。嗟乎！内訌外侮，時事方殷，公不少留，天何此酷。爰采公論，用寫私哀，謹成詩七十韻弔公，以當一哭。

休戚同先帝，馳驅報嗣王。羣情皆倚重，中道忽淪亡。賫志如忠簡，公臨終大呼『星斗南』者三，莫解所謂。開誠類武鄉。赤心中外曉，青史姓名香。早結明良契，丕承運祚昌。挻紘胥食福，反側自罹殃。指新疆張逆。威德聞窮髮，舟車會越裳。海關羅貨貝，邊吏欠周防。時論援安撫，戎心巧試嘗。毒流朝野病，利洩度支妨。臺諫陳封事，君王整紀綱。曾因才不世，得荷任非常。折簡移重譯，前旌蒞五羊。秩然申約束，蠢爾敢猖狂。按律稽方物，團兵固保障。爲讐翻食肉，發難急吞航。嘵沓紛和戰，樞機筦廟廊。士安誠相宋，結贊漫謀唐。國是持三載，天心靳一匡。流言淆白黑，用事雜元黃。發憤虛耆舊，謂王文恪相國、湯文端協揆。籌邊罷贊皇。檻車燕市入，戰血虎門滂。錯已神州鑄，弓寧盛世藏。聖恩銜請室，臣力効宣房。上策安中夏，威名播外洋。一時誰秉軸，萬里卒投荒。精白心如日，間關髩欲霜。軍謀參準部，屯政舉回疆。報稱由臣子，生成大顥蒼。賜環朝列動，還秩物情償。民力思吳楚，公官吾吳最久，陳臬建牙，先後兩任。及晉楚督，始奉命赴粵。輿圖挈雍梁。秦川初調發，蒙詔久夷創。晚歲憂勤積，窮邊恩信影。安危覘宙合，疾病趣還裝。假狄方觀釁，宮廷軫納隍。詎容乞骸骨，所冀已膏肓。公望歸尤重，蒼生臥不忘。東山間一老，百粵煽羣猖。重以慈宮變，因之聖性傷。驚傳詔哀痛，全付子元良。時會須宏濟，封圻廼否臧。溺焚吁桂管，風鶴偪沅湘。舉國倆韓范，居家起召方。人心酬望歲，宸斷黜如簧。時有以病未痊諷上者，上意不移。列聖憑依赫，羣公贊畫忙。辭章情懇懇，特勅拜堂堂。待策鳴騏驥，鎮定總戎某公，奏請交公差遣。先聲慴虎狼。賊聞公往，謀乞撫。凶門開建水，間路問潮陽。舊部歡閭左，陰風厲伯强。生靈懸未解，勞苦恤奚遑。公在道積受風霜，病日進，或勸節勞，公曰：『二萬里執戟冰天，未嘗言苦，此何時敢憚勞乎！』力疾巫醫謝，彌留撫剿商。萬方行送喜，南海哭聞喪。屬纊司寮佐，靈輀護蹶張。沈疴漢新息，歿眡晉中行。遺疏憂江介，公觀天象，深慮東南多事，語具遺疏。宗臣極禮章。九重天亦泣，一柱世何望。末相窮櫩恨，完人昭代光。楷模貽後進，忠孝付諸郎。下士思賢切，鄉邦受賜長。灾黎歸富弼，道光癸未，吴下遍灾，時公任廉訪，救荒有法，活民數十萬。水利繼文襄。疏濬劉家河，公撫吴時事。實繫中吴命，宜爲大吏倡。三江宏利澤，十省老甘棠。想像河山氣，艱難戰伐場。如天留碩果，何物蠹苞桑。正幸公堪借，庸知帝不康。始終元老節，生死大星芒。述志詩悲壯，公病革，口占一聯云：『苟利國家生死以，豈因禍福避趨之。』驅夸議激昂。上年英夷在粤謀入省垣，疆臣撓之，不得逞。去春輪艘駛至天津，意存觀釁。時公家居，建是議，大觸當道忌，思中傷之會，特旨召公乃已。傳聞猶起舞，艱鉅復誰當。雲日淒河朔，波濤賊海旁。斯人長已矣，真宰劇蒼茫。

校记：

〔一〕此詩録自《留讀齋詩集》。

参考文献

《林則徐詩集》 鄭麗生校箋 一九八七年海峽文藝出版社排印本
《林則徐全集》 林則徐全集編輯委員會編 二〇〇二年海峽文藝出版社排印本
《林則徐翰墨》 福州市林則徐紀念館編 二〇〇八年福建美術出版社影印本
《林文忠朋僚詩文集》 佚名輯 抄本
《林公則徐家傳飼鶴圖暨題詠集》黄澤德編 一九九二年福建人民出版社影印本
《三松堂集》二十四卷《續集》六卷 清潘奕雋撰 清嘉慶道光遞刻本
《小謨觴詩存》八卷 清彭兆蓀撰清嘉慶十一年刻二十二年增修本
《小萬卷齋詩續稿》十二卷 清朱琦撰清光緒十一年嘉樹山房刻本
《絳跗草堂詩集》六卷 清陳壽祺撰 清刻《左海全集》本
《退菴詩存》二十五卷 清梁章鉅撰 清道光刻本

《悟雪樓詩存》三十四卷　清徐謙撰　清嘉慶同治間刻本
《雙硯齋詩鈔》十六卷　清鄧廷楨撰　清刻本
《通藝閣詩三録》八卷　清姚椿撰　清道光二十九年至咸豐五年刻本
《通藝閣詩遺編》一卷　清姚椿撰　清光緒十年鉛印本
《心知堂詩稿》十八卷　清汪仲洋撰　清道光七年刻本
《鳳巢山樵求是録》二十三卷　清吴慈鶴撰　清嘉慶十五年至道光七年刻《吴侍讀全集》本
《陶文毅公全集》六十四卷首一卷末一卷　清陶澍撰　清道光二十年兩淮淮北士民刻本
《小庚詩存》一卷　清葉申薌撰　清道光八年刻本
《小庚詞存》四卷　清葉申薌撰　清道光十四年天籟軒刻本
《松心詩集》二十九卷　清張維屏撰　清道光咸豐間刻《張南山全集》本
《拜竹詩龕詩存》十卷　清馮登府撰　清道光十九年刻本
《絳雪山房詩鈔》二十卷《續鈔》六卷　清楊慶琛撰　清道光二十八年至同治元年刻本

《太華山人詩存》五卷 清王益謙撰 清同治元年廣州刻本

《養浩齋詩續稿》五卷 清桂超萬撰 清同治五年刻《惇裕堂全集》本

《瑞芳軒詩鈔》四卷附詞稿一卷 清許乃穀撰 清同治七年仁和許氏刻本

《程侍郎遺集》十卷 清程恩澤撰 清咸豐五年伍氏刻《粤雅堂叢書》本

《詩舲續稿》二十卷 清張祥河撰 清刻民國間補刻本

《求志居集》三十六卷 清陳世鎔撰 清道光二十五年獨秀山莊刻本

《啖蔗軒詩存》三卷 清方士淦撰 清同治十一年刻本

《慎餘書屋詩鈔》六卷 清陳池養撰 清咸豐五年刻本

《冬生草堂詩録》八卷冬生 清夏寶晉撰 清咸豐四年刻本

《鷗汀漁隱詩續集》六卷《續集》三卷 清陳偕燦撰 清道光二十年至咸豐三年刻本

《晚翠軒詩五鈔》四十卷晚翠軒詩漫稿五卷 清戴淳撰 民國三年刻《雲南叢書》本

《彝壽軒詩鈔》十二卷 清張應昌撰 清同治二年西昌旅舍刻本

《躬恥齋詩鈔》十四卷首一卷 清宗稷辰撰 清咸豐元年刻本

《花宜館詩鈔》十六卷　清吴振棫撰　清同治四年錢塘吴氏刻本
《子良詩存》七卷　清馮詢撰　清道光刻本
《仙屏書屋初集年記》三十一卷　清黄爵滋撰清道光刻本
《釃江詩草》二十六卷　清蘇宗經撰　清光緒十八年刻本
《南游吟草》四卷　清王發越撰　清咸豐三年黎城王氏倚雲山房刻本
《逸園詩鈔》四卷　清魏杰撰　清咸豐七年至同治五年刻本
《李文恭公詩集》八卷　清李星沅撰　清同治四年芋香山館刻本
《百柱堂全集》五十二卷首一卷　清王柏心撰　清光緒十九年刻本
《補讀室詩稿》十卷　清朱蘭撰　民國二十二年中華書局鉛印本
《小琅玕山館詩鈔》十卷　清嚴廷珏撰　清同治十至十二年遞刻本
《悔翁詩鈔》十五卷　清汪士鐸撰　清光緒九年至十年合肥張氏味古齋刻《悔翁遺著》本
《水流雲在館詩鈔》六卷　清宋晉撰　清光緒十二年刻本
《衣讔山房詩集》八卷　清林昌彝撰　清同治二年廣州刻本
《卓峰草堂詩鈔》二十卷清符兆綸撰　清同治元年福州刻本

《鶴巢詩存》不分卷　清顧淳慶撰　清光緒十二年刻本。

《屺雲樓集》十二卷　清劉存仁撰　清咸豐三年至光緒四年福州遞刻本

《葆真齋集》六卷清賈洪詔撰清光緒刻本

《移芝室詩集讀本》三卷清楊彝珍撰清光緒二十二年孫世猷刻本

《小鷗波館詩鈔》十二卷清潘曾瑩撰清道光二十五年刻本

《功甫小集》十一卷　清潘曾沂撰　清嘉慶二十三年刻本

《船庵集》十二卷清潘曾沂撰　清光緒五年潘祖蔭刻本

《江山風月集》二卷　清潘曾沂撰　清咸豐刻本

《半行庵詩存稿》八卷　清貝青喬撰　清同治五年葉廷琯等刻本

《復素堂詩四集》四卷　清周沐潤撰　清咸豐元年刻本

《微尚齋詩集初編》四卷　清馮志沂撰　清同治九年刻西隃山房集本

《陔蘭書屋詩集》六卷《二集》三卷《補遺》一卷　清潘曾綬撰　清道光至同治年間遞刻本

《廣哀詩》一卷　清張芾撰　《申報館叢書》本

《龍壁山房詩草》十七卷　清王拯撰　清同治桂林博文堂刻本

《雲悦山房偶存稿》六卷　清楊維屏撰　清宣統二年刻本
《懷古田舍詩鈔》六卷　清徐榮撰　清同治三年錦城刻本
《望雲精舍詩鈔》一卷　清薩大滋撰　清宣統二年刻本
《荔影堂詩鈔》二卷　清薩大年撰　清光緒刻本
《餐花室詩稿》十卷　清嚴錫康撰　清咸豐十一年刻本
《小芋香館遺集》十二卷　清李杭撰　清咸豐元年刻本
《圭盦詩録》一卷　清吴觀禮撰　清光緒陳寶琛寫刻本
《退復軒詩集》四卷　清錫縝撰　清光緒刻本
《壯懷堂詩初稿》十卷　清林直撰　清咸豐六年福州林氏刻本
《吉雨山房詩集》十卷　清郭籛齡撰　清光緒十六年刻本
《樵隱山房詩鈔》四卷　清王廷撰　清光緒刻本
《留讀齋詩集》不分卷　清宣昌緒撰　清宣統間活字印本
《疏影樓遺草》二卷　清何玉瑛撰　民國鉛印本
《陳秋坪先生遺稿題詠》不分卷清甘樹滋輯　清道光二十六年刻本
《國朝詩鐸》二十六卷　清張應昌輯　清同治八年永康應氏秀芷堂刻本

《篤舊集》十八卷　清劉存仁輯　清咸豐十年刻本
《道咸同光四朝詩史》　孫雄輯　清宣統刻《晨風閣叢書》本
《見聞續筆》二十四卷　清齊學裘撰　清光緒二年天空海闊之居刻本
《屏麓草堂詩話》十六卷　清莫友棠撰　清道光二十九年黄鶴齡刻本
《射鷹樓詩話》二十四卷　清林昌彝撰　清咸豐元年刻本
《樗寮詩話》三卷　清姚椿撰　清道光刻本
《雲樵外史詩話》二卷　繆焕章撰　民國七年藝風堂刻本
《晚晴簃詩彙》二百卷　徐世昌輯　民國十八年天津徐氏退耕堂刻本
《石遺室詩話》三十二卷　陳衍撰　民國十八年上海商務印書館鉛印本
《學山詩話》一卷　夏敬觀撰　《民國詩話叢編》本
《定庵詩話》二卷　由雲龍撰　《民國詩話叢編》本
《十朝詩乘》二十四卷　郭則澐撰　民國二十四年閩侯郭氏刻本
《賭棋山莊詞話續編》五卷　清謝章鋌　清光緒十年陳寶琛南昌使廨刻《賭棋山莊全集》本